# 新妹魔王的契約者

The Testament of Sister New Devil

12

上栖綴人
插畫 大熊猫介

Kadokawa Fantastic Novels

彩頁／內文插畫　大熊貓介

The Testament of Sister New Devil

# ConTeNts

這是我們長久企盼的生活。
不許任何人破壞——我們的幸福。

# 第1章 絕美女神的主從誓約

1

主從誓約。

那是主人與屬下所能締造的終極關係。

當主人決心將屬下的一切納為己有，屬下誓言將身心全部獻給主人，才有可能達到這最高最強的主從型態。

若有幸成功，即可獲得不同層次的強大力量。但相對地，那會構成再也無法解約的禁忌關係。至今藉由主從契約魔法連結彼此靈魂的無數主從之中，能達成誓約的是少之又少。

因此，如今人們大多將其認知為傳說或童話一類。

然而主從誓約確實存在。

長谷川千里就親眼見證了這奇蹟般的主從誓約達成的瞬間。

而且是五人份。

在長谷川製造的虛數次元空間內，東城刃更成了至高無上的主人。

完全成為僕人的，則是成瀨澪、成瀨萬理亞、野中柚希、野中胡桃和潔絲特。

——將契約推升至誓約，是長谷川的主意。

太古時期——遭逐出神界的神族成為魔族，誓言報復而發展出能大幅增強主從能力的主從契約魔法。

長谷川身為神族，對主從契約的知識並不多。

可是知道刃更與澪結下契約後，她做了很多調查。

刃更是長谷川——阿芙蕾亞所敬愛的表姊拉法艾琳，在明知十神地位會遭褫奪、靈魂會遭封印也執意生下的孩子。是勇者一族的迅、前任魔王威爾貝特之妹瑟菲雅和十神拉法艾琳共創的奇蹟。

長谷川甚至有甘願為刃更做任何事的決心。

因為對她而言，刃更是無可替代的人物。

所以她不僅是在刃更等人面臨憑自身力量所無法克服的危險與強敵時給予護祐，還因為見到刃更為了屈服陷入催淫狀態的澪等人拚命隱忍男性慾望，不禁憐心大起——她再也壓抑不住想看刃更發洩慾望的情緒，即使自知這麼做不對也和刃更洗了鴛鴦浴。

一開始是一點點惡作劇心態作祟，可是用胸部搓洗刃更的背以後，反而惹得自己慾火難

第1章
# 絕美女神的主從誓約

耐……回神過來時，長谷川已經和刃更瘋狂激吻。

面對這樣的長谷川，刃更當然也是失去理性……而長谷川也任憑刃更恣意玩弄她的肉體，還用胸部夾住刃更的雄性象徵徹底疼愛一番。

這是她的初體驗，也是第一次將一個人如此當男性看待。

更是她第一次——感到自己是個女人。

對刃更的火熱愛意，就這麼一發不可收拾。

知道坂崎守——歐尼斯作亂而使得布倫希爾德失控，情況逼迫刃更等人不得不前往魔界後，長谷川請求刃更與她發生進一步的祕密男女關係，以滿足自己的女性需求，同時排解刃更的性慾，給他滿滿的護祐。

或許是這個緣故，刃更在魔界驚險度過與現任魔王派的決戰，帶著更強大的力量回到長谷川身邊。

——心中，卻也醞釀出更甚以往的陰暗冷酷。

長谷川擔憂刃更的狀況，便邀他來場單獨的溫泉旅行。旅館中，她得知刃更已經知道自己部分身世，以及她的身分——於是長谷川也完全對他坦白，說明刃更究竟是如何出世，以及自己的真實身分。

即使瞞了他這麼久、騙了他這麼久，體貼的刃更依然對長谷川表示他的感謝。

以及自己對長谷川的重視。

這使得長谷川的感情猛烈爆發，與刃更結下神族契約和主從契約，分享自己的力量並成為他的屬下。並調整結界內的時間，花了將近一年讓自己成為刃更的妖淫性奴。

刃更的力量也因而提升，長谷川也成了刃更另一張底牌。

——但是，斯波恭一卻硬是超越了這樣的刃更。

刃更等人接下來必須打倒的人——斯波恭一，就是如此強大的敵人。

斯波是藉由將十神雷金列夫吞入自己的穢瘴，在神器「四神」所構成的結界內使黃龍顯化，以五行相生的方式不斷提升力量。

要戰勝這樣的斯波，光靠所有人都達成主從誓約還不夠。

澪等五人必須灌輸各自負責的屬性力——轉換成五行的力量，在刃更體內也製造五行相生，才總算能與斯波對等，將局勢帶領到戰術與戰略能左右勝敗的狀況。

這是場極為不利的賭局。為了對付狀態萬全的斯波，刃更幾個必須連續締造五個奇蹟。

儘管如此——刃更幾個仍成功達成主從誓約的境界。

長谷川也親眼見證了奇蹟的連續發生。

但為刃更等人獲得新一層力量而喜悅的同時，一股只有自己落單的寂寞也在長谷川心中油然而生。



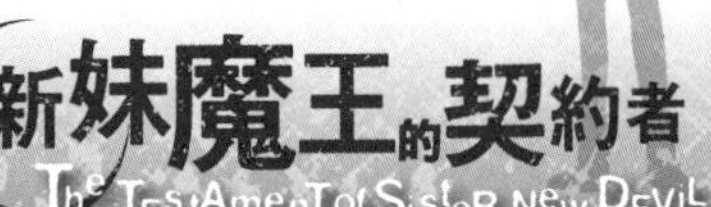

第1章
# 絕美女神的主從誓約

——因為長谷川無法在這個狀況下將處女獻給刃更。

多了她的力量，有可能破壞澪等人在刃更體內築起五行相生循環。

所以她要自己忍耐。以為自己可以忍耐。

可是。

當刃更到浴室沖洗與澪幾個做愛而滿身大汗的身體，兩人在更衣間不期而遇時，長谷川還是無法抑止急湧的情緒。

即使兩人之間沒有主從誓約——長谷川對刃更的愛也是絕無動搖的可能。

怎能抑制得住。

於是——長谷川千里姑且以親吻宣洩己慾。

刃更也允准了她的唇，攔腰用力一抱。

「呼……嗯、啾……嗯唔……啊啊……刃更、嗯啾……啾噗♥」

此刻——長谷川在刃更懷中享受激吻。

剛出浴的刃更赤身裸體，長谷川只穿半透明的薄紗睡衣。

雙方都能清楚感受彼此的肢體與體溫，兩舌激情地糾纏。

光是這樣，長谷川就能了解刃更與澪幾個達成主從誓約後，力量已完全超越了她。

……天啊……刃更，你竟然能這麼……

主人蛻變後的強大力量，使長谷川在親吻中感動得發顫。

這時——刃更對她做了一件事。

擁吻中，摟著腰的左手往下抓住臀部，扶著背的右手退回來抓住乳房，輕輕搓揉起來。

光是親吻就讓長谷川舒爽得乳頭挺立，現在更是——

「嗯、啊啊……刃更，啾噗……呼……不行……嗯嗚、啊啊♥」

出口的抗拒之詞，是那麼地媚氣橫生。

令人顫抖的肉體快感，使長谷川心中洋溢著淫褻的幸福。

完全墮為性奴的女人受到主人的愛撫，豈有不高興的道理。

蠻腰不由自主地一扭，左肩帶隨之脫落，一點一點地現出赤裸的乳房……誘人的腫脹乳頭也暴露出來。

「老師…………」

見狀，刃更退開了唇，在鼻息互觸的極近距離注視她。

「刃更……嗯、不行……再繼續的話……！」

儘管全身火熱難耐，長谷川也仍試圖制止刃更——就在這時。

……咦……

她忽然感到有東西抵住她的股間。

## 第1章
# 絕美女神的主從誓約

低頭一看，對澪幾個射精過無數次的陰莖居然又昂然硬挺起來。

不過，那不是長谷川所知的陰莖。長谷川以手、口、胸服侍至今的寶貝，尺寸與它完全不同。

……刃更怎麼……會變得這麼大……？

也許是五份主從誓約的副作用，刃更的尺寸遠勝以往。

「…………！」

那壓倒性的震撼力令長谷川不禁吞吞口水，看得目不轉睛。

那興奮而高挺的肉柱，還一跳一跳地上下抖動——

「！……等一下，我去叫成瀨她們來——啊！」

長谷川慌張地轉身往寢室跑，結果被刃更一把抓住右手腕。

「——老師。」

刃更再度呼喚長谷川，眼神明顯是在等待她的服務，並將她的手直接拉向胯下。

接著——長谷川被迫在面對面的狀況下握住刃更的陰莖。

「……啊、啊啊……！」

那燙手鐵杵在長谷川手中陣陣脈動，威武的雄性觸感令她無能為力，只有屈服的份。即使明知不該繼續，一旦刃更開了口，她也無法控制自己的情緒。

——所以她再也抵抗不了。

肉慾使她雙眼迷濛，臉上漾起妖豔的微笑。

「硬成這樣……就沒辦法冷靜擬定戰術了呢。」

交給我吧——這麼說之後，握住刃更陰莖的手慢慢錯動起來。

長谷川十分了解怎麼做能取悅刃更。

所以她扭動手腕並輕輕碎動手指，來回搓揉莖幹到龜頭。不久，刃更的陰莖尖端開始流出前列腺液。長谷川更將那透明黏液當作潤滑劑，加倍激烈地為刃更手淫。這讓她更清楚地感受到刃更陰莖的硬度，凶狠貫穿女性陰道的龜頭形狀，以及殺氣騰騰地浮突於肉棒上的血管脈絡——

……天啊，好厲害……

尺寸增大，讓刃更陰莖的觸感倍加銷魂，亢奮的長谷川忍不住吻上刃更的唇。刃更也熱情地纏舌回應，並輕輕地抓揉她更為袒露的左胸。

「啊啊……嗯、啾……哈、啾噗……嗯唔♥」

長谷川忘我地喘息，手部動作更加淫猥，刃更的陰莖隨之發燙、脹大。

「…………………！」

感覺到刃更激吻間的喘息所透露的快感愈來愈強，長谷川立刻猛烈套弄起來。

第1章
# 絕美女神的主從誓約

「嗯……不用忍耐，直接……用力射出來……！」

聽見長谷川興奮地央求，刃更緊緊摟住長谷川。

「唔……啊，老師……我射了……！」

呻吟著這麼說之後，刃更的陰莖暴然一震——緊接著，那巨物在長谷川右手中瘋狂宣洩快感，噴出駭人的大量燙手精液。不僅噴得長谷川的手又熱又黏，還沾附在薄紗睡衣的腹部部分上，將那有光澤的質料染成鄙穢的混濁白色。

「啊……啊啊、嗯、呵呵……都對成瀨她們射那麼多了還射成這樣，實在太猛了吧……哈～♥」

長谷川一臉陶醉地漸漸放緩套弄肉柱的動作與力道，等到脈動緩和得差不多了才放開右手，慢慢張開。

只見沾滿指尖到手掌的濃濃精液冒出縷縷熱氣，往手腕滑落。

「…………嗯。」

長谷川舌一伸就勾進嘴裡。幾天未嘗的刃更精液是前所未有地濃烈，將長谷川的意識當場打得只剩肉慾。

「嗯……啾、呼啊……呸嚕、嗯……啾嚕……咧嚕……嗯哼♥」

長谷川渾然忘我地將手上的精液一滴不剩地舔了乾淨，並盛在舌上攪弄一番再一口吞下去，感受著淫穢的濃膏從咽喉深處滑入體內。

「嗯……哈、啊啊……♥」

下流的感覺激得長谷川的白嫩豐臀不禁一抖。

……好好吃……

並表情無比痴迷地吞吞口水。

嘴裡少了刃更的熱精，頓時空虛起來。這時——

「！…………老師。」

刃更有所訴求似的呼喚長谷川。

轉頭一看，刃更剛射過精的肉棒依然是高挺反弓。

巨大陰莖在高潮餘韻中愉悅地抖動，從尖端到粗筋，對長谷川爆射的精液殘渣一滴滴地往下掉。

「喔……沒問題。」

於是長谷川妖妖一笑，扯下肩帶脫去沾滿精液的睡衣。

完全地一絲不掛。

然後在刃更面前跪下，讓刃更的肉棒直逼她眼前。

見那惡獸要求著更進一步的服侍，長谷川便湊近她濕黏的唇，準備用舌頭替刃更清理。

——就在這一刻，長谷川千里發現視野邊緣有人出現。

那是佇立在更衣間門口的赤裸少女——最先與刃更達成誓約的成瀨澪。

靜靜注視的眼眸，使得長谷川的熾熱肉慾霎時冷卻。

「對、對不起，成瀨……見到刃更以後，我怎麼也忍不住……！」

即使是刃更的要求，長谷川的行為仍有可能破壞澪幾個為刃更構築的相生循環，於是她急忙從刃更身邊退開——

「沒關係，長谷川老師……請繼續。」

但澪竟然阻止了她。

## 2

這瞬間，東城刃更皺起了眉。

因為澪要長谷川和刃更繼續他們的行為。

訝異之餘，刃更也看看長谷川——接著，澪又說出更令人難以置信的提議。

「不對，這樣還不夠。長谷川老師……請妳也和哥哥結下主從誓約吧。」

「澪……？」

刃更不懂澪為何突然有此提議而顯得疑惑時，澪改變了表情。

她微笑起來，說：

「我們的力量的確是因為達成主從誓約而大幅提升，但是……」

澪說到這裡稍微暫停，道出如此提議的理由。

表情變得嚴肅。

「對方是那個叫斯波的男人……他一定知道我們會用主從誓約來扭轉戰局。而且不只我們會提升力量，他也在用四神的屬性力進行相生，同時促進黃龍顯化。」

此外——

「他很可能還藏有某種絕招……哥哥，你也有感覺吧？」

「…………………」

刃更以默認回答澪的問題。

他的確也想過澪所說的可能。

——前次交手，刃更不敵斯波的算計而敗戰。

且恐怕——不，斯波肯定沒有使出全力。

他有四神相生，黃龍顯化……他本身的「氣」與他體內的「穢瘴」。

## 第1章 絕美女神的主從誓約

以及魔拳雷金列夫。

綜觀來看，斯波可能還有多種底牌尚未掀開。

長谷川說道：

「成瀨，我懂妳的意思……可是刃更和我結下主從誓約，說不定會造成新的問題。雖然我已不具十神身分，但我畢竟是十神。」

因此——

「與我結下主從誓約，使我完全服從以後，神界……君臨神界頂點的十神無疑會盯上刃更和我們。要是把我們視為危險——最壞的狀況，神族可能會傾盡全力消滅我們。」

儘管長谷川說出可預見的風險，澪也不予退讓。

「那個叫斯波的……不是吸收和老師同級的十神，占用了他的力量嗎？那麼神界已經在關注這場戰鬥的結果了吧。」

她的意思是，現況已經處在長谷川所擔憂的風險之中。

「這麼一來……如果哥哥能夠打倒那個人，就算老師不和哥哥結下主從誓約，神界不也一樣會盯上我們嗎？應該這麼想才對吧？」

換言之——

「用盡一切方法打倒眼前的敵人……打倒斯波恭一，才是我們現在該考慮的事。」

澪這番語氣堅決的話確實有理。

——目前，刃更等人仍沒有足以確實打倒斯波的計畫。

在這樣的狀況下，害怕來自神族方風險而放棄現有的武器，分明是本末倒置。

「……斯波的目的是報復『梵諦岡』和勇者一族，布下這個五行結界，是為了使黃龍顯化，並提升他的力量。」

刃更說道：

「所以，考慮到他的深不可測，他也可能正在等我們用主從誓約提升力量……等我們準備萬全，重新挑戰他，再像吸收十神雷金列夫那樣吸收我們。」

「而且……他也知道我們會發現他的企圖。」

「是啊。無論我們再怎麼預測，他多半也有不管我們怎麼行動也逃不掉的方法，或製造那種狀況。因此……」

刃更等人必須考慮被斯波吸收以後的狀況。

——前次戰鬥中，光是被外來的「穢瘴」擊中就無力再戰。

要是被斯波吸收而直接暴露在「穢瘴」下，肯定是一秒鐘也撐不了。

同時——恐怕沒有避免的手段。

……可是。

## 第1章 絕美女神的主從誓約

刃更等人有方法抵抗這絕望的狀況。於是刃更和澪一起看向長谷川。

「我的神靈術……屬性的確和那個人的『穢瘴』相反。只要能給予刃更那樣的力量，就算被他吸收了也能抵抗一陣子。」

然而——

「和我結主從誓約，說不定會破壞妳們在刃更體內建構的五行相生循環。我們或許是有必要考慮吸收以後的狀況……可是因此放棄已經取得的力量反而打不倒斯波，就得不償失了。」

「不會吧……」

長谷川所說的風險讓澪錯愕地囈語。

她是真心相信刃更和長谷川結下主從誓約，會是引領他們邁向勝利的最後一張王牌吧。

「…………………………」

見到澪不敢相信的模樣，長谷川也過意不去地垂下眼睛。

凝重的氣氛不由分說地籠罩更衣間。

「————————」

在如此陰暗沉寂中，只有刃更注視前方——能將他們導向勝利的道路。

那是可以打破阻擋去路的牆，將死路變成活路的觀點。

東城刃更——找出了那微小的希望。

「…………我和老師結下主從誓約，也不會破壞我體內五行相生的方法，倒也不是完全沒有。」

「咦……？」

「——刃更？」

刃更正面承接澪和長谷川的訝異視線，說道：

「而且順利的話……我和老師結下誓約，還說不定能將我的力量再提升一個層次。」

東城刃更接著說出那究竟是什麼方法：

「現在的我和斯波一樣，製造出藉由五行相生提升力量的循環……只要把這個循環升級為『陰陽五行』就有機會了。」

那是合併五行思想與陰陽思想所得出的概念。將五行的「木」、「火」、「土」、「金」、「水」各自附加「陰」和「陽」——即「闇」與「光」屬性而成。

「陰陽雖然極性相反，可是不會互相抵銷，而是不斷改變狀態，互相影響。所以只要能昇華為陰陽五行，各個五行屬性不僅因為層次增加而更為穩固，還會因為相生而提升陰陽的力量。」

這就是五行與陰陽——因具有二元軸心而產生的複合相生。

「目前澪、萬理亞、潔絲特三個魔族屬陰，屬陽的只有勇者一族血統的柚希和胡桃兩個，如果再加入老師這個陽……就是三比三，陰陽能夠平衡。」

如此一來，當暴露在屬陰的「穢瘴」之中時不僅有能力抵抗，還會激發陽的力量，防止刃更被黑暗吞噬。

「斯波可以釋放體內的『穢瘴』來攻擊……也就是說，他的內外並不是完全隔絕。所以，如果我和澪或萬理亞發出重力波來互相吸引，就算被他吸收也可以逃出來。」

「這、這樣不就……！」

澪眼中迸出期待的光芒。

「不過大前提是……老師願意立刻和我結下誓約。」

刃更說出當前的問題。

「長谷川老師害怕和我結下主從誓約會對我們造成危險……現在這樣恐怕有困難。」

## 3

「怎麼會……」

長谷川千里聽見澪對刃更的話而愕然一叫。

但沒看見刃更或澪的表情。

因為她俯著愁苦的臉，不甘地緊咬嘴唇。

「……………………！」

那是承認刃更所言確實是事實的表情。

——刃更幾個對十神的認識並不多。

他們在魔界擊敗的不僅是現任魔王雷歐哈特，還有魔神凱歐斯、長期掌控魔界的樞機院，後來柚希和胡桃甚至脫離勇者一族——除了失去彼此以外，他們無懼於任何事物。

可是。

……我……

前十神長谷川，知道其他十神的力量是如何強大。

知道與他們為敵的狀況是多麼棘手。

畢竟——他們大半的力量都更勝於這次的敵人斯波。

長谷川在這個斯波引來他們注意的狀況下，非常害怕連自己也和刃更結下主從誓約而可能造成的後果。

所以只讓澪幾個嘗試主從誓約。

第1章
# 絕美女神的主從誓約

——不過，如此為刃更等人設想的心意卻阻礙了她自己的主從誓約。

發生什麼事都無所謂，彼此就是一切。

這才是為達成主從誓約所必需的心態。

刃更能和澪幾個達成主從誓約，正是因為他們義無反顧地追求這一步。

即使與其餘十神為敵，也要對刃更誓言永遠的服從——若是長谷川沒有下定這樣的決心，就無法達成誓約化。

——若情況允許，長谷川當然也想和刃更結下主從誓約。

她早就有將自己的一切永遠獻給刃更的準備。

對刃更的愛也絕對不遜於澪幾個。要達到奇蹟般的主從誓約，並不是不可能。若有這一天，不曉得會是多麼幸福的事。

……但是。

那或許會害她失去刃更——一這麼想就讓她恐懼不已。

沒有刃更的世界，也沒有任何意義與價值。

所以她拿不出勇氣踏出與刃更結下誓約的一步，如今甚至抬不起頭面對他們。

「——長谷川老師。」

這時，一股柔和的溫暖包圍了長谷川千里。

然而不是來自刃更的擁抱。

「成瀨……？」

是澪擁抱了長谷川。她對驚訝的長谷川說：

「老師……有些危險是神族才會懂，我能了解老師為什麼害怕。我以前也會因為想到可能會失去哥哥就怕得不得了。」

澪輕聲細語地說。這是曾為將刃更捲入魔界兩派鬥爭而苦惱的她所做的告白。

「喔不，現在也一樣怕……要是哥哥在這裡死掉了，我們一定會非常後悔，而且是強到負荷不了。所以為了不要後悔，我要盡自己一切的努力。」

因為——

「我們將自己的一切都獻給了哥哥……哥哥也接受了我們的一切。這樣的哥哥，就是我們的一切。」

在這點上——

「老師也和我們一樣——不是嗎？」

「………………是啊。」

長谷川擠出聲音表示肯定。

東城刃更是自己的一切——這無疑是長谷川千里的真心。

第1章 絕美女神的主從誓約

這時。

「長谷川老師……」

刃更忽而微笑。

「我不會要妳鼓起勇氣……不過，我希望妳相信我，相信澪她們，最重要的是——相信妳自己。」

畢竟——

「老師是如何關愛我們，我們都很清楚。截至目前，老師不是不停在幫助我們嗎？這次快被斯波幹掉的時候，也是老師救了我。」

刃更走向長谷川並這麼說。

同時——

「放心……長谷川老師以後一定還能繼續幫助哥哥。」

擁抱長谷川的澪放手退開。

「拜託老師……以後也繼續幫助我們。假如……老師願意將自己的一切都獻給我——」

這麼說的刃更已來到長谷川眼前。

「……啊……」

當她驚呼時，人已被刃更摟在懷裡。

「不是總有一天……請老師現在就對我發誓絕對的服從。我現在就想和老師結主從誓約，現在就想把老師完全變成我的人。」

這麼說的刃更雙手緊抱著長谷川不放，彷彿在宣告她就是他的人。

「嗯……東城，你真的曉得和我結下主從誓約以後會怎麼樣嗎？」

長谷川不知所措地問，而刃更已完全篤定誓約化的決心——

「還是說……老師不想和我結主從誓約？」

並拋出這樣的問題。

「…………很壞耶你。你明明比誰都清楚我只會有一個答案。」

對此，長谷川千里哀愁地苦笑著說。

既然刃更是在理解所有後果的情況下要求誓約，長谷川自然是無法抗拒。

長谷川早已是刃更的奴隸。

——從前，長谷川只能眼睜睜看著拉法艾琳遭到封印。

面對當姊姊景仰的她所受的殘酷制裁，她無能為力。

以致她無法完全相信這樣的自己。

況且自己十神的力量有所限制，不曉得能幫助刃更到什麼地步。

……但是。

就算相信不了自己——她仍能相信刃更。

他企求之語、期盼之念，就是長谷川的信仰。

因此，長谷川誠實說出了自己的想法。

她眼角泛淚，祈禱似的說：

「刃更……拜託你把我的一切都占為己有吧。」

一口氣後。

「這就是——我很久以前就懷抱到現在的，最大的心願。」

4

就這樣，刃更和長谷川決意挑戰第六道主從誓約。

距離黃龍顯化為完全狀態，時間已所剩不多。

於是刃更等人回到寢室後，第一件事是研擬如何在最終決戰擊敗斯波的戰略。最大的懸念，依然是斯波被逼入劣勢時可能會解開五行結界，使配置對調的四神失控作亂。

對於斯波這一步，刃更等人討論出的有效對策即是「所羅門五芒星」，也就是澪等五人用另一個五行結界罩住斯波的結界。

只要能確保結界外正常空間安全無虞，他們就能無後顧之憂地戰鬥。

再來就看刃更與斯波直接對決時怎麼制伏他了。

攻擊的招數和底牌都已備妥，在實戰中如何運用將攸關勝敗。

——因此，關鍵在於防禦的底牌。

為此，刃更接下來要和長谷川挑戰主從誓約。

而在那之前，有幾個問題得先解決。

「第一個非考慮不可的，是長谷川老師為我們設下的這個虛數次元空間結界……」

萬理亞說出問題點。

「為了不讓那個叫斯波的男人和叫做巴爾弗雷亞的高階魔族發現，長谷川老師要分配不少精神和力量在維持結界上。」

「所以……在這樣的情況下不能和刃更結主從誓約。」

柚希輕聲說。

「心有旁騖的話，沒辦法達到主從誓約。一定要全心全意將自己的一切獻給刃更，誓言絕對的忠誠才行。」

「也就是說——長谷川老師設下結界空間這件事本身就是個缺陷，讓她無法和刃更主人達成主從誓約。」

潔絲特思索著說。

「而且……即使能在這個狀態下達成誓約，萬一長谷川老師陷入昏迷狀態——」

「這個結界恐怕就會……自動崩解。」

胡桃表情凝重地說。

「在那瞬間……斯波他們就會立刻發現我們的位置。」

到時候，刃更幾個就不得不在長谷川昏迷的情況下應戰，極為不利。

「…………………………」

長谷川默默聽著這些挑戰主從誓約的風險。

但她眼中沒有躊躇或迷惘，這些風險早已是心裡有數。

東城刃更再危險也要和長谷川結下誓約，長谷川也答應了他。

因此，他無論如何都會執行。

於是刃更問：

「斯波是利用『四神』設下五行結界，能在他的結界裡也不被他發現，就表示老師也是用五種屬性——也就是五行來建構這個結界吧？」

「對……而這五行，是挪用澪她們的屬性力而來的。」

長谷川頷首回答刃更。

之前對戰斯波時，長谷川優先救澪幾個，不只是因為她們面臨生命危險，也是因為要在救出刃更後，利用她們的五行屬性力張設虛數次元空間，以完全融入斯波的五行結界。

這麼一來——

「也就是澪她們五個有辦法承接維持結界的工作……沒錯吧？」

這是逆向的發想。

若是過去，即使澪五個合力也恐怕難以維持結界，可是她們現在已和刃更達成主從誓約。

歷經如此飛躍性——堪稱蛻變重生的提升後，只要聯合她們的力量，即使是長谷川設下的結界也能充分維持。

不然她們也不太可能用所羅門五芒星結界罩住斯波的結界，保全空間內的狀態。

「再說……在這裡先試過類似所羅門五芒星，比起直接實作會更加確實，強度也會更好才對。」

也就是可以減少實戰的風險。

「那麼……」

就能彌補刃更與長谷川結主從誓約時的問題。

既然如此——

「再來……就看哥哥和長谷川老師能不能在黃龍完全顯化之前達成誓約了。」

澪說出最後的問題。

——刃更和長谷川結主從契約時，用了將近一年的時間。

這次還是誓約。當然長谷川從那一刻起就對刃更屈服至今。

所需時間不一定相同——但同樣地，也不一定能在短時間內完成。

結主從契約時，兩人是在加速結界之中，實際時間只經過一晚，然而——

「要融入結界，不讓斯波他們發現，就不能像刃更哥哥和老師結主從契約時那樣加快時間流動……」

胡桃說道：

「但刃更哥哥和我們五個結下誓約，是我們之中力量提升最多的吧……這麼說來，和刃更哥哥結下主從契約的老師力量也提升啦。如果我們接過維持結界的工作，老師就可以加速時間了？」

「是有這個可能……不過太偏向賭博了。與其分神顧及這方面，不如全心專注在和我達成主從誓約上。」

就在刃更無奈地這麼說時——

「那麼——試試看我的魔法怎麼樣?」

這句話立即吸引了刃更等人的視線。

聲音來自刃更右側一名外表幼小的夢魔——萬理亞。

「我可以對長谷川老師放催眠魔法,解放她的潛意識……然後讓這樣的老師和刃更哥連結。這麼一來,會比較容易引出老師壓抑在心靈深處的願望。」

換言之——就是讓長谷川的心也完全赤裸。

這樣會更容易達到絕對的屈服,以至於造就主從誓約。

「可是……既然是催眠,也就是在夢裡做吧?這樣刃更主人和老師就不是真的做,還有意義嗎?」

「不必擔心,我們夢魔不只是能讓人作淫夢、潛入夢中,也能實際和對方交媾。主要就是讓對方的精神狀態和認知,都弄成像在作夢的狀態。眼睛看見的是老師心靈深處希望的環境,感覺也以那樣的情境為基準。」

萬理亞自信十足地回答潔絲特。

「同時……這個空間也會實際變成同樣的環境，畢竟這裡是老師一手構築的。」

的確，這虛數次元空間的外觀是由東城家和長谷川的公寓所組成，而那是長谷川自己的要求。只要長谷川能解放潛意識，空間外觀反映出她的願望也很合理。

「然後在那個狀態下，讓刃更哥連結長谷川老師的潛意識，就可以共享老師的認知。」

「換句話說……就像整個人都進入長谷川老師的夢中，不只是意識嗎。」

到時候，埋藏在長谷川潛意識最底部，連本人都沒有自覺的願望就會暴露出來。

再加上刃更的刺激，甚至可以引出更潛在、更本能性質的情緒。

……那麼。

萬理亞說得沒錯，那會讓長谷川更容易達到誓約級的屈服。

在刃更為這個堪稱妙計的好主意深感欣喜時——

「不過……由於是在潛意識底下進行，在某些情況下，長谷川老師的自我認知可能會變得非常稀薄，甚至無法理解或掌握自己處在什麼樣的狀況。」

所以——

「進入潛意識引發本能，降低主從誓約難度的同時……卻也可能造成她那部分的記憶模糊。」

一口氣後。

「最壞的情況——有可能事後什麼也不記得。」

萬理亞表情嚴肅地說。

——主從誓約，是誓言永遠的絕對服從。

刃更一輩子也不會遺忘自己是如何對待澪她們每一個，用什麼方式達成主從誓約吧，而澪她們也是一樣。無論那是如何淫褻的行為，達成主從誓約的過程都深深刻畫在他們心中，留下永不褪色的回憶。

但人對夢境的記憶，經常是模糊不清。

即使夢中出現再大的奇蹟。

有可能失去與刃更達成主從誓約時的記憶——這樣的風險，似乎是已經達成誓約的澪等人所無法容忍，五個人全懷著同樣的心情，散發凝重的沉默。

「…………無所謂，開始吧。」

在這樣的狀況下，長谷川也依然堅定地這麼說。

「在我們討論的時候，剩下的時間也不斷在減少……既然有必要和刃更達成主從誓約，我就絕對會達成。所以拜託妳，趕快開始吧。」

懇求萬理亞的側臉，表現出強烈的決心。

「而且……我終於可以和刃更結合，只要知道這個事實就夠了。」

「刃更哥……」

見到長谷川微笑著如此斷言，萬理亞仰望刃更徵求許可。

——問他是否真的無所謂。

「刃更……就這麼做吧。」

長谷川也注視著刃更如此懇求。她的心意似乎完全沒有動搖的可能。

如此一來，再也沒有其他辦法能幫助刃更與長谷川達成主從誓約。

刃更能做的，就只有接受這樣的長谷川，將她全部占為己有。

於是——

「…………知道了。」

東城刃更確切地頷首答應長谷川。

並親口說出他的要求。

「萬理亞——請妳開始吧。」

——幾分鐘後。

刃更與長谷川做好了挑戰主從誓約的準備。

已經結下誓約的五人彼此的配合度也達到至高領域，輕易接續了維持長谷川虛數次元空間結界的工作。

這也表示實際上陣時要建構所羅門五芒星也不是問題。

「那麼──我開始了。」

大家也做好確切準備後，東城刃更在房間中央面對如此宣告的萬理亞。

長谷川躺在身邊，閉上雙眼放鬆意識。

刃更緊握著長谷川的手。

以連結長谷川的意識。

「────────」

當萬理亞開始念咒，長谷川就全身發起微光……並順著刃更牽著的手傳導過去，也包覆了他。

……終於到了這一刻。

在那溫暖的光輝中，東城刃更為自己即將做的事有些感慨。

──刃更接下來要潛入長谷川的潛意識，與她結下主從誓約。

心中沒有不安。不管用什麼手段，都要達成誓約。

因此，他正在思考該在長谷川的意識中對她做些什麼。

「…………萬理亞，現在方便嗎？」

途中，他叫來眼前的幼小夢魔。

因為他有個想法。由於不曉得會不會成功，他沒讓長谷川聽見，而萬理亞聽了驚訝地吞了口氣。

然後——

「刃更哥……你真的好厲害喔。」

幼小的夢魔不禁微笑著這麼說。

## 5

知道清醒時分發生過什麼，也記不得是怎麼開始。

這就是人睡眠時作夢的特性。

可是現在，長谷川千里能清楚認知夢境是如何開始。

「…………這裡是……」

恢復意識時，長谷川已不在先前的寢室，而是另一個熟悉的地方——她擔任保健室老師時的工作場所。

聖坂學園的保健室。

而長谷川坐在她靠窗桌邊的辦公椅上。

不是裸體，也不是先前穿的薄紗睡衣，只是上班時常搭配的綠色高領毛衣、黑色緊身窄裙和十字架花樣的吊襪帶襪。

再加上白袍，完全就是長谷川平時在學校的穿著。

桌上的數位鐘，顯示現在剛過上午九點。

可是房內有些陰暗。

不是時鐘故障，因為窗簾全都拉起，遮住了窗戶。

只有一絲絲陽光穿過縫隙。

『————————』

窗外傳來多半是體育課學生的活潑呼喊。

在長谷川漸漸理解自己處在什麼樣的狀況時——

『——這裡就是老師的潛意識為了和我結下主從誓約而選的地方嗎。』

第 1 章
# 絕美女神的主從誓約

背後忽然傳來的平靜聲音，使她赫然轉身。

見到一名少年站在她背後。

那是和長谷川一樣，身穿平時服裝——學生制服的刃更。

「太好了，看來妳能了解現況。」

「刃更……這到底……」

長谷川站起來，對微笑的刃更表示疑惑。

——萬理亞說過，自我認知甚至可能變得非常稀薄。

有一種夢叫做清醒夢，是大腦在半清醒狀態下才會出現的偶發狀況，人會知道自己正在作夢。如今長谷川的潛意識獲得解放，是處在近乎下意識的狀態，應該會有意識模糊、認知抽象之類的現象才對。

但現在，長谷川卻能清楚理解自己所處的狀況。

「其實我還要萬理亞做了一些加工。」

刃更走向疑惑的長谷川，並說：

「不只是讓老師的潛意識和我連結……還要和老師自己的表層意識連結。」

「和我自己……？」

刃更繼續對訝異睜眼的長谷川解釋。

「潛意識是本能的延伸，一旦解放，很容易淹沒表層意識……也就是陷入所謂的催眠狀態。但只要能在維持表層意識的情況下連結自己的潛意識，不只是我，老師也能在夢裡保有清楚的意識。」

而且──

「妳還能因此察覺自己從未發現，或是刻意壓抑，裝作不曉得的心願。不過現在本能性質的潛意識較強，會難以壓抑那樣的願望，比較容易和我達成主從誓約。」

更重要的是──

「這麼一來……老師也能牢牢記住我們在這裡做的每一件事。」

「！──────……」

刃更淺笑著說出的話，令長谷川倒抽一口氣。

長谷川是真心認為只要能和刃更達成誓約就夠了。

但刃更卻找出比她所能接受的更能讓她幸福的方法。

「雖然老師好像是覺得不記得也無所謂，只要能達成主從誓約，成為我們的力量就好，不過……」

刃更已來到長谷川眼前。

「不好意思，這樣自作主張……可是我就是希望老師清楚記住自己究竟是怎麼完全變成我的人。」

在這麼近的距離受到那強烈的眼神注視，讓長谷川再也無法按捺情緒。

與潛意識連結的她，可以完完全全地順從自己的本能。

只見她撲進刃更懷裡深情一擁，強占他的雙唇。

「！——刃更……嗯、哈啊……啾噗……嗯唔、啾……啊啊……嗯啾♥」

長谷川撒嬌似的扭動，一對巨乳放肆地擠壓變形。刃更也纏舌以對，兩人的吻立刻就變成雙方黏膜的激烈磨蹭。

「啊啊……啾、嗯嗚♥哈啊……嗯、刃更……♥嗯、啾……哈啊啊♥」

刃更緊纏不放的舌技使長谷川的喘息愈來愈燙。

嬌喘之餘，她的身體還一陣陣地輕輕顫動。

那每一次都是輕微的高潮。光是親吻，就讓長谷川的快感沸騰無數次。

股間深處也因此湧出一股連她自己都怕的酸楚。

……天啊，居然這麼……

前所未有的亢奮，讓長谷川昂揚得不敢置信。

她已完全失去理智，甚至忘了呼吸，只顧激吻刃更，直到肺中氧氣終於耗盡才總算退開嘴唇。

但她貪婪的舌尖仍拒絕分離，不斷攪弄糊爛的黏膜。

「咧嚕……耶啊、嗯……咧嘍……哈啊、啊耶……咧啾……嗯唔♥」

長谷川表情痴淫地進行只有纏舌的舌吻，並動手脫除身上白袍。

但是──刃更卻抓住了她的手。

「老師，不可以……還不能脫醫師袍。」

「嗯……不用再扮老師了吧，趕快讓我變成你的女人……！」

就在她這麼說，要捨去保健室老師的象徵時──

「可是老師──妳為什麼會選這個在保健室裡穿醫師袍的情境呢？」

「…………咦……？」

刃更的問題使長谷川不禁呆愣地停下動作。刃更繼續說：

「假如妳只是想當個一般的女人……地點用剛才的寢室，像原本那樣全裸就好了。不然用老師的公寓或我家都可以。」

不過──

「老師的潛意識，卻用這個地方作為我和妳結主從誓約的場所。這是老師的潛意識……心靈深處願望的具體形象。學校的保健室，穿醫師袍的妳，和穿制服的我，都是妳的渴望。」

不僅如此。

「在第一節課時——把窗簾全部拉起來的這個狀況也是。」

「————————」

刃更這些話，讓長谷川一句話也說不出來。

想立刻被刃更占有的念頭，是千真萬確。

可是——

……我要的，還要更多……？

倘若這個情境是長谷川潛意識的具體形象，那麼——就是長谷川自己也沒發現的潛在願望在這裡成形了。

這時。

「請拋棄妳過去的固有觀念……這是老師自己的願望。」

刃更說道：

「就算我們不跨過最後底線，我們獨處時做的事也完全是男女關係。畢竟我們在溫泉旅館的結界裡那時……我為了和老師成功結下神族的契約和主從契約，已經完全把妳調教成我的性奴。」

所以——

「這樣的關係，在我和老師做了以後也不會繼續發展。老師的潛意識可能就是察覺到這點才製造出這個情境。」

「怎麼會……只要你想要我，我就真的很——」

「當然，我也知道老師對我們的關係和行為感到很幸福。可是結下主從契約，讓老師開始覺得滿足我是一種喜悅，同時滿足自己的慾求。」

然而——

「在那之前……例如聖誕夜那時，老師不是很積極地要我滿足妳嗎？」

「這……」

刃更說得沒錯。

當時的長谷川雖沒有現在淫蕩……卻更懂得主動要求刃更，在受學生會之邀到餐廳參加慶功宴時，還在桌底下挑逗刃更，結束後又帶他回公寓，一進電梯就瘋狂索吻，進了房間還問他「想不想狠下心來摧殘一下大姊姊」。在溫泉旅館內的加速結界裡的近一年時間，也是從長谷川無法抑制對刃更停不了的愛而強行口交開始。

不過——

「結下主從契約以後，老師變成完全迎合我的喜好，對我做盡各種服務，再也沒有要求我什麼。」

但另一方面——

「老師想和我做愛的念頭卻愈來愈強……這麼一來，心裡很容易偷偷堆積一些希望我對妳做些什麼的慾望吧。」

「對我做些什麼的……慾望。」

長谷川喃喃地重複。

「老師之前經常希望我對妳粗魯一點吧？例如『想不想試試摧殘我的滋味』或『不要憐惜我……讓我嘗嘗你的厲害』之類的。」

「…………是啊。」

長谷川害羞地同意刃更的話。

被失去理智的刃更壓倒，粗暴地貪求……唯有在承受這樣的慾望時，長谷川千里才會感受到自己只是個單純的女性。

被刃更貪求時的她，不是神界地位最高的十神，就只是一個女性——那段兩人獨處的淫亂時光，是長谷川心中無可取代的幸福時刻。

而現在——要和刃更達成主從誓約的她，也是和刃更獨處。

但地點是學校的保健室，身上是教師和學生的穿著。

……而且。

窗簾全部都拉上了。即使沒有窗簾，用她的力量也能輕易避開普通學生或教師的耳目。

——所以那究竟代表什麼？

「…………………………」

截至目前，長谷川與刃更親熱時總會忘記自己是個教師，單純作個女人屈服於他。如今，她完全成了刃更的性奴。

不過很可惜——如刃更所言，這條路幾乎走不下去了。

無論墮落得再怎麼淫亂，也不過是現在的延伸，說不定再也不會有前所未見的全新感動。

……但假如。

能以教師身分向刃更屈服。

身為教師，卻極其低賤地向刃更這麼一個學生屈服。

巨大的悖德感，將使得長谷川在所有層面都折於刃更之下。

那正是——堪稱絕對的主從誓約之體現。

……原來我……

長谷川終於對自己潛意識最底下的慾望有所自覺。

明白自己究竟想被刃更如何對待。

當她再一次與刃更對上雙眼——

「————」

刃更也彷彿了解她所有一切般淺淺一笑。

——刃更和長谷川一樣，與她的潛意識相連結。

所以才能在長谷川被自己的表層意識蒙蔽之前，先一步察覺她真正的慾望吧。

「老師……妳真正想要的是什麼？」

「…………你真的很壞耶你。」

長谷川對要她吐實的刃更蠱媚地笑。

然後說出她真正的想法。

「拜託刃更，請你——用學生的身分，凶狠地強姦我。」

長谷川接連目睹了澪幾個的性愛過程。

普通的男女交媾已無法滿足她的心。

現在的她更想被刃更瘋狂凌辱，任憑本能的驅使大肆洩慾。

正因為她是神族最高階的十神，才想成為刃更的性奴，變得比誰都更卑賤。

而且不只是以一個女人的身分，還有教師的身分。

——想被刃更強姦。

那汚穢無比，不可告人的被姦慾求，就是長谷川千里藏在潛意識最深處的荒淫願望。

現在——既然真相揭曉，兩人也知道自己該做些什麼了。

於是兩人爬上靠牆的床，面對面——

「…………老師，手給我。」

「好……」

長谷川聽從刃更的命令，兩手腕內側相貼著伸出去。

接著，刃更開始綑綁長谷川的手腕。

用的是繃帶。

原本用來包紮傷口或固定傷肢的用品，是保健室老師的看家工具。長谷川緊盯著繃帶一圈圈束縛她手腕的繃帶，眼眸因悖德感而逐漸濕濡。

「…………啊啊……嗯……！」

自由遭剝奪的感覺，使長谷川的喘息隨慾火升溫。

「看起來很高興嘛……妳知道現在自己發生什麼事了嗎？」

刃更也樂於虐待長谷川似的對她笑。

「……老師，妳現在可是被我綁住嘍？」

「嗯……這……啊啊……！」

被刃更綁在床上的事實，讓長谷川羞得玉體輕扭。最後刃更用力一拉，在她手腕上綁個蝴蝶結，從結邊剪斷繃帶。

「這樣……除非妳用能力，不然憑妳的力氣是掙脫不了的。」

不過——

「在我們達成主從誓約之前，我不准妳用自己的能力。現在的妳不是十神阿芙蕾亞，而是保健室老師長谷川千里……知道嗎？」

「……好。可是，這樣你沒關係嗎？」

長谷川在雙手受縛的狀況下問：

「放下阿芙蕾亞，以長谷川千里……一個老師的身分被你侵犯而屈服並達成誓約，是我自己的願望。可是對你來說，十神的我不是比較好嗎？」

「……我們能挑戰誓約，的確是因為妳是十神。但我想獨占妳一個，與妳是不是十神無關。」

　刃更說道：

「而是因為妳是老師……是長谷川千里這樣一個女性對我來說無人能比，我才會想占據妳的一切。」

「————」

　長谷川不禁睜大了眼，而刃更繼續說：

「和十神阿芙蕾亞達成誓約，得不到身為長谷川千里的妳。我想和老師——和長谷川千里結下主從誓約，進而得到身為阿芙蕾亞的妳。這就是我想要的。」

　這句足以粉碎長谷川理性決定性話語——

「……那就這麼做吧。」

　讓長谷川親口說出自己的荒淫願望。

「愛怎麼做就怎麼做……粗暴地強占我的一切吧，刃更。」

東城刃更順應長谷川的慾求，開始挑戰主從誓約。

首先要除去礙事的衣物。

像平時那樣脫，沒什麼意義。

因為長谷川要的是至極的性凌辱。

刃更粗魯撕扯長谷川的衣服……但心念一轉，停下動作。施暴不是侵犯女人的唯一方式。

於是刃更決定使用「工具」。

那即是綑綁長谷川手腕時用過的剪刀。刃更伸手抓起剪刀，手指穿過柄孔張開那交叉的刃部。

「……………啊……」

長谷川注意到刃更手上的金屬器械，了解自己接下來會發生什麼事，不禁吞吞口水，而刃更也的確那麼做了。

長谷川的緊身窄裙開了高衩，衩口兩側有三處兩兩交叉的繫帶。剪刀的雙刃，圍住最下面的一處。

「………」

「……………………」

然後刃更直視著長谷川的眼——慢慢地闔上剪刃。

當剪刃接觸布條，他的手猛一用力。

閉合到底。喀嚓一聲的同時，刃更的手指也得到確實剪斷的觸感，長谷川裙衩兩側就此少了一份聯繫。

「啊……啊啊……！」

裙子被剪開的聲音，使長谷川渾身一顫。

剪下去之後，刃更的手再也沒有遲滯。

喀嚓、喀嚓。他刻意用力，大聲剪開長谷川的窄裙。當開衩繫帶全部剪斷，長谷川的左大腿也完全裸露，挑人淫思。不過，東城刃更沒有停手。

剪刀順勢鉤住開衩的根部就繼續剪了下去，一路剪到裙頭——將長谷川的窄裙完全剪斷。

這瞬間，別說是開衩，連裙子也不存在了。圍繞長谷川腰際的，充其量只是窄裙的殘骸。

「————」

刃更抓住其邊緣，手一把向橫甩開。

長谷川的黑色內褲就此完全暴露，而且仔細一看，胯下有一部分顏色特別黑，還帶點光澤。長谷川的愛液已經多到深黑色內褲也掩蓋不住，溢出開口的淫水還流得滿鼠蹊臀部到處都是。

「…………不……啊啊……！」

只是稍微扭腰，便又有更多淫水從開口擠了出來。被刃更見到丟人的模樣讓她羞得不得了，卻也造成強烈快感。

「…………………」

都濕成這樣了，直接插入也完全無妨。

只要剪開這條沾滿愛液的內褲，就能讓長谷川看清楚自己的蜜縫現在是什麼德行，但刃更沒有那麼做。

他接著剪的是——上半身的高領毛衣。

從左腰開始剪。刃更一面感受著剪開細毛線衣的感覺，一面往右肩方向推送剪刀。遭斜剪而失去下襬的毛衣底下，露出長谷川的玉臍和性感的吊襪帶。

但這不過只是開端，刃更將剪刀挪到長谷川上半身那豐滿的山峰，從左胸——那座高峰的中段下刀。他慢慢地扭動手腕，剪出一道弧線。從毛衣底下顯露出的，就只是皮膚的顏色。沒錯——長谷川沒穿內衣。

「……老師，妳為什麼沒穿胸罩？」

這情境是潛意識的體現，也就是長谷川心靈深處，不想在這時候穿內衣。

「因為……這樣的話，隔著衣服也能摸出我的胸部有多軟嘛？」

長谷川表情委屈地說出的，無疑是事實吧。

「……就只是為了我嗎？」

但刃更仍面帶使壞的笑容這麼問。長谷川現在與自己的潛意識連結，無論事實再怎麼羞人，她都會說出口。

於是她滿臉通紅地全盤吐實。

「！……因為隔著衣服……可以讓被你摸的感覺更強烈一點，所以……」

長谷川的喉嚨底下，還浮現出主從契約詛咒的項圈狀斑紋。

「所以是想被我抓奶才不穿的吧。」

刃更輕聲一笑，右手張合剪刀劃開長谷川左胸一帶，左手隔著毛衣抓揉她的右胸。如長谷川所言，失去內衣的阻隔，可以直接感受到乳房的柔軟和溫暖，而被揉的長谷川也有不同的感覺。

「嗯！……啊、哈啊啊啊啊♥」

長谷川放聲嬌喘，身體不自主地顫動。神情為揉胸的快感而恍惚，嘴邊是迷茫的傻笑。

——被刃更揉胸，讓她是打從心底地愉悅。

所以刃更左手繼續揉，右手也繼續剪，最後在長谷川左胸位置剪出一個圓形開口。

「…………尺寸可以吧。」

刃更將這個毛衣上的開口剪得比長谷川的左乳外圍小上不少，露出一整圈乳房中央。位在其中心的乳頭，已經鼓脹成猥褻的形狀，彷彿在等待刃更大吸特吸，而刃更也有那樣的慾望。

——不過在那之前，刃更還有事要做。

刃更將圓洞剪得比乳房小，是有目的的。

原因顯而易見——因為毛線有彈性。

於是刃更將雙手拇指伸進圓洞左右兩端的內側——

「————————！」

要強行扯開般，往長谷川用力一壓。

「呀……啊啊啊啊♥」

長谷川不禁媚叫的同時——她碩大的左乳從刃更扯開的洞蹦了出來。她的胸部原本就非常雄偉，如今受過刃更無微不至的調教，已經比刃更的臉還要大。那樣的乳房從狹窄孔洞擠出來的模樣，實在是妖淫得無與倫比。

「老師……！」

這讓刃更再也忍不下去。

他以充滿亢奮的聲音呼喊長谷川，一口含住她的左乳頭用力猛吸，口中頓時充滿溫暖的液體。

第一次嘗到這微甜的液體，是在結主從契約時。

——那正是處女長谷川發情而分泌的乳汁。

「不……這、哈啊啊啊啊啊啊啊啊啊啊啊啊～～～～♥」

被刃更吸吮乳頭、暢飲乳汁的長谷川快感激烈衝頂，媚叫聲大得連保健室外都能聽見。

緊接著——腰臀一顫一顫地抽搐，從褲底兩側湧出大量溫熱體液。

那是快感真正達到極限時，從蜜縫中噴出的女性淫泉。

別說內褲，就連床單都濕了一大片。

而刃更的嘴仍未放開長谷川的乳頭。

還反而吸得比先前更用力。

需要主從誓約的不只是長谷川，刃更也是。

如同長谷川想將自己完全獻給刃更，刃更也由衷期盼將長谷川完全占為己有。所以，他不會停。

貪求汩汩而出的處女母乳，大口大口瘋狂地吸。

「哈啊啊♥不要……嗯嗚！哈啊啊♥啊啊、刃更……呼啊啊♥你這麼……啊哈、這麼～♥哈啊啊啊……不要、啊哈啊啊啊啊啊啊啊♥」

有如受到刃更的吞嚥動作所牽動，長谷川深陷於淫亂的授乳之喜中。

刃更激烈的吸吮，讓長谷川滿漲肉慾的乳房愈發軟爛，開始變形，每一口都填滿他的嘴。噴發母乳的乳頭被他愈吸愈深，甚至搔弄到咽喉最深處。

「————！」

但刃更毫不理會。不只是乳頭，他連乳房也一起狂吸。

「————～～～～♥」

極度快感不斷累積，終於使得長谷川白喉翻仰，連話也說不出地淫叫著劇烈高潮。

## 7

長谷川千里是東城刃更的性奴。

有幾種方式，能使她反射性地達到高潮。

其中之一，就是被刃更吸吮乳頭——吸吮乳汁。

而且長谷川現在容易釋放本能，所以感官——對性的感覺，也遠比平時強。

因此，這場淫褻的授乳帶給了她更勝以往的巨大高潮。

再加上與潛意識連結，無論受到再大的快感衝擊，也不會失去意識。不僅如此，對高潮的忍受能力也遠超過平時的限度。

——而這樣的異常高潮是一秒來一次，隨著刃更吸吮她的乳頭而不斷來襲。

那快感凶猛到一次就能讓她昏厥，然而這樣的狀態竟持續了一分鐘、兩分鐘、三分鐘，甚至超過四分鐘。

「嗯……哈啊……啊啊、嗯……啊♥哈啊……嗯、啊啊……嗯呼♥啊啊……刃更、哈啊……刃更……♥呼啊啊……嗯嗚、啊……哈啊……♥」

到了五分鐘，長谷川已經連續承受超過三百次的異常快感，墜入高潮已是理所當然的肉慾深淵。

「…………………嗯、哈。」

到這裡，刃更的嘴總算放開了長谷川的左胸，從高潮的風暴中釋放她。

「啊……啊啊、嗯……哈啊……啊……♥」

連續承受無數高潮猛攻的長谷川，要排放體內堆積的慾火廢熱般歡愉地深呼吸時，刃更又拿起了剪刀，剪斷一樣東西。

長谷川發現那是她的內褲，幾乎是下意識地張開雙腿。

「……啊……啊啊……嗯……」

她迷濛的雙眼，也因此見到自己的蜜縫成了什麼樣。

在極度高潮的洗禮下，她的私處已經糊爛發燙，淫氣陣陣。陰阜處的黏膜充血發紅，腫脹外翻，湧出濃濃的晶亮愛液。

為迎接刃更的準備，已經完備得不能再完備。

「————」

見到長谷川如此淫相，刃更的眼也激昂起來，一下子就脫個精光。

……啊……

意識因快感而模糊的長谷川恍惚地看著刃更。

見到他也做好侵犯長谷川的準備。

令人望之色變的巨大陰莖昂然矗立，甚至高過肚臍。

「老師……妳要我怎麼蹂躪妳？」

刃更懷著滿腔滾燙的亢奮問道。

而長谷川沒有說出她的答覆。

異常高潮的餘燼仍充斥她體內，不是能說話的狀態。

不，就連思考都辦不到。

——然而，這裡畢竟是她潛意識具體化的世界。

不必言語也無所謂，思考也並非必要。

想被刃更怎麼蹂躪——長谷川千里的本能自然會回答這問題。

她潛意識深處的渴望當場就實體化。

「咦……？」

見到這樣的變化，長谷川千里也愣住了。有幾個人影，包圍著她與刃更所在的床。

共有四人——每個都是赤身裸體，每個都是刃更。

那是藏在是長谷川心靈深處，連她自己也沒察覺的淫亂心願。

她真正的願望，正是被刃更輪姦。

——過去，在溫泉旅館內的加速結界中。

分身成六人的刃更徹底地對長谷川灌輸肉體歡愉，將她調教成性奴。

空間裡的時間比正常快，一晚延長成將近一年之久——如此與刃更沉溺在快樂中的每一天，是長谷川最幸福的回憶。

如今挑戰主從誓約之際，那美妙的一刻即將重演。

——但是，刃更的分身比當時少了一個。

第①章

# 絕美女神的主從誓約

若要將主從契約推升至誓約，分身是愈多愈好。人數愈多，輪姦的凌辱度也會更強，但現在人數含刃更本人只有五人。潛意識中沒有偶然——純粹只有必然。

那麼，五個刃更代表什麼？

沒有別的，正是已與刃更達成誓約的少女人數。

澪、萬理亞、胡桃、柚希、潔絲特。

她們與刃更的性愛過程，長谷川從頭到尾都看在眼裡。

連續目睹刃更的陰莖插入她們的濕黏淫穴，貫穿處女膜，內射而劇烈高潮，達成主從誓約。

刃更是因為長谷川的提議，才會和澪幾個結下主從誓約。但她卻得在唯有自己不能和刃更交合的狀況下，從另一個空間一邊自慰，一邊看著澪幾個和刃更性交而結下永恆的聯繫。

她將自己投射於澪幾個身上，用指甲尖摳弄全身最敏感的處女膜，一次又一次地高潮——卻全然不覺滿足。

見到刃更裸身出浴就把持不住，便是因為這個緣故。

——可是現在她再也不必忍耐。

長谷川已經能和刃更結主從誓約了。

「把我的手解開吧，刃更……」

於是長谷川如此請求。

「────────」

刃更也默默聽從她的願望，解開綳帶。一重獲自由，長谷川就躺在床上，雙手移至胯下，露出蠱魅的笑容──

「快來……強姦我這個淫蕩保健室老師的時間到嘍。」

然後慢慢掰開溢出大把愛液的淫穴。

長谷川千里──以淫浪至極的表情說出她的願望。

「…………快，把我幹得不成人形。」

東城刃更看著長谷川千里掰開她的蜜縫，妖嬈微笑。

以教師臉孔要求凌辱的長谷川，表情是絕頂銷魂。

「────────」

使刃更完全為她著迷，手握鋼柱抵住陰道口。

充血而紅得像禁果的勾人媚肉，因授乳的高潮而完全濕軟發燙。牽著銀絲的穴口，似乎可以輕易吞下刃更的陰莖。

——但是，東城刃更沒有立刻向前挺腰。

陰道口內不遠處就是處女膜——長谷川最大的敏感帶。

被刃更的陰莖輕輕一碰，就很可能劇烈高潮。

……再說。

那樣只是普通的性交。長谷川要的不是那麼簡單的第一次。

長谷川希望刃更給她的是淫褻至極的凌辱。即使是在雙方完全同意下交媾，也要把她侵犯得死去活來——刃更必須這麼做才行。

「…………………」

於是刃更暗自對長谷川創造的分身下令，四名分身跟著抓住長谷川的肢體，按在床上。

「啊嗯……哈啊……好棒，我真的要被你強姦了……」

長谷川的情緒因高漲的性慾而歡騰，全身一陣陣地抽搐。

但是——她依然顯得從容。

「……老師，有件事想拜託妳。」

所以東城刃更要奪去長谷川的從容。

「把我的東西……變成兩根。」

過去長期掌控魔界的樞機院首領貝爾費格也有兩條陰莖。

「…………我才第一次，你就要從一開始就前後一起插嗎？」

明白刃更意圖的長谷川錯愕地問，刃更點頭答：「對」。

——第一次性交就兩穴齊插。

這就是東城刃更所認為最適合長谷川的侵犯法。

「如果是先前再後，就跟柚希那時一樣……這樣一定滿足不了老師。妳想超越先和我結下主從誓約的澪她們……才弄出這些分身的吧？」

但話說回來——

「我也不想只插前面，後面讓給分身插。」

因為——

「不管前後，能搶走老師處女的只有我一個，就算是我的分身也不准。」

「……你真可怕。啊啊……」

聽見刃更的宣言，長谷川兩眼淫慾滿漲，情不自禁地嬌喘起來——下一刻，刃更的胯下已多出一條陰莖。

不是左右，是上下……好同時侵犯陰道和肛門的排列。雖然長谷川和澪她們不同，沒有吃東城家的飯，但肛交也沒有裂傷的危險。具現出這保健室與白袍等種種的她，當然連自己的體質也改變了。

於是——獲得最適合侵犯長谷川的性器以後，刃更兩條鋼柱的尖端抵上陰道與肛門入口，還「咕啾♥」地擠出濕響。溢出長谷川蜜縫的愛液，沿著會陰淋濕整片後庭，為兩條陰莖抹上淫穢的糖衣。

「…………我來嘍。」

刃更的簡短宣告使長谷川狐媚一笑。

「來……快幹死我。」

並且粗俗地央求。

——所以刃更如了她的願。

不像對待澪她們那麼溫柔，順從慾望將兩條陰莖毫不留情地狠狠塞進陰道和肛門。龜頭即刻撞穿柔嫩的薄膜，軟爛的黏膜隨即從四面八方湧上，要吞噬刃更的陰莖。剎那間——

「啊————啊啊啊啊啊啊啊啊啊啊啊啊啊啊啊啊啊啊♥」

陰道與肛門同時遭犯，一併失去前後處女的長谷川，因處女膜這個最脆弱的性感帶被刃更撕裂又遭到肉棒猛力摩擦而翻動，感覺強烈到使她霎時瘋狂淫叫，瞬間高潮。

——但她別說躲，就連挺腰扭動也做不到。

因為刃更的分身將她緊緊按在床上。

「！…………啊……呃、哈啊……啊啊…………♥」

長谷川前後失守，同時失去兩個處女而欲仙欲死的模樣痴淫至極。她表情是完全沉浸在禁忌的快感中，身體不規律地抽搐，每動一下都從乳頭震出大把白濁乳汁。

「…………………」

原本刃更是打算一鼓作氣，讓兩個分身同時吸吮她左右乳頭，直接開始輪姦長谷川。

可是他做不到——兩穴齊插對刃更也是第一次的體驗。

長谷川的陰道和肛門雖能完整嚥下刃更的兩條陰莖，但裡面十分狹窄，火熱黏膜蠢動翻攪的感覺讓刃更是超乎想像地興奮。

之所以沒有往下一步走，是因為他發現更令人興奮且驚訝的事。

混合愛液與血水的紅色晶露，從貪婪吞沒陰莖還緊緊咬住肉棒根部的穴口周圍慢慢流出……告訴刃更他的確奪下了長谷川的處女。

可是穴口內部不遠處——仍有種不同於陰道皺褶的感覺束著刃更肉棒最粗的部分。

……這是……

錯愕之中，刃更明白了那究竟是什麼。

長谷川的潛意識依然渴求全身最敏感的部位所帶來的快樂——讓本該破裂的處女膜又不

知害臊地復原了。

不僅如此，插入肛門的陰莖也感到了同樣的箍束。不是錯覺，長谷川的直腸裡的確多出了環狀的肉瓣。

……難道老師……

沒有錯。被兩穴齊插同時奪去前後處女——為了將這悖德的歡愉發揮到最大限度，長谷川只餘淫慾的潛意識甚至在直腸裡造出了處女膜。

如此令人難以置信的狀況使刃更的思緒出現空白時，雙穴插入奪去處女的劇烈高潮終於從長谷川腦中退去。

「……………啊……啊啊……嗯、哈啊……啊啊……嗯♥」

恍惚注視虛空的雙眼找回焦點，伴著禁忌快感激起的鹹濕目光慢慢轉向刃更。然後在陰道和肛門將刃更增為兩條的陰莖緊緊深吞到底的狀況下——

「再多蹂躪我一點嘛……我還是處女呢。」

長谷川淫聲浪語地催促刃更。

她的話和表情，是十二分地足以搗碎刃更的理性。

「————————！」

刃更頓時慾火濤天，恣意粗暴擺腰，狂抽猛送插入長谷川的兩條陰莖，同時將乳汁流不停的乳頭塞進嘴裡猛力一吸。

「呀啊啊♥哈啊……嗯嗚、啊啊♥啊啊……刃更、哈啊……刃更～♥用力……哈啊、再用力……用力弄死我……哈啊啊啊啊♥」

陰道與直腸的兩道處女膜與黏膜瘋狂摩擦和吸吮乳汁的快感，讓長谷川一轉眼就陷入禁忌的高潮漩渦。

長谷川的處女膜在一次又一次的抽插中反覆復原，在介於處女與非處女的狀態下纏繞肉棒。不僅是陰道與直腸黏膜，處女膜的摩擦也帶給刃更的兩條陰莖驚人的快感。

「！老師……準備好，我要射了！」

刃更的嘴放開乳頭，宣告最初的射精。

「啊啊……！把我前面後面……全部射滿……啊哈啊啊啊♥」

長谷川雙手摟住刃更的脖子，貼額直視他的眼催他射精。

勾纏他腰部的雙腿猛一用力，將雙方貼合度逼至極限。那即是女人期盼內射而淫性大發時的要求方式。

「！……射了、唔……呃啊啊啊啊！」

長谷川的反應使刃更射精衝動暴漲，忍無可忍地暴洩。

在兩條陰莖同時射精所帶來下半身都要淘空的空前絕頂快感中，東城刃更將大量精液往長谷川體內灌送，時間甚至近一分鐘之久。

「啊啊啊！……呀啊啊、哈啊啊啊啊啊啊啊啊啊啊啊啊啊啊啊啊啊～～～～♥」

陰道與直腸最深處遭受同時射精，讓長谷川再度享受巨大的高潮。

同時兩側肉壁都要暢飲刃更的精液般猛烈蠕動起來，要把他陣陣脈動的陰莖榨得一滴不剩。

「……………繼續喔。」

那感覺令刃更瞬時爆硬得更甚以往，沒拔出陰莖便又開始侵犯長谷川前後雙穴。

大量精液成了潤滑劑，加快抽插速度。

「————————♥」

更激烈的雙穴齊攻快感，讓長谷川不成聲地淫叫。

——這時，為了更進一步地凌辱長谷川，刃更暗自對分身下令。

命令並不複雜，就只是「上她」兩個字。

而那已十分足夠。

『————————』

刃更的分身們一同逼向床上狂亂的長谷川。

## 8

從這一刻，五名刃更正式開始輪姦長谷川千里。

額外四條陰莖和八隻手加入戰局，極盡淫樂之能事地侵犯長谷川。陰莖往她的嘴粗暴地塞，猛力吸吮左右乳房，在刃更本尊不停抽插雙穴的同時用手玩弄陰蒂。陰蒂還在褪去包皮而更為敏感時被從旁殺來的龜頭爭相磨蹭。

精液的澆灌從沒停過。陰道、直腸、嘴和臉，全身都是滿滿的精液，而五名刃更讓長谷川高潮的次數，更比射精的次數還要多。

——但是，長谷川不是第一次和多名刃更交歡。

所以自輪姦開始約兩小時的體感時間後，她的雙手、雙乳、烏黑的長髮，都成了催趕射精的淫具。

「啊啊、嗯……啾嚕……嗯呼♥嗯唔、呼……哈啊……啾噗♥」

長谷川整個人都沉醉在被五個刃更輪姦的體驗中。

到這時候，她也分不太清分身與本尊了。

在她陰道與直腸裡連續射精五次後，刃更換了位置，要長谷川乳交。長谷川也用她深邃的乳溝一次夾住兩條陰莖，無微不至地疼愛。

這當中，她空出的兩個肉穴也終於迎入分身們的陰莖，被插個沒完沒了。

——陰道、肛門和嘴裡，總是少不了陰莖。

是不是分身都無所謂，只要肉棒來到眼前，便理所當然地張嘴就含。

插入下體的，無論前後都必定往內灌射。

乳頭被吸吮時，兩隻手也各抓一條陰莖花招百出地套弄；要是插她乳溝，就捧起乳房賣力推擠。

不知不覺地，長谷川已經掌控住五名刃更射精的節奏——從裡到外都裹著滿滿的精液，在舒爽的高潮中抽搐。

再過一小時，長谷川消去分身並將刃更的陰莖復原，浸淫在一對一的濃情性愛中，追逐深入的歡愉。

「————感覺得到嗎，老師。」

床上——刃更正以騎乘式從下方猛頂陰道最深處。

「嗯！……哈啊……啊啊……有……天、天啊……好厲害……♥」

深入的快感讓長谷川飄飄欲仙地淫呼浪叫。

刃更正在開發感覺比陰道和陰蒂更強烈的敏感帶——子宮口。持續接受極度快感，使長谷川的子宮早已完全下降。當子宮入口處一帶的部位遭到向上推擠，震撼她全身與意識的深沉歡愉便一波接一波地湧上。

那比劇烈得有如閃光的高潮更為持久，即使沒有高潮抽搐，卻能不斷嘗到超越以往高潮的快感。

不久，長谷川感到填滿她陰道，戳頂子宮口的陰莖稍微變硬、膨脹。

她很了解，那是刃更即將射精的信號。

因此——

「哈啊啊……呵呵，又要射了呀……好，直接射進來。」

長谷川蠱魅地笑，要把刃更的陰莖送入自己的最深處般更挑逗地上下搖擺白臀。

到了刃更就快憋不住的那一刻。

她真的將刃更的陰莖送入了自己的最深處。

那是長谷川的表層意識與潛意識不謀而合——令長谷川體內發生難以置信的淫猥奇蹟。

隨著「啵」的感覺，刃更的龜頭竟闖入了陰道盡頭的另一邊。

……咦……？

不曾有過的體驗讓長谷川千里不禁停止扭腰。

她感到下體深處——有某個狹窄的部分努力張大了嘴，銜住刃更的龜頭冠。

含長谷川在內已馴服六名性奴的刃更，一時也不明白這是什麼情況。

射精在即的刃更根本沒多餘心力想那麼多。

但身為保健室老師的長谷川自然了解這是什麼狀況。

……不會吧……

她只知道這個詞和相關知識——而它就在這裡實際發生了。

——子宮內性交。

長谷川想起這個表示她狀態的詞時，刃更也忍無可忍——在她體內勃然暴洩。

「！——————～～～～～～～～～♥」

長谷川的子宮直接嘗到刃更精液的滋味和火熱，激起幾乎顛覆她潛意識的劇烈高潮，帶來無上的禁忌快感。

緊接在這之後，長谷川頸部的主從契約詛咒斑紋也消失了。

9

## 第1章
# 絕美女神的主從誓約

——就這樣，長谷川千里順利與東城刃更完成了主從誓約。

那奇蹟性的高潮，同時奪占了長谷川的肉體與心靈。

子宮受到入侵的快感餘燼使她的意識完全潰散，分不清虛實。不過——

……啊……

下腹深處有股舒爽的痠麻。那明示著她曾與刃更性交的事實，讓長谷川在淫靡的幸福中渾身一顫。

「老師……」

她所宣示忠誠不渝的主人收緊輕擁她的手臂。

長谷川也向刃更撒嬌似的在床上與他相擁。

若時間到了，萬理亞應該會叫醒他們。

所以長谷川依偎在刃更懷裡，臉頰貼著他厚實的胸膛，藉重合的肌膚傳遞彼此體溫，直至一致。

那給她不同於性愛的安適一體感——讓她在刃更舒爽的體溫圍繞下睡意漸濃，心中浮現幸福二字。

「——老師，可以答應我一件事嗎。」

突然間，刃更輕聲說道。

「假如這場戰鬥到了最後，我差點就要殺了斯波的時候……希望老師能出面留他一命。」

「……這是為什麼？」

長谷川坐起來問，刃更跟著解釋：

——為了打倒斯波，刃更恐怕得出盡至今所獲的所有底牌。

但事情不會因為打倒斯波而結束。

這次事件必定將在勇者一族內部掀起波瀾，與魔族建立新關係的問題也仍未完全結束。

而且，事情也可能像長谷川所憂心的那樣驚動神界。

「所以我想拿斯波作我處理這些問題的新底牌……不過這件事，又會讓我和澪她們之間多一個祕密就是了。」

聽了刃更的話，長谷川說出她的看法。

「只要是你的要求，我都會去做……不過他十分危險，得千萬小心。」

「我知道，所以我要和斯波結主從契約。」

刃更平靜回答長谷川的擔憂。

面泛無比冰冷的淺笑。

「當然……要用我的力量訂契約。」

「————」

刃更的計畫使長谷川不禁抽一口氣。

主從契約的詛咒，效果會隨媒介魔力來源的能力特性改變。

例如以萬理亞的魔力發動的主從契約詛咒，效果即是夢魔的催淫。

而東城刃更的自有能力特性——是「無次元的執行」。

且現在的刃更已與長谷川等六人結下主從誓約。

一旦對如此境界的刃更存有二心而引發主從契約的詛咒——斯波必定會瞬時消滅，被放逐到零次元的彼方吧。

……他接下來還要和斯波戰鬥呢。

長谷川誓言永遠忠誠的主人——東城刃更沒有只顧眼前，還放眼設想長谷川所害怕的未來。不僅超乎想像地打算將斯波恭一這帖劇毒納為自己的底牌，還對伴隨而來的風險做好了萬全的預防。

在這裡說出來，是為了告訴長谷川他們的誓約是正確的選擇，他是真心看重長谷川。

因此——

「抱歉，這可能會進一步提升我們不得不與神界為敵的風險。」

長谷川對垂眼的刃更輕輕搖頭。

然後微笑。

「不必道歉……能服從你的命令，就是我的幸福。」

難道不是嗎。

「我的一切，刃更——都是你的。」

長谷川說出她的幸福，吻上刃更。

將這一刻、感到的體溫、交會的心念和言語都深深刻畫在心裡。

——相信他們之間絕對存在著永恆。

而他們也因此成就了奇蹟——如這誓約一般。

# 第2章 相信這樣的日常就是幸福

## 1

——某日深夜。

賽莉絲．雷多哈特難受地從床上醒來。

因為悶熱得睡不下去。

「嗯…………」

她無奈起身，看看床頭櫃的數位鬧鐘，是凌晨兩點。

雖然已經入春，現在距離天亮仍有一段時間，要稱作早起實在太勉強。

應該繼續睡下去才對。

——為此，得先了解悶熱的原因。

賽莉絲往數位鐘一併顯示的室溫與濕度看。

「…………不至於難受吧。」

看來沒必要開空調。

多半是被子不適合賽莉絲的體溫。

……偶爾也是會有這種事啦。

畢竟賽莉絲・雷多哈特還不怎麼習慣這裡的生活。

包含其所使用的寢具——和睡在這間房在內。

於是賽莉絲脫去睡褲，由上解開三顆睡衣鈕釦。

房中空氣隨之流入睡衣底下，緩和幾分悶熱。

只要躺下來就睡得著了吧，但賽莉絲卻下了床。

因為口渴。

離開房間輕聲下樓，打開客廳的門走向廚房，從櫃子拿玻璃杯到冰箱邊的開飲機注水。

溫度正好的冰水沁潤咽喉流落食道，背脊感到一陣舒爽的涼意——賽莉絲就這麼整杯喝完，「呼～」地吐氣。

這樣就能一覺到天亮了吧。

就在她這麼想，要到水槽洗杯子的時候。

有人從走廊開門，進入客廳。

在陰暗房間裡浮現的輪廓，屬於賽莉絲熟知的人。

## 第2章 相信這樣的日常就是幸福

「刃更……」

深夜的偶遇讓賽莉絲略為驚訝地叫出對方的名字。

「賽莉絲……妳怎麼在這，睡不著啊？」

她的兒時玩伴，這個家實質上的主人東城刃更，很快就發現她在廚房而走來。

「那你又是來做什麼……！」

問到最後，賽莉絲不禁抽一口氣。

——因為刃更只穿一條四角褲。

他結實精悍的肉體散發出強烈的男性魅力。

而且他全身還冒著微微的熱氣。

說明了他剛做過些什麼。

「沒什麼，就是地下室冰箱沒飲料了……所以上來拿。」

這麼說的刃更已來到賽莉絲眼前，讓她紅起了臉。

刃更立刻明白那是因為什麼。

「……啊，抱歉，這樣就上來了。」

「沒、沒關係……不是你的錯。這本來就是你家嘛。」

賽莉絲連忙對尷尬的刃更搖搖頭。

——賽莉絲目前是東城家的住客。

而且用的還是刃更原本的房間。

沒有立場過問刃更這一家之主私人生活方式。

即使眼前刃更的身體飄散微微熱氣——不是剛出浴或健身後，而是其他低俗的緣由。

……因為。

東城刃更和住在這個家的少女們的關係，早在賽莉絲借宿之前就已經成立——而且那是為了生存而逼不得已。

賽莉絲也知道，他們每晚都在潔絲特以土系魔法所打造的地下室巨大寢室裡做些什麼。

但她無法責備他們這樣的關係。

至少賽莉絲完全不是斯波恭一的對手——而刃更他們擊敗了如此強大的斯波，拯救世界於毀滅威脅之中。

賽莉絲重新查看眼前的刃更。

……好厲害……

光是這樣與刃更面對面，就能了解他獲得了多麼強大的力量。不僅是刃更，決意與他生涯與共的少女也達到賽莉絲遠不能及的境界。

欽佩之餘——面對著散發香水般甜蜜女性幽香的刃更也讓她心跳加速，即使明知不該如

第 2 章

# 相信這樣的日常就是幸福

此也無法克制。

「…………………！」

賽莉絲不禁吞吞口水。

——在開始住進這個家當天的夜裡。

雖然之前賽莉絲在「村落」的露天浴池裡，曾被澪事先警告過會有洗禮這件事。果然因誤信夢魔萬理亞的「為了互相了解」，如字面般遭到她的「洗禮」。

過去萬理亞也對胡桃做過這種事，而她的力量還強得完全不是過去可以比擬。這讓賽莉絲陷入堪比主從誓約的催淫狀態——只能讓刃更幫她解脫。

她因此飽嘗一路對刃更屈服的澪幾個所受過的滋味，而那甚至強烈到能沖散她的理智，十二分地足以撼動她至今建立的價值觀。

那是一旦嘗過就永遠無法忘懷的異度快感——而賽莉絲被一再深入灌輸那樣的感受，在刃更幾個面前激烈高潮了無數次。

雖然不至於跨過底線——但每次回想起來，都會讓她羞得快抓狂。畢竟——

……那時候不只是我一個……

為了不讓她獨自承受——並提升她的抵抗力和免疫力，萬理亞提議讓刃更和澪幾個做些更淫穢的事。

也就是在她面前瘋狂做愛。

賽莉絲就這麼以深陷高潮餘韻而迷濛的眼目睹了整個過程。

澪幾個毫不遲疑地衝過仍存在於賽莉絲與刃更之間的底線，明顯享受著與刃更交媾的快樂，眉飛色舞地高聲淫叫。

完全就像是──真正的性奴。

事到如今，賽莉絲也經常自問那會不會只是一場夢。

不是懷疑刃更替她解除萬理亞的洗禮，或是澪幾個與刃更做愛的幸福神情。

反而懷疑可能是高潮初體驗刺激太大，讓她在意識遭受歡愉侵占時，看著澪幾個與刃更做愛的愉悅神情──竟覺得羨慕不已。

雙方的本能如此激烈地對撞，貪婪地彼此給予快樂……而那樣的淫行卻加深他們的感情，更給予賽莉絲如何企求也得不到的力量。

難免會有不如效法他們的心情。

然而翌晨恢復正常後她羞得無地自容，將當時近似憧憬的感覺當作肉體歡愉沖散理性而造成的錯覺。

……可是……

刃更幾個卻似乎要動搖她的想法，沒有一天不索求彼此。

隨著斯波事件收尾，除了和平以外，他們還獲得了為爭取和平而成就的力量，以及淫亂至極的關係。

那般窮極淫慾的性交方式，就是在歷經死鬥之後降臨東城家的日常吧。

所以賽莉絲接受了他們的荒淫關係。

不過這絕不表示她能夠坦然面對。像這樣面對才剛和澪幾個床戰後的刃更，就讓她羞得不得了。

「…………總、總之不用在意我。這是你家，愛怎樣都隨你高興。再說你看，我自己也穿得很邋遢──」

賽莉絲慌張地說到一半，忽然僵掉了。她忘了自己是由上解開三顆睡衣鈕釦，袒胸露出乳間深溝，下半身又是只有內褲的狀態。

而且她剛才還說這裡是刃更家，愛怎樣都隨他高興。

──明明知道刃更之前在地下室和澪她們都在做些什麼事。

用這身模樣說那種話──被刃更以為是勾引他也不奇怪。

「賽莉絲……」

而刃更似乎也往那方面想了。

這也難怪。刃更在地下室和澪她們性交的亢奮到現在也還沒退卻吧，那種話在刃更聽來，和允許他胡來沒兩樣。

「刃、刃更等一下——嗯嗚？」

賽莉絲倉皇制止，但為時已晚。

刃更強壯的手臂已摟住她的腰。

用力一抱時——唇已被刃更強占。

## 2

同居首夜，賽莉絲從萬理亞「洗禮」的催淫狀態解放那當時。

刃更曾大肆揉捏賽莉絲的胸臀，吸吮乳頭，手伸進內褲激烈搓刷胯下，但就是沒吻過她。

賽莉絲並不因此感到空虛寂寞，或欲求不滿等情緒。

因為刃更那麼做，是出於疼惜。

一這麼想，她就開心得不得了。

——賽莉絲．雷多哈特有一個祕密。

## 第②章
# 相信這樣的日常就是幸福

那就是，她喜歡東城刃更。

從多年前前人才交流時來訪「村落」而遇見他開始，就單戀到現在。

那不是小孩常有的一時性情緒，她這份情到今天都沒有改變。

縱然在汪洋彼端生活了那麼多年，心中始終有刃更這麼一個男性。

然而，刃更無從得知。

刃更多半只是把她當一個兒時玩伴看待吧。

所以考慮到賽莉絲和誓言一生相守的澪她們不同——她還有選擇其他未來的可能，便沒有隨便奪去她的唇。

不只是底線，第一線也為她避開。

可是——刃更現在卻強吻了她。

在深夜的廚房，粗暴地奪占。

那就是賽莉絲‧雷多哈特的初吻。

她打從心底喜歡的人，因她失去理智。

這讓她為突發狀況驚慌的同時感受到無可奈何的喜悅，漸漸從她身上溫柔地奪去抵抗力。

「嗯……啾、啊……嗯……哈啊……刃更……啊啊……嗯……啾♥」

明知不應該，賽莉絲仍無法自拔地允准了刃更。

——刃更也感到賽莉絲完全允准他，便做出更大膽的舉動。

熱吻當中，刃更的手抓上賽莉絲解開鈕釦而敞開的睡衣領口並用力左右一扒，將剩下的釦子一口氣全部扯開。

要粗暴地撕開她衣服般，上半身前側完全裸露出來——才這麼想，失去下半部鈕釦的睡衣躲開肩膀似的被他往下一扯到底。

「——嗯、刃更！……等——嗯呼！」

在賽莉絲不禁退開表示疑問那瞬間，她的唇又遭奪占，且這次沒有那麼簡單。驚訝得想張口制止的她，已經允許了刃更濕黏火熱的舌在雙唇下次相觸前入侵她的口腔。

「不……哈啊啊啊……啾噗、嗯啾……哈啊……嗯、咧啾……嗯嗚♥」

兩舌霎時交纏，與刃更接吻的感覺終於強烈到瞬時融化賽莉絲的思考能力。

睡衣被扯到手腕處，使得她胸前兩團軟綿綿的小丘完全裸露。刃更的雙手很快就抓上賽莉絲的乳房，輕柔地搓弄起來。剎那間——

「嗯、哈啊——呼啊啊啊啊啊啊啊啊啊啊♥」

從胸口深處竄向背脊的舒爽，使賽莉絲渾身猛然一抖。

……怎、怎麼會……為什麼……？

第②章
# 相信這樣的日常就是幸福

賽莉絲．雷多哈特不敢相信。

除同居首夜那一次，她從來沒被男人碰過。

然而她現在居然感到令人畏懼的強烈快感。

原因，正是出在那晚數不清的劇烈高潮。

只需一晚，那極度的高潮便十二分地足以開發賽莉絲的身體。因此，即使她不在萬理亞「洗禮」的催淫狀態下，飽嘗肉體歡愉滋味的身體也能感到令人發顫的快感。

因此——接下來的全是必然。

揉胸的每一個動作都讓賽莉絲敏感地反弓，腰臀忘情地抖動。接著刃更的左手繞到賽莉絲背後，大把抓揉她的屁股。

「哈啊、不要……刃更……呼啊啊啊、啊啊……哈啊啊啊啊啊♥」

胸臀被同時大肆揉捏的賽莉絲發出酥軟的媚叫，淫慾步步高升。

襲遍全身的愉悅，使滿布快感而發燙的身體逐漸染成嫵媚的粉紅色。

於是她甩開勾在手腕上的睡衣，主動雙手環抱刃更的頸子拉近他——腳還勾住他的腿，讓下半身貼得更緊。

……啊……

賽莉絲跟著感到有個又粗又硬的東西抵在臍邊。她稍微收顎，往下一看，見到刃更四角褲所包覆的胯下部位有個巨大的突起。

……刃更……因為我興奮成這樣……

劇烈的羞恥——與更為巨大的喜悅，不禁滾滾而上。

身邊已經有那麼多極具魅力的少女，刃更卻仍對賽莉絲有慾念。

「——————！」

這讓賽莉絲再也按捺不住自己的情緒。

刃更這麼想要她的事實，粉碎了她的理性。

這時，刃更忽然將賽莉絲抱到水槽邊的流理台坐下，湊嘴就吻——但吻的不是唇。

坐在流理台上的賽莉絲，胸部正好與刃更的嘴高度相近。

她的乳頭脹得又硬又圓，彷彿是比夏日更熱的肉慾所軟化的乳房中唯一春天還沒結束的部位，結起放肆的花苞。

對於那樣的乳頭，刃更所做的是淫猥的親吻。被他憐惜地輕含乳頭又用力一吸，讓賽莉絲緊抱刃更的頭。

「啊啊！刃更……哈啊啊，刃更……啊啊啊啊啊♥」

且身體因胸部被吸的喜悅而舒爽地顫動——忽然就劇烈高潮了。

……天、天啊……這就是……！

第②章
# 相信這樣的日常就是幸福

賽莉絲・雷多哈特再一次體會到——

這就是澪她們為何如此屈服於刃更，沉溺在他所給予快樂裡。

能有這樣的感受，宣誓絕對服從也是當然的事。

被心愛的人不斷刻畫這般驚人的快感，想抗拒也難。

那令眼前發白的快感在下腹深處炸開，使賽莉絲最羞人的部位氾濫起女性蜜液——不僅使內褲變得濕熱透明，褲底所無法吸收的淫褻分泌物甚至滿滿溢出，從大腿根部往臀部拉出一條條水痕。

完全是無法狡辯的劇烈高潮。

「呀……哈啊……嗯、呼……啊啊……♥」

所以，極度的感官刺激終於退卻而大口嬌喘的賽莉絲，免不了身心都被那驚濤駭浪所支配，暫時成為快感的俘虜。

先前使她害臊的理性已連根拔除，只剩最底下的本能。

——無怨無悔地深愛刃更，想與他合而為一。

只剩如此一名少女的本能。

「……………！……哈啊，刃更……我……！」

賽莉絲以滿溢肉慾，似乎能完全傳達她意念的濕潤眼眸注視刃更。

「嗯，我知道……」

刃更將手伸向賽莉絲的腰際，抓住內褲慢慢往下脫。賽莉絲也用稍微抬腰，以方便他脫的姿勢來回應。

「————」

當內褲褪去，刃更一語不發地面對著完全赤裸的賽莉絲，左手拇指勾開內褲鬆緊帶，右手掏出他的陽具。

賽莉絲．雷多哈特目不轉睛地看著東城刃更的陰莖。

因性興奮而完全勃起的肉棒反弓得不能再反弓，巨大的尖端甚至到達肚臍，索求賽莉絲般迫不及待地陣陣脈動。

那絕對的存在感讓賽莉絲看得目不轉睛。

「賽莉絲……」

接著，刃更眼神專注地凝視她，低聲呼喚。

賽莉絲已經一絲不掛，沒有東西能脫了。

不過賽莉絲仍做出回應，因為她很明白刃更要的是什麼。

而那也是她自己的願望。

「…………」

第2章
# 相信這樣的日常就是幸福

賽莉絲・雷多哈特在坐在流理台上，一邊注視著刃更，一邊慢慢張開雙腿，暴露出她最羞恥的部位。

刃更向她靠近，瞄準賽莉絲的入口般調整陰莖尖端的位置，來到雙方黏膜若即若離的位置。

「嗯……啊……啊啊……♥」

只要有一方稍微挺腰就會構成性交的狀況，激起幾乎令人發狂的悖德亢奮，震顫賽莉絲全身。

忍不住了。不僅是賽莉絲，刃更也是。

「……賽莉絲，我來嘍。」

刃更不是徵求同意，而是宣告。

「來吧，刃更……求求你奪走我的第一次。」

賽莉絲淫笑著這麼說——然後兩人終於合一。

但這個行為沒有後續。

因為她在這時醒來了。

「咦…………？」

賽莉絲不禁發出錯愕的聲音。

眼前沒有刃更的身影，就只是床正上方的天花板。

「…………………」

她坐起來查看床頭櫃的時鐘。

時間將近上午五點，太陽已經升起的時段。

於是賽莉絲．雷多哈特了解到——那全是一場夢。

同時赫然想起一件事。

「……萬理亞，又是妳搞的鬼吧？」

賽莉絲猛然掀被。

她不只是在同居首夜因「洗禮」陷入強烈催淫狀態。住下來以後，堪稱東城家之寶的蘿莉色夢魔，沒事就趁睡著以後入侵她的床，讓她夜夜春夢。

不過——

「…………咦？」

賽莉絲又愣住了。

被子底下沒有看到萬理亞的蹤影，意即那場春夢不是蘿莉色夢魔的惡作劇，是賽莉絲自己的夢。

「————!」

於是下一刻，賽莉絲・雷多哈特羞得滿床打滾。

## 3

「…………怎麼會這樣。」

賽莉絲受到不小的打擊。

勇者一族中，只有經過嚴格篩選的人才有資格成為聖騎士，這樣的她居然會做那麼下流的春夢。

……而且。

賽莉絲查看自己的狀況。上半身，睡衣鈕釦由上解開三顆而袒露胸口，下半身只穿內褲。這部分還不是問題。

雖然她在夢中是半夜解釦脫褲，但實際上睡前就是這樣了，這樣睡起來比較舒服。問題，在於其他地方。

那就是激烈春夢所導致的女性生理反應。

春夢讓賽莉絲全身火燙，內褲也和夢中一樣沾滿淫汁。

「…………嗯……」

她忐忑地將手伸進內褲底下觸摸私處，擦出猥褻的「咕啾」聲。

賽莉絲的胯下已經氾濫成災，所以肯定沒錯。

和刃更做愛的夢讓她高潮了。

……我的身體已經變成這樣啦……

這個百口莫辯的狀況，讓賽莉絲．雷多哈特輕擁自己慾火纏身的軀體。

——開始在東城家生活以來，轉眼就是一個半月。

刃更擊敗斯波後，「梵諦岡」的勇者一族之首——聖王阿爾巴流斯突然失蹤，其他地區大力抨擊他棄重大職務於不顧，要求「梵諦岡」負責。於是他們急著推舉新任聖王上位，然而名列候補人選的樞機主教卻沒有一個敢出頭。

因為在這種時候繼承聖王之名，就要替下落不明的阿爾巴流斯收爛攤，還得整頓上下亂成一團的「梵諦岡」。若想和阿爾巴流斯一樣長期坐擁絕對的權力，別冒這個險才是上策。

……畢竟。

諸如阿爾巴流斯和十神雷金列夫的實驗，或斯波的誕生過程等，「梵諦岡」和「村落」有許多不為人知的禁忌祕密。

第2章
# 相信這樣的日常就是幸福

儘管在刃更的交涉下，這些醜事不至於公諸於世，但也不得不聽從刃更等人的要求。

賽莉絲能在如此混亂的狀況下來到東城家，就是因為他們逼迫「梵諦岡」接受這調動。

與斯波決戰時，賽莉絲為了幫助他們而編造其必要性，沒有獲得上級准許就加入戰局。

所以返國以後，她勢必得為自己的專斷獨行而受罰。

況且「梵諦岡」高層，也有人想藉由將大半責任推給派至現地的異端審訊官賽莉絲，以求自保。

理由是沒有看出隨行者庫雷歐．安賽爾斯已經被魔族掉包，給斯波造反的機會。

然而，刃更幾個保護了賽莉絲。他們警告「梵諦岡」，假如要賽莉絲背黑鍋而處罰她，就會對其他地區的勇者一族公布真相，並要求按照原訂計畫，派駐賽莉絲到東城家作勇者一族的新任監察。這不只保護了賽莉絲的人身安全，也兼顧她的立場。目前，她不僅是入住東城家，還以留學生身分到聖坂學園念書。

這讓賽莉絲心中全是感謝。

希望能幫助他們，來回報這份恩情。

而第一步，就要在今晚進行。

沒錯，今天是個非常重要的日子。

不過——

「作那麼下流的夢，還把內褲弄成這樣……」

這一個月來受盡萬理亞各種惡作劇，現在居然釀成這樣的後果。

仔細一看，不只是內褲，連床上都有一片濕痕。

一件內褲用不著開洗衣機，在浴室偷偷手洗再拿到房間曬乾就很有機會神不知鬼不覺，可是床單就不行了。

濕成這樣，保證也滲到床墊了。

賽莉絲是借宿在這間房，而這原本還是刃更的床。不管再怎麼害羞，都不能置之不理。

而且清理是愈早愈容易。

——尤其賽莉絲身為魔法劍士，四大元素魔法皆有涉獵。

用水魔法洗淨、風魔法烘乾也並非難事。

問題是，在房裡用魔法一定會被刃更他們感應到，這樣就露餡了。

要盡可能避免驚擾他們，造成不必要的憂心。

不幸中的大幸是，東城家每天都必定會換洗所有床單，連床墊也恢復成清潔狀態。聽說是萬理亞的姊姊露綺亞未雨綢繆，給了他們灌注魔力就會發動淨化效果的特殊魔石。那是穩健派的侍女用來清理城中無數床舖的優秀工具，好用到東城家返回人界以後也不能沒有它。

只不過露綺亞有統領穩健派侍女的身分，魔石只能讓萬理亞和潔絲特——掌管東城家家

## 第2章

# 相信這樣的日常就是幸福

事的兩名魔族使用，對魔石下了靈子波形鎖。

……另外。

聽說刃更也跟雪菈拿了同樣的東西，好在出門在外克制不住時方便清理，但刃更是她最不能拜託的人。

因此——

「看樣子，還是只能請她們其中一個幫忙了。」

畢竟床鋪也不是第一次被她的淫水弄濕。

萬理亞的惡作劇讓她作春夢時，最後都會是這樣的狀態，萬理亞再清乾淨。第一次作春夢的第二天早上，她羞得把萬理亞轟出房間，但跟著來到的潔絲特溫柔地安撫她，還悄悄替她清理床鋪，沒有告訴刃更他們。

而雖然萬理亞會用各種夢魔的方式來惡搞賽莉絲，但還是有點神經，害她又陷入那種難堪狀況時總會瞞著其他人清乾淨。

因為這個緣故，賽莉絲和她們這兩個純粹的魔族很快就打成一片。

……再說。

刃更現在能好手好腳地在這裡，也是因為有萬理亞和潔絲特的陪伴。

她們至今和澪幾個一起幫助了刃更許多次。

那是過去與刃更相隔千里的賽莉絲所辦不到的事。
更重要的是，她們都是刃更寶貴的「家人」。
盡其所能守護刃更所重視的事物——這是賽莉絲目前的使命。
不為勇者一族，而是出於賽莉絲・雷多哈特這個人的意願。
萬理亞和潔絲特也不把她當勇者一族，看作刃更的兒時玩伴來對待。所以賽莉絲也不當她們是魔族，視為刃更的家人來建立良好關係。
……話說回來。
有種被萬理亞抓住不少弱點的感覺。
——不過這種程度的事，若不當作家常便飯，只會是跟自己過不去吧。
每個人都會放蕩地弄濕內褲，在床上留下大片污痕。
這就是東城家現在的「日常」。

4

關在房間裡害羞苦惱也不是辦法。

第2章
# 相信這樣的日常就是幸福

於是賽莉絲出了房門前往一樓，要設法改善狀況。

時間仍不到清晨五點，刃更他們應該還在地下室的巨大寢室。

因此——

……趁現在。

雖然對床墊床單沒輒，除此之外的賽莉絲自己還能處理。她決定先淋個浴，沖去春夢使她流的汗，順便洗內褲。

來到一樓時，她發現走廊有一股香氣。

「…………這是……」

賽莉絲猜想著走向東城家客廳，見到門稍微開了條縫，飄送出輕細的調理聲和刺激食慾的氣味。

輕輕推開門往裡頭窺探，發現有兩個人在與客廳相接的廚房做菜。

是負責今天早餐的柚希和潔絲特。

東城家的飯都是兩個人做，由萬理亞或潔絲特之一為主，澪、柚希、胡桃和長谷川輪流當助手。

「————」「————」

見到她們面帶淺笑，相談甚歡地做菜的模樣，應該沒人會相信她們是曾經敵對的勇者一族和魔族成員吧。

在知曉事實的賽莉絲眼裡，兩人也儼然是形同姊妹。

那是因為刃更而產生的緊密情感。

也是賽莉絲尚未取得的東西。

「………………………」

與她們的差距使賽莉絲猶豫著是否進門時，對方先注意到她了。

「賽莉絲……早安。」

「早安，賽莉絲小姐。」

柚希和潔絲特微笑著問候賽莉絲。

「嗯……妳們也早。」

於是賽莉絲也笑著回答。

這時，她忽然想起自己是什麼狀態。

「————！」

不禁暗喊糟糕，停下腳步。她還沒沖澡呢。

萬理亞可能會翻垃圾桶，不能用衛生紙擦，穿新內褲也可能弄髒。

但她也沒有在這個家不穿內褲走動的勇氣。所以她的換洗衣物只是拿在手上，胯下和內

## 第2章
# 相信這樣的日常就是幸福

褲都仍是一片濕。

「？賽莉絲，妳怎麼啦？」

在廚房的柚希見她忽然僵住，不解地歪頭問。

「沒、沒事……」

在這種事情上害羞，會更強調之前感到的距離。

但羞恥心依然占了上風，使她含糊帶過。

——柚希不曉得賽莉絲曾經弄濕內褲和床單的事。

知道賽莉絲這丟人祕密的，只有萬理亞和潔絲特兩個。

當然，就算柚希知道也不會揶揄或操不必要的心。不過她們也是從小就認識，由於對方熟知自己平時是怎樣的人，反而會覺得更丟臉。

「呃，潔絲特……可以過來一下嗎？」

「是。」潔絲特點個頭並停下做菜的手，來到臉紅請求的賽莉絲身邊。

「……請問有什麼需要？」

她這麼問之餘，往賽莉絲身上看。

「————」

然後立刻察覺找她過來的原因——那不可告人的窘樣。

「那個……不好意思，我……又來了。」

「──沒問題，儘管交給我處理。」

賽莉絲以細得幾乎聽不見的聲音坦白，潔絲特也旋即了解她的意思，一個微笑後轉向背後說：

「柚希小姐，抱歉……可以幫忙顧一下我的菜嗎？」

「嗯……知道了。妳去忙吧。」

柚希什麼也沒多問，點個頭就回去做菜。隨後潔絲特對賽莉絲耳語：

「那麼，我就到您的臥房去清理了……內褲部分怎麼樣？有需要的話，現在就可以交給我。」

「不、不了……這個我自己洗。」

見賽莉絲害羞地左右交蹭大腿，潔絲特微笑著說：

「知道了……那麼賽莉絲小姐，洗完澡以後，能麻煩您替我叫萬理亞過來嗎？」

「…………萬理亞？」

潔絲特點頭答是，對不解的賽莉絲說：

「關於今晚的準備……我有點事要找她商量。」

第②章
# 相信這樣的日常就是幸福

## 5

房間交給潔絲特清理後，賽莉絲走向浴室。

帶上更衣間的洗衣精，將內褲搓洗乾淨。

然後用熱水澆灌全身，感到煥然一新。

還真想放水泡澡好好放鬆。

……不過。

賽莉絲只是淋浴就離開浴室。

畢竟潔絲特請她叫萬理亞過去。

用柔軟浴巾裹住上半身，在上胸束緊以後，她將剛才洗的內褲放進洗衣籃。儘管已經洗乾淨了，但潔絲特和萬理亞將自己定位於洗衣打掃等家事專員，要繼續洗還是直接曬乾，應該交給她們判斷。賽莉絲所做的，充其量只是將內褲處理到給她們洗也不害羞的狀態。

相對地，賽莉絲有別的事要做。

「………………！」

想到找萬理亞所為何事，她就不禁微微發顫。

——昨晚應該是澪跟胡桃和刃更上床。

柚希和潔絲特負責做早餐和中午便當。

至於萬理亞和長谷川，則是從昨晚到今晨都普通地過。

……可是。

萬理亞很可能也跑去插澪和胡桃的花。

原因在於與斯波決戰時的死鬥。

——那場戰鬥中，萬理亞被迫與四神之長的黃龍激鬥，燃燒自己的生命力以發揮超越極限的力量。刃更他們性行為如此頻繁，似乎也是為了補充萬理亞消耗的生命力。

因為淫行就是夢魔的力量根源，會轉換為生命力。

所以，萬理亞現在八成就在地下室。

「………………嗯。」

賽莉絲的腳接連穿過新內褲並一氣呵成地拉上臀部，下意識地吐出近似喘息的聲音。

然後——

……啊……

這時她才注意到。

她原本打算洗完內褲就立刻回房，沒有帶內褲以外的換洗衣物。

上半身有睡衣，但下半身沒睡褲。

是可以先跑回房間拿，不過——

……說不定……

會遇上幫她處理床單床墊的潔絲特。

才剛請她清乾淨那片春夢留下的痕跡就打照面，感覺很難為情。

「————」

於是賽莉絲穿回自己穿來的睡衣，扣上鈕釦。

夢境的影響，使她連最頂端——喉嚨也完全蓋住。

「…………這樣就沒問題了吧。」

然後看著鏡中的自己低聲這麼說便離開更衣間。

目的地是賽莉絲基本上不會跨足的領域。

由潔絲特的土系魔法所構築的東城家地下樓層。

她慢慢走下階梯，首先迎接她的是一扇厚重門扉。

「………………！」

賽莉絲吞吞口水，伸手抓住門把。

用點力氣慢慢推開，剎那間——

『啊啊啊♥哈啊、嗯……啊啊啊！哥哥！哈啊啊啊啊啊啊啊♥』

在東城家的祕密地下樓層迴盪的淫聲浪語便流出門外。

「！…………」

賽莉絲連忙進門關上，不讓聲音傳出去。

門另一邊，是條陰暗的走廊。

彷若深夜的氣氛，霎時混淆她對時間的感覺。

——然而賽莉絲先前也來過這地下室好幾遍了。

知道左邊是普通的牆，右邊是玻璃牆。

也知道玻璃牆另一邊是什麼地方。

因此，賽莉絲．雷多哈特鼓起勇氣望向玻璃牆。

「————————！」

見到的是位在東城家地下的巨大寢室。

那是不只有沙發和吧台，還有大型電視，如客廳般的空間。

最引人注目的，是位在中央的圓形巨床。

床上，正進行著賽莉絲所預想的事。

——那正是賽莉絲今晨春夢的原因。

第②章
# 相信這樣的日常就是幸福

在東城家反覆不斷的荒淫日常。

東城刃更、成瀨澪和野中胡桃三人正在床上翻雲覆雨。

胡桃身穿以金屬環連結各部位的ＢＤＳＭ風黑色比基尼皮衣，看起來十分豔麗，但澪的模樣卻比她還要淫褻。

她身穿完全暴露碩大乳房的束胸，以及蕾絲邊禮服手套和吊襪帶，但頭上卻帶著貓耳髮箍，屁股還多了條尾巴。

可是那條尾巴有條可疑的電線，連接到塞進絲襪口裡的小型遙控。賽莉絲剛到東城家時，見到這條根部有一串矽膠珠的尾巴還不曉得是做什麼用。

而她現在知道答案了——那是有震動功能的肛珠。

此刻，澪是全世界最淫蕩的小母貓。

現在她遭到前後夾攻，被刃更以騎乘位由下抽插，自己腰也扭得胸部猛搖。

『呀啊啊♥嗯、啊哈……哥哥，我還要……哈啊啊啊啊♥』

扭腰擺臀加強快感之餘，澪還央求刃更給她更大的歡愉。

至於胡桃，則是在澪背後環抱著玩弄乳房。

她妖妖地笑著注視澪沉溺在快樂中的淫賤表情，右手抓著塞進澪屁眼的貓尾肛珠用各種角度又拔又插。

『唔呼……澪好像超爽的耶。刃更哥哥，再用力一點插她嘛。』

『…………好。』

刃更順應胡桃的請求，開始從下方暴力衝撞。

『呀啊啊啊♥啊啊啊啊、哥哥！哥哥～～～～～♥』

快感因激烈活塞運動而瞬時暴漲，使澪驚喜交加地淫叫，深深墮入刃更和胡桃提供的雙穴性交。

「！…………」

三人如此荒淫的畫面讓賽莉絲滿臉通紅，只能愣在原地。

而對方也沒有注意到她。

要找的萬理亞不在床上，也不在房間任何角落。

……那一定就在浴室吧。

賽莉絲的視線從床上向橫移動——來到設於寢室邊的更衣間門口。

門後就是東城家自豪的大型浴室。

萬理亞多半正在替刃更幾個做入浴的準備。

……真是不幸中的大幸。

要是萬理亞也在床上，賽莉絲就不得不對混戰中的他們出聲了。其實接受潔絲特的請託

時，她已經做好一定的心理準備……而現況似乎比她的預想還好過一點點。

問題是──浴室在更衣間後方，而更衣間的門在寢室裡。

要進浴室，勢必得通過刃更他們正打得火熱的寢室。

「…………………！」

於是賽莉絲望向走廊深處，右側玻璃牆的尾端。

寢室門口是開放式構造，沒有門板。

只能硬著頭皮上了。

代為處理床鋪的潔絲特有求於她，而她也接受了潔絲特的請託聊表感謝。

於是──賽莉絲．雷多哈特邁開步伐，緩緩前進。

「…………！」

就在她咬緊牙關，踏進３Ｐ玩得正過癮的寢室那一刻。

她和猛蹭刃更下體的澪對上了眼。

成瀨澪看見賽莉絲來到他們所在的地下寢室。

她鮮少進入地下室。

第2章
# 相信這樣的日常就是幸福

而且這說不定還是她第一次單獨下來。

會有急事嗎？然而賽莉絲來到門口就不再前進。

此外，她還滿臉通紅，眼泛情潮地注視他們。

——賽莉絲是重要的貴客，也是新朋友。

但澪無法對她說話。

她沒有那種餘力。

澪現在做的事，遠比向賽莉絲問早或問她來底下是做什麼更重要。刃更的粗大陰莖磨蹭她整個陰道，猛力衝撞子宮口，使火燙的快感在下腹深處膨脹——

「哈啊啊啊！……啊啊、哥哥……嗯嗚、好爽……哈啊啊啊，爽死我了……♥」

那從澪腦中抹去賽莉絲的存在，讓她繼續沉醉在刃更與他所給予的快樂中。

這時，同樣淫慾充腦的胡桃將下巴放在她左肩上。

「呵呵，澪被刃更哥哥上的時候，完全是性奴的臉耶。」

並在媚笑著這麼說的同時，將貓尾肛珠用力塞到最底。

「呀啊啊，不要亂說……啊啊……嗯、哈啊啊……♥」

震動肛珠從菊穴一路震盪到直腸深處，讓澪酥麻得渾身顫抖。

——達成主從誓約後，再也沒有任何事物能阻礙澪等人與刃更的性愛。

所以戰勝斯波之後，她們每天都被刃更操得人仰馬翻。

因此，胡桃說的是無疑的事實。

成瀨澪已經是東城刃更的性奴。

這時，刃更的肉柱在澪的陰道中徐徐膨脹。

澪知道那是射精的前兆。

因為刃更已對她內射了無數次。知道自己的性器使刃更快感高升，讓澪心中淫褻的幸福也瞬時飆漲。

「啊哈……好棒……哥哥又變大了……哈啊、嗯……又要射啦？」

澪在在刃更腰間搖臀擺腰，眼泛淫光開心地問。

「！……對，差不多……要射了！」

刃更這麼說完就雙手緊抓澪的髖部狂抽猛送，使兩人的結合部位啾噗啾噗的鹹濕水聲加倍響亮。

「哈啊啊啊啊啊！……啊啊啊，射出來……用哥哥的汁汁……把我裡面灌滿，啊哈啊啊啊啊♥」

澪披散長髮用力甩臀，主動迎接那至喜的一刻。

隨後——

「！……澪、澪！……射了——————！」

刃更最後猛一挺腰——在澪體內狂洩火熱精液。

「哈啊啊啊啊啊啊啊！好多……好多……啊哈啊啊啊啊啊啊啊啊啊啊♥」

肉柱堪稱暴跳的感覺使澪的歡愉也勃然爆發，騎著刃更不由自主地抖著屁股劇烈高潮。

## 6

成瀨澪現在是懷孕初期。

不只是她，與刃更達成主從誓約的所有人都懷孕了。

懷的當然是刃更的孩子。

取回十神力量的長谷川，還用她的力量對所有人的胎兒施加護祐。

因此，無論刃更動作再怎麼激烈，也不會傷害澪她們的身體。

只要有心，還能完全抑制孕吐和陣痛，就算在澪她們臨盆之際——破水而子宮口擴大的狀況下做愛，也不會對母子造成任何問題。

——據長谷川所言，先懷孕的是澪、柚希、潔絲特、長谷川四個。

得知這個事實後，所有人都理所當然地選擇生下孩子。

他們還對未來做了一番討論，結論是與刃更結下主從誓約的每個人不該有別，於是萬理亞和胡桃服用了強制排卵的夢魔祕藥。

而刃更也喝了特製的強精雞尾酒，對萬理亞和胡桃大量內射。

結果就是兩人也確實懷了刃更的孩子，六人順利全部懷孕。

預產期在冬季。

除自然生產外，長谷川還能調整結界時間，同步所有胎兒的發育速度，並連結母體使她們擁有同樣的陣痛間隔，同時生產。

——澪和萬理亞是前任魔王威爾貝特的異母女兒。

這是永恆不變的事實。所以她們的孩子將繼承魔王血統，出生順序在魔族眼中具政治順位的意義。

為避免這點可能造成的風險與麻煩，六人決定保密……同時生產也可作為一種保險。

不過這件事仍沒有定論。

澪幾個都願意跟從刃更的決定，而刃更則是打算從長計議。

——但孩子是鐵定要生。

所以澪她們沒有什麼好多想。

## 第2章
# 相信這樣的日常就是幸福

她們與刃更的親情終將因此紮得更深。

於是——

「呼……啊啊……嗯、嗚……哈……嗯……♥」

被刃更大量內射，從陰道到子宮都充滿滾燙快感的澪徐徐前傾，倒在刃更胸口。

仍插在陰道中的陰莖，大小硬度在大量射精後也依然不變，愉悅地在澪體內脈動。在如此慾猶未盡的狀態下，成瀨澪臉貼著刃更厚實的胸膛，回想這段關係的變遷。

——最初，她是為了向殺害養父母的仇人佐基爾報仇，欲以再婚為由欺騙迅與刃更，侵占他們家作據點。

但刃更依然拯救了她，當作家人重新接納，甚至願意在逼不得已時與勇者一族——他過去的同伴干戈相向。

剛結主從契約時，澪對會陷入催淫狀態的部分相當反感。

她既沒有性經驗，讓刃更見到主從契約詛咒發動時的她更是丟臉到家。

……可是。

不願輸給柚希的心情勝過了一切……使澪與刃更的淫行頻率逐漸增加，對他愈來愈屈服。在愛上刃更——對他有明確好感以後，對於刃更的撫弄以及其所造成的快感雖然仍會感到害羞，但幾乎不會抗拒了。

爾後前往魔界那陣子，澪幾個開始會主動服務刃更，不只顧自己舒服，也要讓刃更享受，這使得她們一下子個個成了淫娃。最後——為了戰勝斯波而獻上處女，與刃更達成主從誓約至今，澪心中已只有滿滿的喜悅。

每當刃更對她起慾念，引發誓約詛咒而使得身體深處湧現甘美酸楚時，她對刃更的愛慾也會一發不可收拾。他的抽插會帶來令人發抖的快樂，體腔被精液灌滿也會造成比高潮更淫褻的幸福感。

現在，澪就是右臉貼著刃更的胸，品嘗大量內射的幸福。

……啊……

這時，她再次注意到轉了九十度的視野中，有個少女站在寢室門口。

——是賽莉絲·雷多哈特。

前陣子和斯波決戰時，賽莉絲無視於勇者一族和自己「梵諦岡」聖騎士的身分，趕來幫助刃更等人。

澪她們現在能和刃更過這麼幸福的日子，一部分是多虧了她。

所以，澪也想和賽莉絲更親近一點。

……可是。

現在賽莉絲有個問題，而且與澪幾個和刃更都有切身關係。

第2章

# 相信這樣的日常就是幸福

澪無論如何都想幫她解決這個問題。

——所以成瀨澪採取了實際行動。

她坐起身，極盡挑逗之能事地對眼前刃更微笑。

「哥哥拜託……人家還要……♥」

那是刻意做給賽莉絲看的淫蕩請求。

刃更依然插在她體內的陰莖跟著起了反應，噗通一跳。

「嗯……你看，哥哥的那邊……也想要在我裡面多射一點耶……♥」

澪下體用力，擠弄刃更的陰莖。

「對……說得對。」

刃更輕輕點頭，同時——

「啊……呀、嗯……啊啊、又來了啦……哈啊♥」

誓約的催淫詛咒突然發動，澪一臉淫亂性奴的表情甜聲媚叫。

「對了……呵呵，刃更哥哥……要不要用用看這個？」

胡桃從枕頭底下取出一樣東西。

那是紅色的心形藥盒。胡桃從中取出紫色藥丸交給刃更。

澪對那藥丸也有印象。

「嗯嗚……胡桃，那該不會是那個吧……」

「嗯。就是要讓我和萬理亞懷孕的時候，萬理亞特別做給刃更哥哥吃的射精特化型強精劑。我問萬理亞還有沒有剩，就把最後一顆給我了。」

胡桃頷首回答。

「我原本想留在刃更哥哥跟我做的時候用啦……可是給妳用也沒關係，反正我已經和吃下這顆藥的刃更哥哥做過一次了……想要的話再請萬理亞做就好。」

所以──

「刃更哥哥……要讓澪知道你讓我和萬理亞懷孕的時候感覺有多爽喔。」

「──知道了。」

聽胡桃這麼說，刃更立刻將紫色藥丸扔進嘴裡，咬碎吞下去。

澪想回憶胡桃和萬理亞受孕的過程，但做不到。不是忘記，是有件事打斷了她的思緒。

仍插在澪體內的陰莖突然脹大了一圈──不，甚至兩圈。

「呀！……哈啊啊，不會吧……哥哥的那個……大到嚇死人了啦……哈啊啊啊♥」

澪能清楚感到刃更尺寸倍增的肉棒由內放肆地撐開她的陰道。

就在這一刻。

「！…………啊啊啊啊啊啊！」

刃更大聲嘶吼，一股熱流洩出他的陰莖。

澪經驗豐富的陰道和子宮告訴她，那都是精液。

「啊啊、哈啊啊啊！還、還在射……為、為什麼……啊哈啊啊啊啊♥」

即使為突來的射精感到疑惑，澪的快感也仍衝上頂峰。澪現在已經是在主從誓約的催淫詛咒發動下，被刃更內射就會反射性高潮的體質。

「有什麼好驚訝的啊，澪……妳不是看過我們怎麼懷孕的嗎？」

這時，胡桃狐媚地笑著說：

「剛才的藥是特製的，可以讓刃更哥哥保持在射精狀態十分鐘以上耶。還會急速製造精子，總共可以射五公升喔。」

因此——

「恭喜妳喲……妳不是想要刃更哥哥多在裡面射一點嗎？這樣妳的肚子也會被整個灌滿，保證灌到妳滿意的啦。」

然而澪聽不進胡桃這些話。

從刃更開始射精，澪就陷入了高潮狀態無法自拔。

「啊啊、哈啊啊啊啊♥呀啊啊！呀哈啊啊♥哈啊、呀啊啊、啊啊啊♥嗯、呼啊啊啊♥啊哈啊、啊啊、啊啊啊啊啊啊啊啊啊～～～～♥」

在這個誓約所造成的極致高潮接連不斷的狀況下，澪的快感節節攀升。

而且——刃更還要對墜入歡愉深淵的澪進一步猛攻。

用射精狀態的陰莖，故意頂蹭陰道般開始抽插。

「呀啊、這樣……哈啊啊啊啊啊啊啊啊啊啊啊啊啊啊——！」

巨大陰莖在內射的同時摩擦膣壁，推擠子宮口——

「呀啊、啊哈啊啊……哈啊啊啊啊♥這、這是什麼……嗯啊啊！哥哥……哥哥啊啊啊、好棒……一面射精一面插，真的……呼啊啊啊啊♥」

那絕不能跨越的禁忌銷魂感受，讓澪的高潮又衝上了新的高度。

爾後。

如此劇烈的高潮狀態持續了十分鐘以上。

洪水般的精液依然從結合部位滾滾奔流。

「啊啊……嗯、哈啊……啊啊♥不要……哈啊、啊啊啊啊啊啊啊啊……♥」

她已完全成為超現實內射快感的俘虜。

——她的肚子，還稍微凸了起來。

第2章

# 相信這樣的日常就是幸福

刃更鼓脹的陰莖成了栓塞，推送時注入陰道的量遠比擠出結合部位的多，甚至使子宮稍微擴張。

「呵呵，看起還好淫蕩喔……澪，妳就像真的孕婦一樣耶♥」

見到澪的淫相，胡桃從旁往她臉頰一舔。

「呀……哈啊、嗯……啊啊哈啊啊……♥」

澪對孕婦一詞起了反應，雙眼淫慾橫流，滿心歡喜地叫。

——她已經不曉得自己在做什麼了。

只知道連續內射的感覺是無比地幸福，舒爽得全身狂顫，好想永遠保持在這個狀態。

但天下沒有亙古不變的事。

「澪……刃更哥哥的藥效要沒嘍。」

恣意玩弄她胸部的胡桃剛這麼說——刃更的射精便戛然而止，彷彿剛才的一切全是幻覺。

「嗯……哈啊……嗯、啊啊……嗯嗚……哈啊……啊啊……♥」

內射的高潮終於退卻，只剩下陰莖抽插的快感，讓澪吐出一口熱氣。就在這時——

「不要以為這樣就沒了……結束的時候才是最厲害的呢。」

胡桃以至今最亢奮的表情對澪這麼說。

——成瀨澪不是用腦袋，而是藉下體感受到這句話的意涵。

刃更活塞運動當中的陰莖，開始激烈震動起來。

「呀啊……哈啊……這、這是……怎麼了……嗯嗚♥」

體內深處受到這樣的震動使澪疑惑地嬌喘，但她仍下意識料想到接下來會發生什麼事。

——那即是少女性奴的淫猥直覺。

刃更停止射精，不是因為藥效結束。

現在，只是為了囤積而暫停。

澪如此肯定而看向刃更，刃更也以平靜眼神注視她，簡短地問：

「——澪，可以嗎？」

澪聽得出來，刃更準備要給她最後一射。

一旦答應，這段時光就會結束。

不過成瀨澪是東城刃更的忠僕，也是淫蕩的性奴。

只會有一個答案。

於是澪笑淫淫地說：

「嗯……來吧，哥哥。用力射死我……♥」

才剛這麼說完——那一刻就來了。

第②章
# 相信這樣的日常就是幸福

「呃——————啊啊啊啊啊啊啊！」

刃更野獸般咆哮的同時，一團近乎塊狀的火熱奔流從陰莖撞向陰道盡頭。

「！——————～～～～～～……♥」

陰道與子宮受到大量精液灼燒，使成瀨澪在更高度的極致快感中高潮了。

## 7

澪被滿滿內射而感到滿滿的幸福，意識恍惚地倒下後。

賽莉絲看著刃更的陰莖滑出澪的體外。

「…………！」

即使射出巨量精液，他的肉棒也依然維持那巨大尺寸——尖端還持續滴流著灌滿澪下體的白濁淫液。

……天啊……

那壓倒性的存在感與量感，完全把夢境比了下去。要是被那種東西摩擦陰道，賽莉絲肯定會不堪一擊地墜入肉慾深淵裡。

為了屈服澪她們，刃更用過各式萬理亞和雪菈提供的夢魔祕藥。最後在與斯波決戰前，達成與澪、萬理亞、胡桃、柚希、潔絲特、長谷川等六人連續結下主從誓約的空前偉業。

——刃更等人是以夢魔的催淫特性結下主從契約。

要達成傳說級的主從誓約，刃更必須藉由強烈的肉體感官刺激讓她們發自靈魂地徹底屈服，墮落為完全的性奴才有可能。

而如今，他完成了六道主從誓約。

那不僅僅是澪她們要把自己的一切永遠獻給刃更而已。

刃更也要把自己視為澪她們永遠至高無上的主人。

有力量永遠支配這六名性奴。

想到這裡——

「討厭……澪自己爽完就趴了……快起來，怎麼可以不做到最後呢。」

刃更對挖苦澪的胡桃苦笑。

「放過她吧。她剛去得那麼用力，不休息一下怎麼行。」

「真是的……刃更哥哥老是這麼寵她。」

說完，胡桃面露淫笑。

「那就讓我來代替澪幫你弄乾淨吧。」

第②章
# 相信這樣的日常就是幸福

「好……妳來吧。」

刃更自然而然點頭答應——淫褻的口交就此開始。

胡桃已經很熟練，一轉眼就把刃更的陰莖舔得乾乾淨淨。

但不會這樣就結束。

刃更必然會對舔舐他陰莖的胡桃產生性興奮。

所以——

「胡桃…………」

刃更低聲呼喚，胡桃這誓約性奴也立刻對主人的慾求起了反應。她陷入強烈的催淫狀態，做好接受刃更的準備。

「嗯……哈啊啊啊♥還這麼有精神啊……好哇，哥哥，用我玩個過癮吧。」

這麼說時，胡桃胯下的淫液已經流得牽絲。

刃更在床上屈腿盤坐，胡桃也托著他的陰莖，以跨坐姿勢導入她的私處。

蜜壺將刃更的陰莖整根吞到底以後，胡桃在刃更扭腰抽插的那瞬間就立刻和先前的澪一樣陷入狂亂。

「啊啊♥呀啊……嗯嗚、哈啊啊♥刃更哥哥，嗯呼……好棒，啊哈……好棒……呼啊啊啊啊啊啊啊♥」

在小幅搖擺的巨床上，兩人以對面坐位忘情扭腰，沉醉在互相給予最大快樂的淫褻舞蹈中。兩人的結合部位所溢出的分泌物混在一起，隨每次扭腰「咕啾♥咕啾♥」地濕聲大作，有一小段距離的賽莉絲也聽得很清楚。

「…………！」

眼見刃更他們如此縱慾，賽莉絲．雷多哈特只能屏息呆看。

無論那畫面是多麼淫褻，對刃更等人而言仍是，那就是他們的正常生活。

賽莉絲如此說服自己時——

「——不好意思，我的內褲有掉在這裡嗎～？」

有個幼小少女走出與巨大寢室相鄰的更衣間。

一絲不掛的她很快就發現賽莉絲。

「啊，賽莉絲姊，早安呀！很難得看妳來地下室耶。」

東城家之寶蘿莉色夢魔笑容爽朗地向她打招呼，彷彿一旁的激烈性愛現場並不存在。

萬理亞似乎是剛洗完澡，長髮濕淋淋地，幼嫩卻性感的軀體也滴著水。

「妳怎麼坐在這裡呀？」

第②章
# 相信這樣的日常就是幸福

接著，萬理亞低頭對賽莉絲問。

「……啊……」

賽莉絲這才注意到自己的狀況。

——整個人已經癱坐下來。

多半是目睹刃更和澪的激烈性愛，不知不覺地腿軟了。

「不、不好意思……我沒事……！」

於是她紅著臉支支吾吾地回答，好不容易鼓起力氣站起來，並說：

「我是來叫妳的。潔絲特說有點事想找妳商量。」

「潔絲特姊啊？知道了，謝謝妳來叫我喔。」

「萬理亞……妳這樣去會弄濕地板，至少包個浴巾再去。」

幼小夢魔正要往一樓去時，另一道風騷性感的聲音平心靜氣地制止了她。

來自接在萬理亞之後走出更衣間的美女。

擁有一身誇張強調女性特徵的肢體，穿著煽情薄紗睡衣的長谷川。

「早、早安……！」

一見長谷川，賽莉絲的語氣就下意識地恭敬起來。

——賽莉絲·雷多哈特已經得知長谷川千里的真實身分。

過去在神界時，她名列最高階的十神之一。

阿芙蕾亞——那即是長谷川的本名。

勇者一族中，「梵諦岡」對神族的敬意特別強烈。

因此，「梵諦岡」的成員都受過他們特殊的洗禮，信仰與一般教徒有部分不同，所以能無條件信任神族，認同他們的一切。

「梵諦岡」的聖騎士賽莉絲，自然也接受了這樣的信仰。

不會單純把神族當作神，如同魔族不等於惡魔。

這也是勇者一族能和魔族結訂停戰協議的一大因素。

對「梵諦岡」的勇者一族而言，神族的定位是神的使者——也就是天使，等於「神屬」。不只是日文同音，神族和神屬的英文也都是God Group。

最高階的十神長谷川，即相當於最高階的天使——熾天使。

雖然能實際見到神族的勇者一族，信仰與一般教徒略有差異，虔誠度卻不是常人所能比擬。

所以要賽莉絲不崇敬長谷川，是不可能的。

不過這樣的信仰和蘿莉色夢魔一點邊也沾不上。

「喔。謝啦，千里姊，我去去就來。」

第2章
# 相信這樣的日常就是幸福

萬理亞接下長谷川遞來的浴巾圍起身體，噠噠噠地踏著輕快腳步離開臥室，登上通往一樓的階梯。

賽莉絲目送萬理亞的背影離去時——

「賽莉絲……有空的話，陪我洗個晨浴怎麼樣？」

「咦？啊，這個……可是我才剛在上面沖過澡耶。」

意外的邀請使賽莉絲答得很慌張。

「喔，看得出來……不過妳現在這樣，再洗一遍比較好吧。」

長谷川淡然苦笑，視線從賽莉絲的雙眼往下掃。

「妳要穿弄成那樣的內褲上去嗎？」

「……咦……？」

低頭一看，賽莉絲新換內褲的兩腿之間，不知不覺多了片濕痕。

「——這、這是……！」

才剛沖完澡就弄髒新換的內褲，讓賽莉絲面紅耳赤地急忙遮掩胯下。

「不用害羞……看到刃更他們搞得那麼凶，任誰都會那樣。」

長谷川妖妖一笑，「妳看……」同時以兩手慢慢撩起薄紗睡衣的下襬，顯露私處。

那裡多了些猥褻的裝飾，還愈來愈多。

「————」

賽莉絲見到，長谷川的私處比她濕得多了。

那蜜縫放肆地湧出愛液，沿著左右大腿內側直往下流。

即使賽莉絲的崇拜對象現在是這麼淫蕩的模樣，在她眼中也是美得無與倫比——並為那悖德的畫面不自禁地看得出神。

「來吧……讓我們兩個滿腿淫水的女人一起洗個澡。」

長谷川都這麼說了——賽莉絲自然是一點抗拒的辦法也沒有。

## 8

就這樣，賽莉絲·雷多哈特開始和長谷川千里共浴。

目睹刃更他們縱情縱慾的性愛現場所造成的興奮，不只讓她濕了下體，全身也汗流浹背。

同樣在一旁觀看的長谷川也是如此，和賽莉絲一起先到水龍頭邊沖洗身體。

賽莉絲與刃更沒有結主從誓約，平常都是用這個家原本的一樓浴室。刃更不巧出門時，湊幾個也會邀她來地下室泡澡。

……不管怎麼看，這都不像是私人住宅會有的浴室耶。

環視一圈後，賽莉絲再次讚嘆。

——這地下大型浴室的設計到處充滿萬理亞的講究。

最吸睛的當然是可容七人同時泡澡的巨大按摩浴缸。牆上掛有大尺寸電視，沖洗區有兩組水龍頭和兩枝蓮蓬頭。

這個面積大，空間甚為寬裕的奢華浴室，可以容納東城家所有成員悠悠哉哉地洗澡。

「————」

賽莉絲跟著長谷川在沖洗區坐下，先用溫水淋浴全身，再學長谷川按幾下靠牆最右邊的瓶罐壓頭，在天然海綿抹勻乳白色的沐浴乳，搓出細緻泡沫。

擦洗身體途中，賽莉絲偷偷往旁邊瞄。

長谷川也是用搓滿泡泡的天然海綿，姿態曼妙地清洗她美麗的肢體。

在胸腰臀的撩人曲線上來回滑動的海綿，以純白泡沫妝點她的身體，更顯美豔。

「………………」

賽莉絲不禁看得出神。

「用那麼熱情的眼神看我……別人洗澡的樣子有這麼稀奇嗎？」

長谷川轉過頭來，輕笑一聲說。

「對、對不起……我是第一次單獨和您共浴，一不小心就……」

「喔，這倒是……我們只會在這裡洗澡，而妳平常很少下來嘛。頂多只有刃更不在的時候會找妳下來一起洗而已。」

「是……」

然而刃更鮮少不在家，賽莉絲之前只用過這間浴室三次，長谷川也在是第二次。

前一次東城家所有女性成員都在，不會只盯著長谷川看。

不，當時是可以這麼做——但怎麼就是不敢。

……因為。

神界最高階的十神，原本不是賽莉絲可以僭越攀談。

當然，長谷川現在不具十神身分，純粹是對刃更唯命是從的奴僕，其他女孩也是相同地位。

所以長谷川和刃更他們都要賽莉絲別太過拘謹。

……但是。

目前還是會一個不小心就被長谷川的存在感震懾。

「妳和我們一起住，就快滿一個月了……希望妳早點習慣才好。」

「真、真的很抱歉——喔、喔不，不好意思。」

見賽莉絲慌忙改口，長谷川苦笑著說：

「開玩笑的……這種耿直也是妳的美德。以後慢慢花時間習慣我們現在這種關係就好。」

「…………………」

思考這句話是什麼意思以後，賽莉絲沉默以對。

「……怎麼啦？今晚的事讓妳很緊張嗎？」

長谷川輕聲關切。

「——不，絕不會有這種事。」

於是賽莉絲．雷多哈特搖搖頭說：

「和刃更結主從契約——是我仔細想過以後才決定的。」

沒錯。今晚是滿月的日子，賽莉絲要和刃更結下主從契約。

目的是防範未然。

如今魔界問題告一段落，也擊敗了斯波，但牽涉刃更等人的情勢會怎麼變化依然不甚明朗。就魔族方而言，巨大的穩健派與現任魔王派聯盟中，將他們視為威脅或試圖利用的人仍然有之，況且魔界裡還有其他勢力。就勇者一族而言，「村落」和「梵諦岡」應該不會打他們的歪腦筋，但無法保證其他地區會怎麼做。

——阿爾巴流斯所在的「梵諦岡」，就暗中懷藏著黑暗的野心了。

難保其他地區不會策劃同樣的事。

因此為防萬一與可能風險，賽莉絲認為自己需要能和刃更掌握彼此位置的方法，主動提議與刃更結下主從契約。

這雖是昨晚的事，不過賽莉絲早在近一個月之前就有此決心。

早已做好心理準備。

而刃更等人也接受了她這樣的決心。

所以她不會緊張。

「這樣啊……那就好。」

「……謝謝，抱歉讓您替我操心。」

洗完身體後，賽莉絲用臉盆裝熱水從肩膀澆下，沖去泡沫。

——憑賽莉絲現在的力量，上了戰場恐怕只會變成刃更他們的拖油瓶。

所以除了掌握彼此位置以外，賽莉絲也期望藉由主從契約提升戰力。

賽莉絲並不弱，面對大部分敵手都能處理無礙。

……可是。

第2章
# 相信這樣的日常就是幸福

然而她在對戰斯波時並沒有派上多大用場。

支援柚希和維持結界等後勤工作，都只是勉強達成。

當然，斯波那樣的怪物並不多，刃更等人又能擊敗這樣的斯波，敢對他們胡亂出手的人是少之又少。

因此——假如又有敵人膽敢來犯，表示他的危險性很可能高過斯波。

……而且。

澪她們都有孕在身，即使有長谷川的神靈術守護，也應該盡可能避免戰鬥，更別說對付危險的敵人。

在這樣的時候，賽莉絲非得提供助益不可。

為此結下主從契約也在所不惜。

……不過。

賽莉絲不會像澪她們那樣用夢魔的催淫特性作媒介。

她要用自己的魔力施放主從契約魔法。

提升戰力，是為了改變沒用的自己。

所以她認為，在自我約束方面就該用自己的力量。

……這麼一來，今晚我也……

可以成為東城家每個人的力量了——就在她這麼想著握拳時。

有人開門進入浴室。

於是賽莉絲往門口看——

「————」

「————」

並與來人四目相接的瞬間——整個人嚇呆了。

因為那是刃更。

胡桃的回合結束了吧。他留下飽受激烈快感的澪和胡桃兩人在床上休息，自己先來沖掉一身的汗。

怎麼會沒想到這種可能呢。

「————！」

賽莉絲不禁遮擋胸部和胯下。

「！——抱歉，我……！」

刃更的心都在澪和胡桃上，不只沒注意到賽莉絲在這間浴室洗澡，連她來到地下室都不知道。

她尷尬得急著想出去。

第2章
# 相信這樣的日常就是幸福

所以賽莉絲急忙對緊張的刃更說：

「刃、刃更，你不用出去。我剛好洗完了！」

「可、可是妳……」

「真的不用在意。我、我這就失陪了！」

賽莉絲向長谷川鞠個躬就逃也似的奔出浴室。

「…………！」

但在背手關門時不小心走光，也近距離見到刃更的裸體。

這個事實讓賽莉絲在更衣間羞得滿臉通紅。

……啊……可是……

始料未及的意外不僅嚇到賽莉絲，也嚇到了刃更。

刃更應該和長谷川共浴了無數次，看慣了她的裸體。

可是剛才刃更還是顯得很吃驚、緊張。

這是為什麼？

……因為我在……？

東城家的女孩個個極富魅力。現在她們因催淫向刃更屈服，達成誓約而成為性奴，更是散發著絕世媚氣，在性感方面不是賽莉絲能比。儘管如此，刃更見到裸身的她還是會慌張。

所以——

「…………………………」

賽莉絲心中暗暗湧上一股歡騰。

他身邊都有那麼多迷人的女孩了，甚至有曾為十神的長谷川。

但刃更還是認為賽莉絲是個有魅力的女孩。

一想到夢中刃更向她求歡的事也許真的會發生，刃更在她心中的存在感就無止境地膨脹。

……我怎麼這麼……

心臟狂跳不止。門後浴室裡的刃更會不會也是這樣？

當賽莉絲這麼猜想並用浴巾裹起身體時——

『嗯♥哈啊……嗯、刃更……啊啊，刃更……哈啊啊啊啊♥』

浴室傳來長谷川的嬌喘。

「！…………」

賽莉絲嚇得倒抽一口氣，急忙轉身往浴室門看。

門鑲的是毛玻璃，看不見另一邊，但門後出了什麼事是顯而易見。

——長谷川妖豔到同樣是女性的賽莉絲也會有所遐思。

第②章
# 相信這樣的日常就是幸福

無論看得再怎麼慣，身為男性的刃更不可能憋得住。

況且刃更和長谷川還結有主從誓約。

只要主人刃更起了性慾，屬下長谷川就會陷入劇烈的催淫狀態，準備接受刃更洩慾。這樣的刃更和長谷川一旦在浴室這樣的密閉空間裸身獨處，會發生什麼完全是明擺著的。

同居首夜，賽莉絲遭受萬理亞的洗禮時是刃更幫她解脫——而澪她們從頭到尾目睹了這一切。為了不讓賽莉絲一個人丟臉，她們也在賽莉絲面前表現出深深屈服於刃更的模樣，與她共享羞恥。

長谷川也在行列之內，所以賽莉絲也見到了她與刃更交媾的情景。

……但是。

當時激烈高潮的餘韻使她的腦袋舒爽得昏昏沉沉，只有模糊的印象。不過現在不同——雖然心裡很亢奮，意識卻十分清晰。

「…………………！」

長谷川就在薄薄一片毛玻璃後面做得欲仙欲死，使賽莉絲悖德的亢奮油然而生。聽說長谷川過去是十神，賽莉絲就已經夠驚訝了，知道她和刃更結下主從誓約且成了性奴以後，更是震愕得不得了。

……真的就在這後面……？

賽莉絲不禁吞吞口水。之前見到刃更和澪跟胡桃做愛時，就已經蜜液直流地癱坐下來。

——這樣的自己，見到沉溺於快樂中的長谷川以後，究竟會變成什麼樣呢？

賽莉絲能與魔族萬理亞和潔絲特縮短距離，是因為她們幫助起了淫性的她。那麼見到放下曾為十神的過去，成為一介女性——一個淫蕩性奴的長谷川之後，會發生什麼事？會不會覺得自己更接近長谷川呢？

於是，賽莉絲被浴室吸過去也似的折回。

「…………………」

手漸漸往毛玻璃門伸，但最後還是覺得這麼做太過罪惡而放下手時——

「——哎呀，妳不看啦？」

耳邊忽然傳來惡魔的溫柔細語。

「——————！」

「忍住……不可以大聲吵鬧喔。」

賽莉絲錯愕得差點叫出聲，但有個小小的手掌蒙住了她的嘴。

定睛一看，笑盈盈的萬理亞就在她面前。

第②章
# 相信這樣的日常就是幸福

「妳、妳怎麼在這……？」

驚魂未甫的賽莉絲心裡怦怦跳地拉開她的手問。

「我跟潔絲特談完了，所以拿內褲來給妳換呀。都洗完澡了，總不能又把弄得濕答答的內褲又拿來穿吧。」

「妳、妳發現啦？」

「那當然，怎麼可以小看夢魔呢。給妳。」

「…………！」

賽莉絲羞紅了臉，收下萬理亞給的內褲。

「真想不到平常那麼正經的賽莉絲姊會想偷窺耶……不過我也懂妳的心情啦。第一次看刃更哥和千里姊做的時候，我也覺得非常驚心動魄呢。」

「我、我哪有……！」

「好啦好啦，沒什麼好害羞的……要看的話，我還可以幫忙喔。」

萬理亞對慌張的賽莉絲嘻嘻笑，手抓電燈開關罩往上滑動，再往因而顯現的另一個開關按下去——浴室門上的毛玻璃剎那間變成透明了。

「————？」

浴室裡的狀況一覽無遺。長谷川手扶著牆翹高屁股，刃更的肉棒從背後進進出出的畫面衝入眼中。

既然玻璃變得透明，對方也看得過來。

「萬理亞……！」

賽莉絲忍不住轉身要萬理亞住手。

「放心啦，這是偷窺專用的魔術鏡模式，對面看不見這邊。」

「還、還有這種功能喔……」

萬理亞對嚇得稍微發抖的賽莉絲呵呵笑著說：

「別管玻璃了，快點看啊。」

賽莉絲隨這催促順萬理亞的視線看去——

『嗯……啊啊……哈啊♥啊啊，刃更……！哈啊啊♥嗯、啊啊……哈啊啊啊！刃更……啊啊啊啊啊♥』

只見長谷川兩隻又白又大的乳房隨刃更下腹的撞擊東彈西晃，還妖淫地搖擺著銷魂的屁股，表情完全沉醉在肉體歡愉中。

「…………………」

長谷川的淫相讓賽莉絲看傻了眼。

「呵呵，很驚人吧……誰會想到被搞到忘了自己是誰的那個人原本是神界最高階的十神

第②章
相信這樣的日常就是幸福

啊。」

對於萬理亞這段媚笑的低語，賽莉絲一句話也回不了。

因為她說得沒錯。

與刃更做愛的長谷川是那麼地悖德——卻又那麼地勾人淫慾。

見到長谷川成為刃更所給快樂的俘虜，使賽莉絲別不開眼睛。

「怎麼樣……看起來是不是很幸福？」

萬理亞輕聲耳語。

「如果妳想要——也可以變成那樣喔？」

這句話意味著什麼，是明顯至極。

「！……妳這是要我也當刃更的性奴嗎……？」

所以賽莉絲要萬理亞別開玩笑地毅然反駁——然而聲音卻不由自主發著抖。

全身熱得入骨，眼泛流光。

「妳該不會誤會了吧，真是不好意思。妳為了我們而決定和刃更哥結主從契約這件事，我真的是十二萬分地感謝。」

萬理亞對賽莉絲這麼說，再按一次牆上開關解除魔術鏡模式。

不只是浴室門的毛玻璃恢復原狀，之前長谷川響徹浴室的叫春聲也聽不見了。

大概是切換成隱私模式了吧。

接著萬理亞說道：

「可是主從契約本來是需要賭上性命的魔法。除了能感應彼此位置以外，和主人感情加深就能提升戰力這麼好的效果……怎麼可能沒有任何風險呢。」

因此——

「如果用妳的魔力和刃更哥結主從契約……要是不小心引發詛咒，受傷的風險實在太高。」

賽莉絲是能自在操縱四大屬性的神劍聖喬治選為使用者的聖騎士。

這把神劍的名字，是來自有「農夫」含意的聖人——冠上如此名稱的神劍選擇賽莉絲為使用者，是因為她原本特別擅長土系魔法。所以一旦觸發主從契約的詛咒，就會是土系效果的詛咒。

恐怕會導致石化。

但是——

「這樣的危險性，應該是可以避免的才對。」

主從契約的詛咒是源自對主人的負面情感。想法愈強，詛咒的效果就愈大。

但是賽莉絲基本上不太可能對刃更產生足以威脅性命的負面情感。假如達到危險層級，對死亡的恐懼會加強她對刃更的忠誠。畢竟主從契約魔法本來就是以死亡約束下屬，這才是應有的面貌。

詛咒若輕，只要能夠自制就能停止石化。

就算詛咒強度高到賽莉絲難以應付，也不會有問題。

只要刃更使賽莉絲屈服即可，況且還有長谷川在。她現在取回了十神的力量，應能輕易化解主從契約的詛咒。

當然，並不是這樣就完全沒風險。

不過當賽莉絲要求以自身魔力與刃更結主從契約時，刃更還是有條件地答應，不強求她和其他人一樣用夢魔萬理亞的魔力施放主從契約魔法。這多半是以避免新的敵人出現而擄走賽莉絲作人質，無法查知位置的狀況為優先。

再說，刃更會用夢魔魔力和澪結主從契約，是萬理亞說明不夠詳細所致。柚希是想擁有和澪同等的地位和關係，潔絲特是由於雪菈認為有必要藉此避免緊急危難，沒有別的選擇。長谷川是為了用「契約儀式」給予刃更力量——同時也期盼和澪她們一樣享有刃更。在與斯波決戰之際一口氣從契約衝上誓約的胡桃，也是希望和姊姊柚希跟澪一樣。

至於夢魔萬理亞，則是本來就好色。

因為有這些緣由，刃更才會同意都用夢魔的能力特性使用主從契約魔法，所以不要求賽莉絲和她們一樣使用萬理亞的魔力結主從契約。

要是那麼做——就等於強迫賽莉絲接受她不期望的淫猥關係。

若將萬理亞的魔力排除考量，那麼風險最低的就是賽莉絲自己的魔力特性了。

刃更會用「無次元的執行」，澪繼承了威爾貝特的重力魔法，長谷川的十神級巨大力量更不用提；為了不讓與胡桃有關的精靈牽扯到主從契約的詛咒，要避免使用她的魔力，與「咲耶」結下契約的柚希也是一樣；潔絲特的能力特性和賽莉絲同樣屬土，所以不如用自己的力量。她會比較容易抵抗自己的力量，處理起來也相對簡單。

「其實……以妳這個夢魔來說的話，我和刃更發展成肉體關係應該比較好玩吧？」

「我是不否定這一點啦……可是最大的理由不在那裡。」

萬理亞以「因為」作開頭，對賽莉絲解釋：

「就像我之前說的，主從契約魔法會攸關生死。如果是君臣關係倒還無所謂……但若是考慮到對方安危而結主從契約，不盡可能選擇雙方都能幸福的方式，遲早會招來不幸。所以這時候應該放下面子問題，傾聽自己的心聲。主從契約的詛咒可是連嫉妒都會觸發的喔。」

因此——

「賽莉絲姊，如果妳是真的想用自己的能力特性和刃更哥結主從契約，那就一點問題也沒有。刃更哥也說過，只要是妳真正希望的方式，他不會有異議。可是，如果事實不是那樣……其實妳心裡還藏著其他的想法或感情，最好不要害怕，坦率去面對它。」

畢竟──

「要是妳發生不幸，不僅會傷到刃更哥的心……我們一樣也會難過。相反地，只要妳幸福，刃更哥和我們都會一起幸福。重視的人──家人，就是這麼回事。」

而且──

「我……也希望和妳成為一家人。」

「…………………………………………」

賽莉絲對萬理亞這句話的回答，是長長的沉默。

突然間，萬理亞淡然微笑說：

「當然我沒有強迫妳的意思。我們和刃更哥的關係，純粹是我們自己決定的生活方式。很幸運地，我們有時間來培養現在的關係，過程中也和刃更哥做過很多近乎男女關係的行為。妳沒有我們的際遇，所以我們不會強迫妳選擇一樣的生活方式。」

只是──

「假如妳也想變得和我們一樣強，我還是建議使用我的魔力。在至今無數主從契約之中，能昇華成誓約的只有極少部分……堪稱是傳說級的少。」

這是為什麼呢。

「恐怕是因為受到死亡危險束縛的主從關係，忠誠度自然有限。我們能夠達成誓約，是因為我們的主從關係之中還多了戀愛的成分。」

所以——

「距離天黑還有很長一段時間，請妳再跟自己的心情多對話看看吧。只要是妳在這之後做出的結論，無論如何我們都會接受。不過一旦結下主從契約，妳和刃更哥的關係勢必會出現改變，因此——」

不要做出會讓自己後悔的決定……萬理亞留下這句話就進了浴室。

開門時，賽莉絲從門縫瞥見到——

長谷川與刃更交合而樂得嬌聲浪叫的淫蕩側臉。

那是坦率面對自身情感的人才會有的幸福神情。

門很快再度關上，更衣間徒留寂靜。

「————————」

而賽莉絲・雷多哈特只能呆立。

她無法得知浴室裡的詳細狀況。

既然不會和刃更發展成男女關係，也就沒必要知道了。

「…………我懂。」

於是她無力地低語，從架上抽條浴巾裹住身體。

刻意不看洗臉台鏡中的自己是什麼表情。

## 9

繼澪和胡桃之後，刃更也在地下室的大型浴室和長谷川做到過癮才上來。

接著東城家所有成員一起吃早餐，到聖坂學園上學。

刃更、澪、柚希三人在二年F班，萬理亞和胡桃兩個在一年F班，各自努力學習著。長谷川和過去一樣，以保健室老師身分在保健室值班。

而賽莉絲現在也是聖坂學園的留學生。

她暗中利用刃更編班時同樣的手法進入二年F班。除了原本就在這裡監視刃更的瀧川八尋以外，橘七緒也因為與刃更的關係而轉來這個班級，加上與澪和柚希感情特別好的相川志保和榊千佳，自然就構成了七人小團體。

化名潔絲特・B・史都華，偽裝成二年級英文約聘教師的潔絲特，看準第四節下課鐘敲響的時間闔上課本說：

「——那麼今天的課就上到這邊。Everyone, see you next time.」

並對同時起立敬禮的D班學生們淡淡微笑。

同時，下課的教室轉眼就吵鬧起來。

因為午休時間到了。幾個男學生急著趕到餐廳或福利社，快步離開教室。剩下的也三五好友圍成圈，準備吃中餐。

「潔絲特老師，偶爾跟我們吃個飯嘛～」

潔絲特正要離開這熱鬧的教室時，幾個女學生手提便當袋追了過來。

她們是D班裡和潔絲特特別要好的一群。

潔絲特對她們表情平和地說：

「謝謝喔……可是很抱歉，我之前問過教務主任的意見，結果他要我在課外時間盡可能不要太積極地和學生有太多交集。」

「咦～？」少女們聽了大失所望，潔絲特也只能對她們微微苦笑。

——潔絲特和聖坂學園簽的約聘契約，是一堂課五千元。

且完全不包括課外的學生輔導或正規教職員會做的一切常態業務。

因為一旦在下課時間與學生互動時出了問題，她無法負責。當然，在沒有其他教職員時，也會處理學生遲到之類的事，但那無非是特例。潔絲特能做的事，基本上就只是教課和準備課程。

而這樣的限制，對潔絲特是如魚得水。

因為潔絲特來當約聘教師不為賺錢，純粹是為了待在刃更身邊，也想盡可能避免和學生有所牽扯。

……儘管如此。

有這些學生喜歡她這樣的教師，還是覺得很高興。

於是——

「雖然上完課就要走讓人很遺憾，可是違規的話，我的契約說不定會被直接取消。所以希望各位盡量配合，這樣我才能多陪各位一點。」

「好吧～」經過潔絲特溫柔勸說，女生們也勉為其難地接受了。

「謝謝妳們的體貼……」

潔絲特輕摸她們的頭，直接離開D班教室。

前往約聘教師用的第二職員室擺放教材。

「啊，史都華老師。剛才森野老師在找妳喔。」

東西才剛放上自己的辦公桌，同樣是約聘職的年長女性教師前來轉達。

「森野老師找我……？」

潔絲特稍歪起頭。

那是森野美希——一年F班的導師。

一個剛畢業的新人沒做過副導就直升班導，可見學校對她期待之高。她有張稚氣未脫宛如高中生的可愛臉孔，個性開朗，身材健康勻稱，男女學生都很喜歡她。

另外，她就是萬理亞和胡桃的導師。

……出了什麼問題嗎？

潔絲特看著內線號碼表用桌上電話撥號到森野的座位，不過是其他男老師代接，表示森野不在教職員室。

小心起見，潔絲特先用手機的通訊App詢問萬理亞和胡桃，而她們的回答是：「沒什麼問題。」「想不到為什麼。」看來是沒必要往這方面想。

如果是重要的事，對方應該會繼續聯絡。

於是潔絲特從提包中取出便當，離開第二職員室前往「某處」。潔絲特總是在那裡吃中餐。

「——打擾了。」

她輕輕敲門並打聲招呼，開門進去。

首先感受到的是比春季葉隙流光更柔和的氣氛。

## 第②章
# 相信這樣的日常就是幸福

「喔，潔絲特……妳來啦。」

笑臉迎接潔絲特的是身穿白袍的美女——長谷川千里。

「千里小姐您好……我馬上泡茶。」

潔絲特也對她微笑，從洗手台邊的櫃子取出伯爵茶罐。

她熟練地用湯匙將茶葉舀進玻璃茶壺，拿有保溫功能的快煮壺注水。這當中，長谷川也拿來兩個馬克杯——等潔絲特拿茶壺過去就準備妥當了。

兩人在房中央的桌椅坐下，長谷川說：

「好了，吃飯吧。」

「是……」

潔絲特點點頭，開始用餐。

——潔絲特不會和學生一起吃午餐。

刃更幾個也包含在內。

當然，只要用魔法隱藏身形，就不會被別人看見他們一起用餐，在特別的日子也實際會這樣聚餐。但若每天如此，就和在家裡沒什麼兩樣，沒有在學校的感覺。

……我們是好不容易才贏得這樣的日常。

在學校，就要做只限學校有的事——這是他們所有人的結論。最近刃更不只是和瀧川來往，午休時和其他男同學一起吃飯的次數也變多了，澪和柚希跟一年級就同班的相川和榊等同學感情也更深了。

萬理亞和胡桃也常和同班女生玩在一起。

至於潔絲特，雖然上司要她極力避免與學生有不必要的接觸，但與同事的交流自然不在此限。且由於保健室老師要在保健室裡待命，潔絲特就來這裡陪她吃飯了。

——在同為教職人員方面，長谷川對潔絲特而言是個成功融入校園的前輩。

本來像長谷川這樣的絕世美女，身邊總是圍繞男學生或男教師也不足為奇。直到去年，澪和柚希也有許多狂熱愛慕者，甚至稱她們為公主，惹出一點小風波，可是至今沒有任何人糾纏過長谷川。

這是因為她用神靈術影響了周遭的潛意識，以免對她抱持不必要的興趣，打擾她的生活，只有刃更一個例外。

即使一重逢就按捺不了情緒，隱藏身分也積極向刃更求歡，可是不僅澪和柚希，就連瀧川——拉斯都沒有發現長谷川的真實身分，原因就在這裡。

得知這件事以後，潔絲特也請長谷川消除男學生和男教師對她的興趣。而且澪、柚希、萬理亞和胡桃四個都已經這麼做了。

——潔絲特她們是只屬於刃更的人。

第2章
# 相信這樣的日常就是幸福

對其他男性不感興趣，被他們用色瞇瞇的眼神整天盯著看，只會令人不快。

更遑論厚著臉皮搭訕求愛了。

多虧有長谷川的處置，現在潔絲特等人才能享有安適的校園生活。

「對了——」

用完午餐，潔絲特開口問。

平時和長谷川共進午餐時，聊的都是刃更的事。

但這天不同。

「關於今晚的事……千里小姐您有什麼看法？」

「賽莉絲的事啊……」

這問題讓長谷川瞇細了眼。

潔絲特是對於賽莉絲要與刃更結主從契約一事有所懸念。

她並不是反對這場主從契約。

潔絲特是他們戰勝斯波才第一次見到賽莉絲，交情只有短短幾天。

然而，她知道賽莉絲是個值得信賴的人。

她不只是將兒時玩伴刃更、柚希和胡桃的危機先於「梵諦岡」的利益與意向，趕來幫助他們，還對前任魔王的女兒澪、萬理亞和潔絲特等魔族以禮相待。

感覺不到背後有任何陰謀。假如是別有用心，今早遭遇那種丟人的狀況時，就不會拜託潔絲特處理了吧。

不會錯，賽莉絲·雷多哈特是十足可信。

沒什麼比她和刃更結主從契約更令人高興。

……可是。

賽莉絲執意用自己的魔力施用主從契約魔法，而不像她們那樣用夢魔的催淫特性。的確，她沒必要因為潔絲特她們都那麼做而盲目跟從。

不過她今晨仍因為夢見與刃更做愛，竟然在睡夢中高潮了。

恐怕賽莉絲自己也沒注意到她的本質——心裡其實隱藏著無可否認強烈淫性，還因為遠離刃更而長年處於單相思的狀態。

既然要結主從契約，將身心都交給刃更肯定是比較幸福。

……畢竟。

若以賽莉絲自己的能力特性結下主從契約，觸發詛咒時會造成「石化」。

因此激起的恐懼或許會使她更屈服於刃更，進而加強她的忠誠——但潔絲特不認為那對他們的關係是好事。

柚希和胡桃也是刃更的青梅竹馬。

她們與刃更結下主從契約，甚至達成誓約也沒有破壞這樣的關係，就是因為以催淫特性為媒介。

柚希和胡桃對刃更都懷有愛意，藉性行為屈服等於是愛意的延伸。而隨著他們的男女關係增長，像家人一樣的兒時玩伴也會漸漸成為真正的家人。無可否定地，以催淫達成主從誓約的確會使她們成為性奴，但那不會破壞刃更、柚希和胡桃三人青梅竹馬的關係基礎。

澪也是如此。即使與刃更結下主從契約且達到誓約，她依然是刃更的妹妹，基礎關係仍是家人。而關係加深到最後，才能造就主從誓約。

利用夢魔的催淫特性，的確是讓澪她們更為服從刃更——不過她們對刃更的愛，卻比服從增長得更多。

由於她們擁有如此幸福的主從關係，才能達成奇蹟般的誓約。

然而——

「賽莉絲小姐提議和刃更主人結主從契約，是因為想幫助刃更主人和我們……但不僅是如此。」

「是啊。為了我們之外……追根究柢，是因為盤旋在她心中那股難以承受的『懊悔』。」

長谷川想到賽莉絲的悲痛而垂下雙眼。

「若不是神劍聖喬治被斯波恭一奪走，他也沒辦法作亂到那種程度，所以賽莉絲很自責，又對自己在刃更和我們想辦法收爛攤子的時候幫不上什麼忙而感到懊悔。她和刃更結主從契約，是希望自己能提供更多幫助來藉此雪恨吧。」

「不過……主從契約會產生與恐懼直接相關的詛咒，恐怕會讓她心中的刃更從青梅竹馬變成恐懼的對象。」

以原本的主從契約而言，這或許才是正確的結果——但不適用於刃更與賽莉絲之間。誰也不希望主從契約破壞刃更與賽莉絲青梅竹馬的關係。

在這一點上，賽莉絲也是如此。

因為——

「賽莉絲不僅將刃更主人視為兒時玩伴，更將他當作一名男性暗戀著。」

潔絲特十分肯定地如此斷言。

賽莉絲對刃更的愛，絕不比潔絲特她們遜色。

「可以的話……我自己是希望賽莉絲小姐和我們一樣，用夢魔的催淫特性和刃更主人結主從契約會比較好。」

潔絲特這麼說，並不是出於想擴大刃更後宮這般兒戲心態。

對刃更而言，賽莉絲無疑和她們一樣，是無論如何都不願退讓的人。

潔絲特她們也都相信賽莉絲一定能達成誓約。

她就是那樣的人。

可是——懊悔和責任感讓賽莉絲想要犧牲自己。

這是應該避免的情況。

「所以今天早上，我請萬理亞幫忙改變她的想法。因為賽莉絲小姐心裡某個角落，還是希望和我們一樣。」

長谷川聽了說：

「我也是這麼覺得……聽萬理亞說，刃更在地下浴室和我做的時候，她看得一副恨不得和我交換的樣子。在那之前，刃更在床上和澪跟胡桃3P的時候，她也是看得目不轉睛。她心裡真正要什麼，已經很明顯了。」

不過——

「就算揭她的底，她自己也不會承認吧。」

「是啊……一定不會。」

長谷川聳肩苦笑，潔絲特也跟著苦笑。

賽莉絲的個性和價值觀都很樸實，就算嘴巴裂了也不會承認自己也想和她們一樣吧。問題就在這裡。

「那麼……刃更主人是怎麼想的呢？」

潔絲特鄭重地問。

賽莉絲與刃更結主從契約的提議，可不能照她的方式去做。

刃更和潔絲特幾個也曾為做出正確判斷，討論那對他們是否真有必要，而結果是——

「刃更主人是以『只要賽莉絲小姐願意』為前提答應她的要求，決定用她的魔力替他們結主從契約魔法。」

然而——

「刃更主人不是個遲鈍的人，而且對這方面細節非常敏感。不然我們也不會像今天這樣——向他屈服到甚至達成主從誓約。刃更主人肯定發現賽莉絲的感情了。但是——」

潔絲特問道：

「刃更主人為何會准許這種可能會破壞他們關係的方法呢……會不會是有其他的想法？」

潔絲特她們並不擔心。

因為她們深信，刃更絕不會做出讓賽莉絲不幸的事。

「我想，儘管相信刃更主人也不會有任何問題……不過我實在很貪心，希望不用等刃更主人告訴我，就能明白他的心思。辦得到的話，我就能提供刃更主人更多幫助了。」

潔絲特如是說。

「這樣啊……以普通侍女來說，聽從主人的命令，不多摻雜私人想法才是美德。但反過來說，那也是普通侍女的極限。妳已經不甘於做這樣的侍女了吧。」

「是的。我並不是想出頭，只是希望自己能盡可能地了解刃更主人而已。」

「我知道了……接下來的，純粹是我個人的推測。」

聽了潔絲特的想法，長谷川以此提詞，說道：

「刃更八成是——想用最好的方式和賽莉絲結主從契約，所以重點非得放在過程不可，而不是結果。」

「過程……是嗎。」

「對。」長谷川對喃喃重複的潔絲特點點頭說：

「刃更的主從契約是從澪開始……然後依序是柚希、妳、我。胡桃和萬理亞兩個，是和斯波恭一決戰前才結，同時一次升到誓約。」

不過——

「這些主從契約，沒有一個是刃更主動要求的。每一次都是我們向他提出請求——然後他答應我們的願望。」

「…………沒錯。」

潔絲特頷首同意。

首先與澪的主從契約，是為了在無法預測敵人動向的狀況下掌握澪的位置，在萬理亞的慫恿下進行的。柚希那時，是因為她想和澪一樣，加上瀧川警告他們佐基爾開始行動。

……至於我……

雪菈提出潔絲特繼續留在穩健派的可能風險，為了保護她而幫她和刃更結主從契約。後來刃更不僅在魔界得知了自己的身世，還在對戰現任魔王派與樞機院時出盡底牌。長谷川強烈希望自己在這樣的狀況下成為刃更的力量……刃更便答應與她進行「契約儀式」和主從契約。

……接著。

對戰斯波時，為了藉誓約達成五行相生，刃更也和萬理亞與胡桃結了主從契約，但那也是她們在長谷川提出主從誓約後主動要求刃更。雖然結果是所有人都達成了主從誓約——但沒有任何主從關係是刃更主動求來的。

「所以即使明知賽莉絲小姐是在羞恥心和倫理觀的框架下不敢說出真心話，執意用自己的魔力結主從契約，刃更主人也尊重她的想法……」

「是啊。我們是可以說出她其實希望刃更用性愛方式屈服她，逼她用夢魔的催淫特性來結。問題是，如果用強硬手段讓賽莉絲承認這個事實，其實就和強暴沒兩樣。」

## 第2章 相信這樣的日常就是幸福

長谷川繼續說——

「恐怕對刃更而言，和我們結契約和誓約都是逼不得已。當然，我不認為他會後悔。因為要達到誓約的地步，就要打從心底期待奪走我們的一切。他是因為很重視我們，才不希望我們之間是主人和下屬的關係吧。」

畢竟——

「刃更用催淫特性結的主從契約，是用淫行和快感束縛下屬來加深情感，進而提升力量……所以刃更被迫用性行為來屈服我們。那對我們來說是一種幸福，但也與刃更期望的『普通的家人關係』漸行漸遠。可能的話，他也很想不靠主從契約就突破那些難關吧。」

「可是……」

潔絲特不禁打斷。

「對……狀況沒有簡單到可以順刃更的意。面對逼近眼前的危機和強敵，他始終沒有其他選擇。」

不過——長谷川又說。

「很幸運地，我們每一個都可說是非常堅貞地愛著刃更，刃更也不只是重視我們，不會受限於膚淺的正義感或倫理觀念，拿得出把我們每一個都占為己有的魄力。」

「是……我們真的好幸福。」

為了達成主從誓約，潔絲特她們成了刃更永遠的性奴。

——但墮落的不只是她們。

有人墮落為性奴時，使她墮落的一方也會化為禽獸。

刃更是接納了她們的一切，和她們一起墮落。

由於刃更願意這麼做，潔絲特她們才會想和他達成主從誓約。

因此，即使要墮為萬劫不復的淫褻性奴，她們也義無反顧地一個個往下跳。

而且她們對自己的選擇沒有一絲絲後悔。

「——可是這次不一樣。」

長谷川說道：

「和賽莉絲結主從契約是有益處沒錯，但現在沒有少了她的力量就絕對無法克服的具體危機，所以刃更才會以最妥善的選擇為優先吧。」

對了——

「潔絲特……妳現在和刃更達到主從誓約，還因此懷了他的孩子。對於自己如今成了刃更的性奴，妳是怎麼想的？」

長谷川問道。

聽了這問題——潔絲特在胸前交叉雙手，輕抱自己說：

「這個嘛……我覺得很驕傲。」

能深愛刃更到為他奉獻一切的，就只有她們了。

身為其中一員的事實與自負，是潔絲特最高的榮譽。

接著，長谷川忽而苦笑。

「潔絲特……妳知道自己現在是什麼表情嗎？」

「咦…………？」

潔絲特不解地往牆上的穿衣鏡看去。

鏡中——是個笑容微醺的淫蕩性奴。

妖豔得遠超乎想像的表情，使潔絲特不禁愕然失聲。

「不用這麼驚訝……因為我也一樣。一想到自己成了刃更的性奴，就會感動得全身發抖。澪她們也是這樣吧。」

如此安撫的長谷川，也和潔絲特一樣心犯淫慾地笑。

「所以假如刃更說想用夢魔的催淫特性和賽莉絲結主從契約，我們也不會反對——雖然刃更絕對不會要求賽莉絲作他的性奴，但假如真的發生了，我們也會替他完成這個要求吧，不管賽莉絲再怎麼抗拒。」

懂嗎？

「這就是我們這淫褻的主從誓約的罪過。我們都一點一滴地悄悄發瘋了。不過這不是因為我們達成主從誓約，源頭在於我們用催淫特性結了主從契約。」

當然——

「我們現在非常幸福……能作個服侍刃更的性奴就覺得滿足，作他發洩性慾的玩具就滿心歡喜。而刃更應該也會從這當中獲得作主人的愉悅，不然他不會這麼想要我們。」

「沒錯……」

潔絲特打從心底地頷首同意。

「受限於自身常識的人，沒有資格對我們的關係說三道四。無論我們在他們眼中如何荒唐，若沒能達到我們這樣的關係，我們恐怕根本不可能站在這裡。」

長谷川也點頭同意潔絲特的想法。

「沒錯。不過我們的關係依然是非常特殊，而賽莉絲是在『梵諦岡』爬到聖騎士階級的人。與肉體歡愉和性快感的距離，比我們之中任何人都遠。當然經過這一個半月，她應該多少養出一點免疫力或抵抗力，但刃更和我們的『普通』，對賽莉絲還是太強烈了。」

畢竟——

「我們現在覺得理所當然的事……完全不是刃更和澪剛結主從契約的時候可以比擬，淫褻到當時根本無法想像。如果強迫賽莉絲接受我們的幸福和喜悅，她未免太可憐了。」

然而——

「傷腦筋的是，刃更和我們都很喜歡賽莉絲……這樣下去很有可能會不小心做得太過火，得不到對賽莉絲最好的結果。所以刃更是打算觀察到最後一刻才下決定吧。」

「決定對賽莉絲小姐最好的……結果嗎。」

潔絲特喃喃地問。

「不——是對我們全體最好的結果。」

長谷川臉上，是充滿絕對信心的微笑。

## 10

關於賽莉絲的談話告一段落後。

「對了……『她』那邊不要緊嗎？」

潔絲特忽而一問，長谷川點頭回答。

「不要緊，不用替她擔心……在刃更和我的帶領下，她已經很習慣了。」

就在長谷川千里這麼說時。

有人敲敲門就進入保健室。

那即是長谷川與潔絲特深愛的少年——

「刃更主人……」

「怎麼了嗎？」

「沒什麼……剛好路過就進來看看而已。」

刃更對略顯訝異的長谷川和潔絲特這麼說。

「呵呵……又有女生對你告白了吧。」

「哎呀，是這樣的嗎，刃更主人？」

潔絲特隨長谷川的猜測微笑著問。

「這個嘛，妳們說呢……」

刃更聳肩苦笑。那是默認的反應。

長谷川等女性用她的神靈術防止異性對她們產生興趣，以避免男學生或男教師搭訕，用下流眼神注視她們。

不過刃更身上沒有這種效果——應該說，她無法對刃更施加這種效果。與刃更結下主從誓約的長谷川，階級完全在刃更之下，所以無法做出諸如排除異性對刃更產生興趣或好感等，有關於侵害刃更的榮譽或權利的事。

第②章
# 相信這樣的日常就是幸福

自運動會籌備期間起，對刃更感興趣的女學生逐漸增加。

去年被人稱為公主的澪和柚希都在搶他，現在還和他同居，想不注意也難。

後來這學期入學的萬理亞和胡桃兩個妹妹，和他們住在同個屋簷下的事又跟著曝光。

……而且。

長谷川和潔絲特也都公開承認自己住在東城家。

對外，刃更說自己並沒有和任何人交往。

畢竟總不能說每一個都是他的女人，若為滿足他人好奇而說其中一個是他女友，對其他人也不公平。

因此，必然會有些女學生認為自己有機會，目前每週都會有一、兩個向他告白。刃更全是以目前不想談戀愛為由一一拒絕，但至今這行列仍未停過。

長谷川千里打量刃更上下，心想——

……會愛上他也是沒辦法的事吧。

也許是與長谷川等人達成主從誓約的副作用，刃更最近散發著別說同年齡層，就連成人都難望其項背的男性魅力。換言之，刃更正不斷釋放能強烈吸引女性的費洛蒙。

明知刃更身邊有長谷川等人，卻仍向他告白的女孩們，個個都對外表深有自信。

刃更卻以不傷她們心的方式不斷拒絕。

因為刃更身邊已經有長谷川幾個了。

「——潔絲特。」

於是長谷川輕聲一喚。

「是……」

身旁的潔絲特就完全明白她要什麼似的頷首。

下一刻——長谷川和潔絲特都做出同樣行動。

慢慢脫下身上衣物。



11

東城刃更看著長谷川和潔絲特在他面前寬衣解帶。

褪去外衣而顯現的，是一身煽情內衣的妖豔胴體。

與刃更結下主從誓約的所有人當中，長谷川和潔絲特最具成人魅力。

經過長時間大肆搓揉，她們原本就十分傲人的乳房變得更大，臀部曲線也是騷上加騷。

「——妳們這是做什麼？」

## 第2章
# 相信這樣的日常就是幸福

見到她們倆展現足以俘虜所有男性的嬌嬈肢體後，刃更略顯訝異與疑惑。

「忍耐對身體不好喔……」

長谷川嫵媚地笑著說。

「我們是你的奴隸……怎麼可以讓主人憋壞身體呢。」

「現在是什麼狀況──」

「達成主從誓約，讓刃更主人和我們都獲得龐大的力量。不過──」

潔絲特說：

「我們誓約的屬性……是夢魔的催淫特性。」

「──我們這些屬下，只和你一個結了誓約。」

長谷川接著說：

「為了隨時可以滿足你的慾望，我們變得一天比一天淫蕩，就像真正的性奴一樣。」

「而刃更主人您……和我們六人都結下了主從誓約。」

所以──

「這會帶來六人份誓約級的催淫力量……當然，刃更主人身上不會發生詛咒。」

「可是……性衝動應該比前增強了很多很多，不是嗎？」

「…………妳們果然注意到了。」

面對長谷川的質問，刃更仰首嘆息。

——長谷川的推測的確是事實。

與她們結下主從誓約，使刃更心中總是盤旋著濃濃的漆黑淫慾，一個閃神就會失控。

即使她們都已懷孕，還夜夜對她們瘋狂洩慾，沉浸在野獸般的性愛中，原因就出在這裡。

「對不起，給妳們添麻煩了……」

「誓約是我們自己要的，本來就該承擔後果……你沒必要道歉。」

「請別放在心上。刃更主人想要我們，就是我們的幸福了。」

見刃更歉疚地垂下眼睛，身穿火辣內衣的長谷川和潔絲特帶著柔和笑容緩步走來。

「那些女生都知道你和我們同居卻還是對你告白，長相身材肯定都很出眾。」

「這樣的女孩臉紅嬌羞地對您表白愛意……看起來和勾引您沒兩樣。然而——」

潔絲特說：

「刃更主人卻總是很有紳士風度地溫柔婉拒……實在教人欽佩。」

「你是用磨練出來的強韌意志力在壓抑自己的性衝動吧……」

長谷川說：

「那一定忍得很辛苦……你無時無刻都在勉強自己。」

「…………」

刃更的沉默，是對長谷川的話表示認同。

隨後，一股幽香伴隨柔和肉感的溫度包覆刃更。

長谷川和潔絲特相依著倚到刃更身上。

「我不是說過，我們都是你的東西嗎……不需要疼惜或忍耐。」

「刃更主人大可更順從自己的慾望，有事沒事就來插個幾下喔。」

在氣息可以吹上肌膚的距離，兩人嗲聲嗲氣地絮語。

她們在其他地方所展現的，是成年人——教師的臉孔。

——但現在的表情卻完全相反。

是刃更愛怎麼做就能怎麼做，期待他用盡各種方式姦淫她們的性奴容顏。

「放縱你的慾望……你也是快憋不住才到我們這來的吧？」

「刃更主人的痛苦——就請交給我們來抒解嘛。」

一聽兩人騷浪地這麼說——

「——————」

東城刃更就順了她們的意，拋開自己的理性。

對長谷川和潔絲特解放拚命壓抑的性慾。

剎那間，主從誓約的催淫效果發動了。

「啊啊……嗯、哈啊……刃更主人……啊♥」

「嗯……啊哈♥呵呵……到這邊來吧。」

滿眼淫慾的長谷川和潔絲特引領刃更來到床邊。

「……要幫你脫嗎？」

「好……麻煩了。」

長谷川獲得刃更的同意，和潔絲特兩三下就把刃更的衣物脫到只剩四角褲。

「啊啊……刃更主人太厲害了……已經脹成這麼大了耶。」

潔絲特視線灌注在刃更胯下陶然地說。

如她所言，刃更的下體已經膨脹到恐怕要撐破內褲。

接著，三人都上了床。

一人用的床載了三個人，不禁軋軋作響。

但它仍穩穩承受了他們的重量。

「來吧，刃更……躺這裡。」

長谷川撥開病床枕頭側身跪坐，將刃更的頭導向她的大腿，給他當枕頭。

刃更也順她的邀請躺下去，一團極致的柔軟隨即托住他的後腦杓。

而長谷川偌大的乳房也填滿了他向上的視野。

「剛吃過中餐，嘴一定很渴吧……」

長谷川淫笑著前傾上身。

左胸乳頭隨之貼近刃更的嘴。

「——————」

催淫狀態下，長谷川的乳頭放肆地鼓脹至極。

還隨著心跳一跳一跳地小幅抖動。

其尖端——還有顆鮮嫩欲滴的白色露珠。

刃更知道那是什麼汁液。

嘴唇二話不說地湊向那等待疼愛的乳頭——

「…………嗯、啾。」

含了就吸。長谷川的乳頭立刻噴出大量乳汁，灌滿刃更的嘴，刃更也鼓動喉嚨全部喝光。

「嗯嗚……哈啊啊！嗯……就是這樣……盡量，多喝一點……啊哈啊啊♥」

乳頭遭吸吮的快感與授乳的喜悅，讓長谷川的身體猥鄙地亂顫。

這時，潔絲特已經脫去刃更的四角褲。

「刃更主人，也賞我吃您的雞巴奶吧……」

兩眼慾火熊熊的她注視著刃更的陰莖，用她深邃的褐色乳溝夾住刃更的肉棒。柔嫩乳房上下搓弄，舌頭前後左右地舔舐龜頭。

「啊啊……嗯、啾……刃更主人……咧嚕、嗯嗚……啾嚕♥」

潔絲特口乳交的快感，使刃更猛然一吸長谷川的乳頭。

「呀啊……這麼、用力……啊哈啊啊啊啊啊啊♥」

頓時暴漲的快感讓長谷川全身一跳，尖聲淫叫。

同時，不只是刃更吸的左胸，連右胸也不受控制地狂噴乳汁。那是只有滿懷乳汁的女性高潮時才見得到的絕景。

當高潮過去，乳汁也慢慢止息，刃更放開長谷川的胸，乳頭上仍牽著唾液與乳汁的混合液。

「啊……哈啊……啊啊……嗯♥」

甜蜜幸福的餘韻使長谷川表情恍惚。

「哈啊、唔……嗯嗚♥啾噗……咧嚕、嗯啾……啾噗……嗯嗯♥」

而潔絲特似乎是見到長谷川的淫相而慾火中燒，在乳交當中完全含住刃更的龜頭，使原先只有舔舐的口交一口氣激烈起來。

舌尖又摳又滑，要讓龜頭每個角落沾滿她黏呼呼的唾液，同時上下擺頭，滋滋響地抽吸刃更的陰莖。

淫褻的主從誓約使她們的全身都轉化成容易引導刃更射精的工具。不僅是陰道或肛門，就連嘴也成了活脫脫的性器。

「！……潔絲特……要射了、唔……啊……啊啊！」

刃更的快感轉瞬間到達極限，直接在潔絲特口中射精。

「嗯呼～～～～～～♥嗯、嗯……嗯呼～♥」

潔絲特賣力地將刃更的精液一滴不剩地吞下肚，不過主從誓約使得刃更的射精量已經不是異常可以形容。

於是為了不讓潔絲特被精液嗆傷，刃更用右手托下巴抬起她的頭，將陰莖抽出她口中。

然而主從誓約已使潔絲特成長為百依百順的好色侍女，在肉棒脫離口腔的瞬間，仍用她的臉和乳房承接刃更仍爆射不止的精液。

「嗯！嗯！……啾噗、啊啊——————哈啊啊啊啊啊♥」

潔絲特沐浴在刃更大把噴灑的精液中，為自己褐色肌膚被白色覆蓋而深感喜悅，沉醉地媚叫著細細發抖。

那騷樣又讓刃更的陰莖脹得更大。

「呵呵……刃更主人太厲害了……才剛射又變得更大……嗯啾♥」

滿臉濃精的潔絲特表情痴迷地這麼說，並噘起嘴親吻陰莖的尖端。

就在這時，保健室突然響起電子音效。

原來是長谷川桌上的內線電話響了。

「真是的，這麼不會挑時間……」

「——不了，千里小姐您留下，我來接。」

長谷川唏噓地正要下床時，潔絲特認為這種雜務讓侍女來做就好而先往桌邊去了。

雖然只是普通走路，可是她赤著腳走在地上，翹臀自然而然地左搖右擺，畫面撩人至極。

「————————」

讓刃更心中湧起一股慾望，好想跟上去，在她講電話時猛插。

「呵呵……刃更你忘啦，要更順從自己的慾望喔？」

長谷川從背後以唇貼著刃更的耳朵說。

那語調足以抹滅他的理性——

「愛怎麼做就怎麼做，潔絲特就是喜歡你這樣。」

# 第②章 相信這樣的日常就是幸福

潔絲特提起長谷川桌上內線電話的聽筒，拿到耳邊。

「──保健室您好。」

『咦……長谷川老師嗎？』

潔絲特的回答使電話另一邊感到疑惑。

聲音是屬於她熟知的女性。

「請問……是森野老師嗎？辛苦了，我是史都華。」

『咦？啊，史都華老師啊，妳好。』

一年F班的級任導師森野美希知道是潔絲特後再也不覺得奇怪。潔絲特經常到保健室和長谷川共進午餐的事，大部分學生和教師都知道。

『那個，長谷川老師在嗎？』

「千里小姐她現在……」

潔絲特隨森野的問題微笑著回頭──

「！………」

然後嚇了一跳。

以為在床上的刃更和長谷川，竟然就在她背後。

『對了，妳剛才打電話找我對不對？不好意思，我有點事要找妳，想說晚一點再打一次就先離開了。』

「────────」

電話另一邊的森野為之前潔絲特找不到她而道歉時，刃更向長谷川使個眼色──接著左手一攬，摟住潔絲特的腰。

才覺得被刃更抱住，另一隻手已經大把抓住她的胸部。

「呀──哈啊……啊啊……嗯♥」

潔絲特不禁酥麻地嬌喘，聽筒從手上滑落。

而長谷川搶在落地之前接住聽筒，重新送回潔絲特耳邊。

『史都華老師，怎麼了嗎？』

這時，長谷川從潔絲特背後湊上空著的耳朵說：

「（潔絲特，刃更要在講電話的時候上妳……妳繼續說。）」

那囈語使潔絲特訝異地往眼前刃更看。

刃更的表情──表示那是事實。

於是潔絲特的表情也跟著改變。

雙眼瞇若彎弓，媚笑起來。

第2章
# 相信這樣的日常就是幸福

「森野老師……請稍等一下。」

潔絲特請森野稍候，跟隨刃更和拿起話機的長谷川一起到沙發去。電話線不夠長，長谷川便使用能力讓潔絲特與森野繼續通訊。

「抱歉久等……請問是什麼事？」

『這個嘛……其實是關於我們班上的成瀨同學——成瀨萬理亞同學。』

繼續與森野對話時，潔絲特已經是被刃更和長谷川在沙發上前後相挾的狀態。

「（……來，請插。）」

潔絲特大張雙腿，使私處暴露無遺。

「————」

在她前方的刃更，將他爆硬難耐的陰莖尖端抵在她濕透了的肉縫上三番兩次地擠壓。潔絲特感受到刃更的慾求，催淫效果驟然增強。

『她在我們上課用的平板電腦裡……偷灌色情影片。』

「！……啊啊……色情影片、啊……嗯♥」

長谷川還從潔絲特背後揉捏乳房，讓她在強烈快感中拚命不讓自己叫出來並且應話。而這時候，刃更的陰莖總算攻進她的小穴。

『就是啊……叫她中午到教職員室來找我，結果她根本沒出現。我沒辦法，只好自己到教室找她，可是她也不曉得跑哪去了。』

「真的是……啊、哈啊啊啊啊啊啊啊啊——♥」

『妳、妳怎麼了？』

突來的叫喊讓森野吃了一驚，但潔絲特沒聽見。

因為這悖德的狀況加深了她的淫慾，在刃更猛推到底的同時激烈高潮。接著——

「（潔絲特，刃更還沒爽到喔……至少要講到他射出來為止。可以吧？）」

「啊、啊啊……哈啊……！對、對不起……森野老師……因為剛才背後突然有聲音……嗯嗚♥」

在長谷川的催促下，潔絲特以滿溢淫慾的眼注視刃更。

「所以……不用介意，請繼續……♥」

「————」

聽潔絲特這麼說，刃更一語不發地開始猛力抽插。

此後——

潔絲特就這麼想盡辦法不讓森野發現她在和刃更做愛，繼續對話。

『成瀨同學經常到保健室去嘛，今天有嗎？』

『她在學校很活潑，是一個很好的女孩子……在家裡怎麼樣？』

『她跟二年級的東城同學一起住吧，平常會不會亂來？』

在刃更的特粗陰莖暴力刮摳催淫狀態的膣壁當中，森野接二連三地發問。

「嗯……這、這個……這個……啊啊啊啊♥」

即使潔絲特被刃更和長谷川帶來的快感燻得意識朦朧，也仍盡力一一回答。

或許是這麼努力地應付森野讓刃更特別亢奮，她很快就感到陰莖在她體內逐漸膨脹——

「（……潔絲特，再撐一下，我要射了……！）」

表示刃更射精的時刻即將到來。

「啊啊……好、好的……我會忍住的……♥」

『咦？妳在說什麼……？』

「沒、沒事……別在意……哈啊……嗯♥」

潔絲特一時忘了電話的事，說了牛頭不對馬嘴的話，讓電話另一邊的森野一頭霧水。

儘管她拚命掩飾，語調卻是春情蕩漾。

『……史都華老師，我在想喔，妳是不是——』

被她發現了？

『身體不舒服才去保健室啊？不好意思喔……講這麼久。難過的話不用勉強，到床上躺一下吧。』

「（怎麼樣？要聽她的話躺下來休息嗎？）」

長谷川也聽見了從話筒洩漏的建議，戲謔地笑著這麼說，刃更也直視著她。

因此——

「不、不用……我沒問題、嗯……不好意思，請繼續……♥」

隨後，刃更便應了潔絲特的央求。

在猛撞花心的同時激烈爆射。

將幾乎使人燙傷的火熱精液澆灌進撐開的子宮口。

那甜美感所帶來的高潮，讓潔絲特怎麼也忍不住。

「啊啊！哈啊啊啊啊啊啊啊啊啊啊～～～～～♥」

歡愉的淫叫，就這麼隨衝上頂峰的快感迸出咽喉。

長谷川千里看著潔絲特就在她眼前激烈高潮。

接著——

『喂喂喂？史都華老師妳怎麼了？還好嗎？』

她將發出擔憂叫喊的聽筒移到自己耳邊。

第②章
# 相信這樣的日常就是幸福

「喂，森野老師啊……我是長谷川，剛回保健室。我看潔絲特在講電話就拍她一下肩膀，結果把她嚇到了。」

『長谷川老師？這、這樣啊？史都華老師她還好吧？』

「嗯，沒什麼……」

長谷川往潔絲特看。

「……啊……嗯、哈……啊啊……嗯嗚……♥」

只見高潮餘韻中的潔絲特全身隨內射的喜悅陣陣跳動。

迷離的雙眼已完全失焦。

「她好像昏過去了……休息一下就會醒了吧。」

當長谷川這麼說時——

滋嚕一聲，刃更將陰莖拔出潔絲特體外。

經過兩次大量射精的肉棒也依然亢奮滿脹。

「————」

然後，刃更的頭慢慢轉向長谷川。

「嗯……啊、哈啊……啊……呵呵♥」

長谷川感到淫穴頓時濕透，妖然一笑。

誓約的催淫效果發作，表示刃更也想要長谷川。

對此，長谷川也沒有允准他以外的選擇。

……而且。

她根本不需要誓約催淫，見到刃更和潔絲特在她面前交媾，就已經讓她滿身慾火無法自拔。

在噗通噗通的心跳聲中——

「啊啊……嗯嗚……那麼，妳打電話來保健室是有事找我嗎？」

『也不是……只是想問一下我們班的一個女學生有沒有過去叨擾。』

「一年F班的學生？……誰啊？」

長谷川來到床邊。

因為潔絲特躺在沙發上，這樣不能滿足刃更的需求。

這時——

『成瀨萬理亞。她應該經常到保健室去沒錯吧？』

「對啊，不過今天沒看到……萬理亞怎麼了嗎？」

『沒什麼，就是……啊，對了，她跟長谷川老師一起住的樣子嘛？』

「對啊……從今年四月開始。」

『……她在家裡怎麼樣？』

「呵呵……擔心她嗎？」

長谷川一邊和森野講電話，一邊坐到床上張開雙腿。

暴露她熱呼呼黏答答的淫縫。

『也不是擔心啦，她不是個壞孩子，就只是……那個，對性方面的事好奇過頭了點。』

森野害羞地說。

「————」

這時候，刃更讓潔絲特在沙發上躺好，往長谷川走去。

每一步，都讓射在潔絲特體內的白色濃汁從那昂然聳立的陰莖一滴滴砸落，玷污保健室的地板。

『當然，這年紀的孩子對那種事好奇本來就是很正常的事，不過，她好像有點太過頭了……』

在森野含糊其詞的同時，刃更也站到了長谷川面前。

接著將陰莖尖端抵住她的蜜穴。

「嗯嗚……森野老師，妳待會兒有急事嗎……？」

長谷川不禁一顫，但仍說完了她的話。

那是個重要的問題。

『？沒有……我第五節沒課，沒什麼事急著要做。』

森野的回答，使長谷川心中湧出一股下流的歡喜。

「那麼……妳好像還有很多事想說，就把萬理亞在課堂上的表現告訴我吧，然後我也分享我所知道的。如果能知道她在家是什麼樣子，或許能幫上一點忙。」

『真的嗎？太好了，謝謝長谷川老師。』

「妳太客氣了……不過我其實也和潔絲特一樣敏感，說不定會突然叫出來，不要嚇得掛斷電話喔。」

『？喔……知道了。』

即使有點疑惑，森野仍答應了長谷川的要求。

——於是，一切都準備妥當了。

長谷川用肩膀和耳朵夾住聽筒，兩手環抱刃更的脖子。

接著用乞求的眼神對面前至高無上的主人說：

「……來，把你……堆得滿滿的悶氣都吐出來吧……♥」

那淫蕩性奴的臉上——是媚色無邊的笑。

第②章
# 相信這樣的日常就是幸福

## 12

下午課堂全部結束，班會也開完以後，有件大事到來。

那就是讓學生們從正規課程解脫的放學時間。

要忙著籌備校慶的時期眼看是一天天地逼近。

這天，成瀨澪也在執行委員開完會後留在學生會室處理相關事務。

澪所做的是參考會議記錄重點整理，更新各部署的作業狀況，確認整體日程有無支絀。

平板電腦上，顯示著以文書軟體製作的日程表。

各部署的作業都彙整於此，每個項目以顏色來區分進展狀況。

「…………好，這樣就搞定了。」

澪用鍵盤滑鼠更新今天的進展，儲存檔案。

每天另開新分頁，可以比較每天的進展狀況。且為防萬一，每天都有依日期備份。

「——辛苦了，成瀨同學。感覺怎麼樣？」

途中，一名少女來到澪身旁窺探著螢幕問。

那烏黑的辮子，是她的註冊商標。

積極的眼神與一絲不苟的態度，營造出不讓鬚眉的氣質。

她就是聖坂學園的學生會長——梶浦立華。

「這個嘛，感覺滿順利的……妳看。」

澪叫出最新進展的資料給立華看。

——從今年度起，澪也加入了學生會。

因為刃更正式接受了成為學生會長的立華之邀。

既然刃更加入，澪她們自然是同進退——而目前刃更、澪和柚希都擔任「總務」一職。這是立華從一般庶務區別出來的工作，以賦予僅次於幹部的責任和權限。而庶務沒有因此消失，由一年級的萬理亞和胡桃擔任。

而且長谷川還擔任學生會顧問，潔絲特是負責支援的特別助理。

保健室老師擔任學生會顧問似乎很少見，不過教職員會議上並沒有人反對長谷川自薦。大概是和一般社團一樣，作顧問有犧牲課外時間和額外負擔的問題，大多數教師也不想自找麻煩吧。

因此約聘教師潔絲特加入學生會一事，也因為有接觸日本文化的名義，又是不必支薪的自願性義工，沒人覺得有任何問題。

且就算造成問題，屆時再設法處理掉就行了。

第②章
# 相信這樣的日常就是幸福

另外，留學生身分的賽莉絲也以特別設立的助理人員名義加入了學生會。

現在，刃更、柚希和萬理亞三人正與成為副會長的加納三太，和畢業紀念冊製作委員與攝影社討論相關事宜。胡桃和七緒跟賽莉絲到廣播社送附用途說明的校慶所需音響器具清單。

長谷川和潔絲特要開教職員會議，今天不會露面。

所以現在，學生會室只有澪、立華和今年升為書記的武井瞳子三人。

——對之前放學就直接回家的澪幾個而言，學生會的工作相當新鮮。

原本都是由個人角度來看學校，現在來到可以俯瞰整體的位置，發現許多過去所不覺的新事物——如此擴大視野的經驗，相信會對未來與各勢力周旋時提供一定的幫助。

……畢竟。

他們以前都是回家社，放學鐘一敲就離校。

但隨斯波事件的平息，他們遭魔族或勇者一族威脅的日子暫告一段落，終於可以品味始終無法體驗的高中青春。

參加社團活動是學生應有的權利，二年級以後可以正式入社，不過全部一起加入可能造成對方的困擾，運動性社團又幾乎是男女分開。如果為了和刃更在一起而勉強自己加入沒興趣的文藝性社團，同樣會造成困擾。雖然人數足以成立新社團——

……但是。

如此一來，不管怎麼想都一定只會想到適合自己的活動內容，到頭來跟在家玩沒什麼不同。

於是，加入之前邀請過他們的學生會便是最好的選擇。

而澪認為，這個選擇並沒有錯。

在沒有戰事的和平日子中忙碌地過著每一天，的確是充實的青春。

當澪展示比預計快了四成進度的資料後——

「好棒喔……順利到我都覺得怕了。」

立華驚訝當中，摻雜了些許不安。

「會長……這妳昨天也說過嘍。」

苦笑著這麼說的人，是瞳子。

「哎，我也不是不懂妳為什麼擔心啦……誰教運動會出了那麼多麻煩。」

「是啊……學姊，那時候真的給你們添了很多麻煩。」

聽了瞳子的話，澪開口道歉。

「哪裡，沒必要道歉啦。那時候的事又不是你們的錯。」

立華有點緊張地否定她的自責。

「對不起喔，成瀨同學……我沒有別的意思。」

接著，瞳子也過意不去地道歉。

「嗯，別在意……我知道妳沒有惡意。只是，我還是覺得堂上學長他們是因為我們才會亂來。」

到去年為止，澪和柚希都有一群狂熱支持者。

其中，今年春天畢業的堂上翔平和穗積海司各是澪派和柚希派的領袖，率領著一群粉絲徒眾。原本只是愛起鬨，但在刃更轉學進來，與澪和柚希的關係曝光以後，他們就開始找刃更的麻煩了。

澪和柚希跟刃更一起成為運動會執行委員後，他們這些原本沒資格的三年級生硬是找藉口加入，擅自行動惹是生非，最後遭到坂崎——歐尼斯操控，使運動會陷入混亂。

所幸無人受傷，運動會也沒有中止，不過當時二年級的立華擔任副會長堅決反抗無理取鬧的堂上等學長，他們卻完全不當一回事。

……而且。

後來，據說她曾為自己身為運動會執行委員會的主管卻無法約束現場人員，懊惱得自己躲起來偷偷哭泣。

對一般學生而言，對學校活動的回憶只限當天，但學生會成員是打從籌備就開始了。在做事認真，責任感又強的立華眼中，堂上幾個的暴行肯定是無法忍受之痛。然而她依然堅持自己的工作，沒有逃避眼前困難奮戰到底，終使運動會順利落幕。

刃更會接受立華的邀請加入學生會，不單純是為了充實自己的日常校園生活，也是因為敬佩她，想成為她的支柱。

澪幾個也是如此。

因此——

「我不是要贖罪喔……總之我絕對要辦好這場校慶。」

這次校慶可說是立華與加納的學生會活動之大成，使它成為眾人難忘的美好回憶，即是刃更與澪等人的首要目標。

「謝謝……有你們在真是太好了。」

立華說道：

「能夠進行得這麼順利，都是因為有成瀨同學妳們和東城同學加入的關係。」

「沒有啦……會這麼順利，其實是因為會長你們和武井同學這些去年的成員從寒假就一直在準備。而且現在也沒有像堂上學長他們那樣不肯聽話的三年級在啦。」

而且——澪說道。

「不管怎麼說，功勞也要算在長谷川老師身上才對。」

為了讓五花八門的學生會業務進行無礙，他們必須彙整各種議題與學校溝通。視案件需要，商議對象包括學年主任、教務主任到校長。在需要開教職員會議投票表決的時候，甚至需要和一般教師疏通。

……但是。

自從長谷川今年春天擔任學生會顧問後，立華政權的學生會議提與訴求竟獲得學校百分之百照單全收。長谷川說她並沒有操控任何人的心智，不過她也是會為了刃更不擇手段的人。

……委屈其他老師了。

長谷川取回神界最高階的十神之力以後，只要眼神稍微施壓，就算不說話也能達成目的。普通人根本反抗不了。

像這種時候，沒人比長谷川更可靠。

「長谷川老師的確也幫了我們很多……可是成瀨同學，你們的力量還是很大喔。」

說話的是瞳子。

「我們在寒假準備的就只有企畫案而已啦。只要開始執行，有人在參與，問題就會像微生物一樣冒出一大堆。」

「對呀……關係的人愈多就愈複雜。」

立華點頭說：

「不過你們在問題產生之前就把火苗撲滅，即使有突發狀況也能臨機應變，漂亮地解決。如果只靠我們自己，實在不可能有這種成果。」

「就是啊～怎麼說呢，你們每個都好冷靜喔。」

「哈哈哈……那的確算是我們的優點之一吧。」

對瞬息萬變的狀況即時反應，盡可能做出最佳處置——一路搏命過來的他們就是有這樣的能耐。然而實戰與學生會事務不能相提並論，對於陷入何種困境都絕不放棄打出生天的他們而言，學校裡的麻煩要可愛得多了。

「不過——說到這個，我們裡面最厲害的還是哥哥喔。」

澪眼神火熱地想著自己誓言奉獻一切的主人。

刃更總是設想狀況的前兩步，考慮過各種可能之後看準自己要的結果來行動。那與澪她們的考量層次完全不同，有著明顯差距。但儘管刃更能夠完美掌控狀況，他也完全固守輔助的角色，讓帶頭主導的立華能輕鬆做好學生會長的工作。

……所以。

澪幾個也努力協助刃更實現他想做的事。

因為她們是他的家人、屬下、戀人——也是未來的妻子。

不僅是滿足他的性慾，還要實現他所有願望。

那是她們的使命，也是存在意義。

……嗯。

成瀨澪等人都正確了解自己究竟是什麼人。

也知道東城刃更是多麼特別。

因此，澪驕傲地斷言：

「這次絕對會很成功……因為有哥哥在。」

「————————」

梶浦立華看著眼前的澪對刃更表現出的絕對信賴，不禁倒抽一口氣。

因為澪展露的笑容，是那麼地妖媚。

那是普通女高中生——不，是普通人也不會有的表情。

「！…………」

立華雙頰發紅，大腿不由自主地磨蹭。

接著——

……啊……

她下意識地往瞳子看，發現她的視線也被澪蠱魅的表情奪占。

「…………………」

兩人四目相視。瞳子的眼，在疑惑之中卻也帶了點嚮往。

她還不知道自己已經被澪的媚氣所感染。

澪發覺了她們異狀，問：

「？怎麼了嗎？」

「沒、沒事……別在意。」

突然被這麼一問，嚇得立華趕緊搖頭。

「我只是覺得……成瀨同學你們……怎麼說，氣氛好像變很多？」

並在這麼說之後再度打量眼前成瀨澪這位少女。

——那是過去有眾多男生稱為公主，狂熱著迷的校園女神。

立華從先前就覺得，澪她們的長相和別人不是一個級別。

而且還愈來愈成熟，愈來愈性感。

……可是。

最近突然變得更美——或者說，變得異常妖豔。

自四月新學期開始後見面那時起，立華對她的印象就變了很多。不只是澪，柚希和長谷

第2章
# 相信這樣的日常就是幸福

川也一樣。

……最引人注意的是……

刃更的氛圍也變了。

他之前就是個精悍的人，經過長假再會後，更是能感到某種不可思議的威嚴。而且——和刃更他們一起來學生會幫忙的萬理亞、胡桃和潔絲特也有同樣氣息。

住在東城家的女孩子都有這樣的印象。

……不會錯。

梶浦立華確信——春假期間肯定發生了決定性的變化。

不過，那只是她們變化的開始。

從開學暨入學典禮的收假第一天以來，她們的妖豔與日俱增。

刃更也湛發著過去所沒有的氣勢，壓迫感之類的感覺。

比往年更長的黃金週結束後，澪幾個的變化更是巨大。

不僅是氛圍，連身材都變了。

胸圍似乎大了一點，腰臀曲線也更有女人味。尤其是原本就乳壓眾生的澪、長谷川和潔絲特三個，尺寸都很令人嘆為觀止。

……而且。

最驚人的是，澪開始叫刃更「哥哥」了。

據說以前只有在家才會這樣稱呼，在學校等其他地方會顧忌同學的眼光。

現在也許是心境發生變化，開始敢當著眾人的面叫了。

……可是。

明明「哥哥」一詞是用來表示他們的兄妹關係——澪的語氣卻明顯帶有煽情的悖德性感。

「…………………」

「——不好意思，真的很引人注意吧。」

當立華和瞳子看傻了眼時，澪害羞苦笑，用雙手遮掩長大了一圈的胸部。

「對、對不起……不小心就……」

「話、話說成瀨同學……胸部這麼大，內衣很難挑吧？」

和立華一樣紅了臉的瞳子問。

「嗯，就是這個傷腦筋……可是長谷川老師很懂這類大尺寸內衣的事，所以我們最近都在同一家買。」

澪說：

「不過那裡沒有賣可愛的，全部都很色就是了。」

「就、就是啊……我想也是。」

立華理所當然似的點了頭。

教職員長谷川和潔絲特有某種程度的服裝自由，而澪有義務穿著制服。不過澪的身材穿不下普通制服，抹胸扣也扣不上，明顯露出乳溝。

學校是可以將她列為特例，准許她修改制服，然而校規本來就不嚴，制服不穿整齊也無所謂。像長谷川從很早以前就穿頗為煽情的吊襪帶來上班，也沒有問題。

且不知男學生都認為她和刃更根本就是男女朋友，還是堂上等較有影響力的人物皆已畢業，從本學期起，男學生不知為何都不再對澪感興趣，所以校方也不予追究衣著問題。

——因此，其他女學生的暴露度也加速提高。

聖坂學園女生制服的裙子，平均都短了十公分以上。

而身為學生會長，立華卻無法規勸他人。

因為她雖然沒修，但是把裙頭拉得更高了。

她兩手抓著往上提了的下襬，心想——

……我怎麼會這樣……

立華不是容易受周遭影響的人。

算起來還是個老古板，常被人說太正經，部分學生避之唯恐不及。

……但是。

運動會執行委員會等學生會成員，邀請刃更和長谷川參加聖誕夜舉辦的慶功宴以後，立華就漸漸改變了。

即使那是不可能發生的事——她仍幾乎每晚都夢見自己被刃更瘋狂揉胸，高潮一波接一波的春夢。甚至在第三學期結業式以後夢見七緒變成真正的女孩，在學生會室和刃更親熱。

——發現自己本性有如此下流的部分，使立華心慌不已。

於是她私下向長谷川說出這件事請求協助，而長谷川告訴她，那是青春期的普遍現象。而且像立華這樣總是一板一眼的人，平時壓抑的性慾很容易化為夢境，建議她「認同自己」。

最後立華接受這個建議而踏出改變的第一步，從長谷川常用的網站——多半就是之前澪提到的那間店，購買情趣內衣。

然後在房間偷偷試穿，來到穿衣鏡前。

鏡中一身火辣內衣的模樣讓她羞得頭暈目眩，但同時還有種令人害怕的亢奮。這是她鏡中的表情，嬌媚得完全不像是個模範生。

那無疑是和澪她們一樣的表情。

——親眼目睹這樣的自己，立華瞬時下意識地明白了。

刃更說他並沒有特定和澪她們之中任何一人交往之類的戀愛關係，她們也都是這麼說，然而——

……不會錯。

刃更其實是和她們所有人交往——不，恐怕不只是交往而已。

不僅是同年的澪和柚希、小一學年的萬理亞和胡桃，連教師長谷川和潔絲特都是。

只有賽莉絲不太一樣。

……可是。

不出多久，她也會變成她們那樣吧。

既然賽莉絲和他們同住一屋，不會不知道刃更他們實際上是什麼關係。

儘管如此，賽莉絲注視刃更時的眼神是那麼地落寞——無疑是少女戀愛的眼神。所以那恐怕只是時間問題。

立華注意到刃更他們的關係以後，自然就縮短裙長了，而且今天還穿了情趣內衣上學。

現在她縮短的裙子底下，正是不可告人的煽情內褲。

……東城同學……

要是刃更知道她穿這種內衣——究竟會做出什麼事？

刃更不是會見一個就玩一個的人。

他會鄭重謝絕對他告白的女生，直到最後都溫柔以待。

……不過。

假如刃更向自己求愛——

「…………………！」

才稍微想像可能的狀況，一股舒爽的寒意就竄過背脊，使她渾身一顫。

「——會長，妳還好吧？」

這時，立華的異狀讓澪不解地窺探她的臉。

「我、我很好哇……沒事。只是突然想通某些事而已。」

立華說著算不上藉口的話，並發現一件事。

……我一定……

她完全無法想像自己拒絕刃更的樣子。

那是發生於現在的梶浦立華上，絕對不容辯解的事實。

——勤奮樸實的立華心中，沉眠著無法想像的淫褻渴望。

那麼一向保持紳士風度的刃更，有另一張臉也不足為奇。刃更恐怕已將同居的澪她們六個占為己有，而她們也都甘於這個狀況。

……對……

沒什麼好奇怪的。好比柚希和萬理亞一起出去辦事的現在——
刃更就很可能和她們在某個隱密的地方，做些難以啟齒的事。

## 13

立華猜對了。
畢業紀念冊製作委員和攝影社開完會之後。
刃更就和柚希和萬理亞就在沒人的空教室裡大玩３Ｐ。
——橘紅夕陽拉出長長斜影的教室中央。
刃更坐在課椅上，讓柚希面對面地跨坐腰際。
身上穿的都是制服。
不過雙手環抱刃更脖子的柚希，水手服是正面全開地褪了一半，垂掛在手肘位置，赤裸的雙肩也看不見內衣肩帶，且胸部遮也沒遮。
因為一進空教室，刃更和萬理亞就一起扒開了她。
——其實這場淫行，早在會議途中就開始了。

儘管旁邊都是人，坐在刃更左右的萬理亞和柚希仍利用桌面的掩護，手在刃更胯下恣意遊戲。

萬理亞一拉開褲襠拉鍊，柚希的手就溜了進去，撥開內褲正面開口掏出刃更的陰莖，肆無忌憚地套弄。

一旦敗露就完了——可是刃更仍默許了她們的行為。

柚希今早負責和潔絲特一起做早餐和午餐便當。

而潔絲特曾於午休時間和長谷川一起在保健室接受刃更的疼愛。

只有柚希到現在什麼也沒玩到。

後來是在某個時間點聽說了刃更和潔絲特在午休嘗試什麼樣的玩法了吧，從放學後所有人聚到學生會室時起，柚希的眼就透露著乞憐的氛圍。

後來萬理亞注意到柚希的樣子不對勁，便自願和副會長加納一起去開會，並請刃更和柚希同行。

她製造的這個機會，也確實讓柚希可以積極行動。

刃更也了解柚希的心情和萬理亞的好意，就隨柚希高興了。

然而刃更性奮一來，就會引發其對象柚希的催淫效果。柚希始終忍著不叫出聲，以免旁人發現他們的好事。不過誓約的催淫強度不是契約可以比擬，柚希一直忍到會後大家開始聊天——最後是刃更插手喊停。因為房中瀰漫著柚希的雌性氣味，加納幾個也都發現了。由於柚希因催淫而臉紅昏沉，刃更便以她身體不適為由結束閒聊。

假裝要帶她去保健室而和加納告別後，他們沒有前往可能有別人在的保健室，直接進了路上的空教室。

——一進門，刃更就設下結界。

不讓無關的第三者聽見看見。

三十分鐘後。

半裸的柚希裙子攤在地上，懸於一側腳踝的內褲也是要掉不掉地搖來搖去。

搖，是來自刃更和柚希淫褻的腰部動作。

刃更沒脫制服，只有拉開褲鍊，雄偉肉柱從中挺立，且包覆在一團銷魂火熱當中。

因為柚希的蜜縫將他的陰莖吞到了最底。

「！……哈啊……啊啊……嗯、呀啊……啊哈啊啊啊啊啊啊啊♥」

刃更已經射精三次，柚希則是度過了他三倍的高潮，刃更的制服褲早就沾滿兩人的精液與愛液所混成的性愛雞尾酒。

不過沒問題，刃更帶著露綺亞給的清潔魔石。

這讓他們可以毫無後顧之憂地沉溺在性交當中。

「啊啊！……嗯呼、刃更……哈啊、我還要……刃更啊啊啊啊啊啊啊啊♥」

每當滿面淫慾的柚希以猥褻動作扭腰擺臀，與刃更的結合部位就「啾噗啾噗」地濕聲大作。

——但她身上還有其他聲音。

是柚希背後，淫笑著看著她的年幼夢魔。

「呵呵，柚希姊……前後一起來的感覺怎麼樣呀？」

亢奮得兩眼濕濡，泛起嗜虐笑容的萬理亞右手抓著一樣東西。

那是柚希最近開始帶的橢圓形珍珠手環。

可是那不是真的珍珠，是夢魔特製的肛珠。

插入肛門就會與腸液起反應，也會因抽插快感造成的肛溫升高而變形。

原本只是一公分大小的珠子，會漸漸變成鴿蛋、雞蛋那麼大，最後巨大到有刃更的陰莖那麼粗。

萬理亞就是將這樣的巨物塞進柚希的後庭花，笑呵呵地快速抽插。

「呀啊！……萬理亞，嗯……哈啊啊！……這個好……這個好……♥」

柚希向背後轉頭，樂得眼泛淚光地淫聲媚叫。

因肛溫巨大化的肛珠進進出出，讓柚希感覺像生蛋一樣，變成禽獸的悖德感喧騰而上。

第②章
# 相信這樣的日常就是幸福

柚希這模樣也讓刃更備感亢奮，射精衝動猛然暴漲。

「！……啊，柚希……又要射嘍！」

話聲一斷，刃更就毫不客氣地射個痛快。

噴射於陰道底部與子宮的熱流又使柚希的快感衝至極限——

「呀、啊啊！啊哈啊啊啊啊啊啊啊啊啊啊啊啊啊～～～～～～♥」

在刃更腿上猛一後仰地高潮了。

就在這時，一道強光隨「喀嚓！」的快門聲閃起。

轉頭一看，萬理亞手上不知何時多了台相機。

「喂，那不是……」

「沒錯，就是先前攝影社借我們的數位單眼相機。」

萬理亞笑容滿面地回答刃更。

她手上的相機，是用來拍學生會籌備校慶的活動記錄。校慶當天也會從不同於攝影社的幕後角度拍下各種照片，挑幾張好的出來放進畢業紀念冊。

「…………萬理亞，妳不會忘了分寸吧。」

「不會，這完全是我們自己的隱私，不會流出去的啦。」

萬理亞一邊這麼說，一邊拍攝柚希被劇烈快感沖昏頭，完全癱在刃更身上的高潮後表情。

「表情不錯喔，柚希姊……這一定也會是校慶準備期間的美好回憶。不過這不能登在畢業紀念冊上，檔案也不能交給攝影社就是了。」

萬理亞說得笑了起來。

「對了對了……待會兒還要去拍會長呢。」

「？拍梶浦學姊做什麼？」

刃更不解地問。

「呵呵呵……其實會長大人今天穿了很色的內衣喔。」

或許是夢魔對這方面觀察力特別強吧，萬理亞愉悅地說。

「八成是從千里姊常逛的網站買了性感內衣以後，在家裡偷偷穿還不滿足，所以穿到學校來了。」

「不會吧……妳說梶浦學姊？」

刃更聽得一臉驚訝。

「那有什麼辦法……誰叫我們這個乖乖牌會長第一次的戀愛對象，竟然和一群比她性感多了的女生住在一起，還拒絕了所有對他告白的人嘛。」

萬理亞賊笑著說：

「雖然如此，她還是希望對方多看她一眼……希望自己能吸引對方的人。我想她是想多少改變一下自己，才會買色色的內衣吧。」

因此——

「回學生會室以後，我會幫忙製造兩人獨處的狀況，你就多給她一點關愛怎麼樣啊。你也早就發現會長對你有意思了吧？」

「……………」

刃更以沉默回答萬理亞的問題。

——的確，他也察覺了立華的感情。

梶浦立華是個有魅力的少女，同時具有學姊的可靠和反差的可愛。再加上她不善於面對男性，讓人很難不在乎她。

然而——要是關係再往前進，刃更和立華都會走上不歸路。

長谷川和潔絲特在午休說的話都是事實。

刃更雖然拒絕了所有向他告白的女孩，但不可能毫無感覺。

能獲得她們的好感是件令人高興的事——也會挑起他的性慾。有了澪這些性奴，使得刃更性衝動變強，很容易掙脫理性的束縛。

若對方是立華，情況會更嚴重。

……學姊……

冷不防強占立華的唇，撕開褲襪扯下內褲辣手催花這種事，他不只想過一、兩次。

而且——立華恐怕也有這種期待。

不過刃更可不能這麼做。只要刃更喜歡，澪她們也不會干涉他想上誰。因為對她們而言，刃更已經是這樣的人。

但刃更仍不希望做出對她們不忠的事。

……再說。

立華是普通人，精神面的抵抗力遠比澪她們低。要是刃更對她恣意洩慾，成為性奴還算好——最壞甚至有精神崩潰的危險，不得不避。

思考當中，萬理亞說：

「我了解刃更哥的心情，你也不想傷害會長……所以心裡會有要避免繼續縮短距離的想法。」

可是——

「會長就快壓抑不住對你的感情了，這樣的話你該怎麼做？照我看來，等這個相當於學生會活動成果展的校慶結束以後，她一定會有所行動。」

假如——

「她求你無論如何都要給她留下一個回憶的話，你怎麼辦？」

「這……」

「你會像之前對你告白的女孩那樣婉拒她嗎？要是她對你感情放得太重又無法紓解，結果害她沒辦法準備聯考的話，又該怎麼辦？」

萬理亞說道：

「有的人就算明知自己和暗戀對象不會有結果，但只要有這麼一次……這段往事就能成為足夠她回憶一輩子的幸福回憶，而且不會為難任何人，我想會長恐怕就是這種人。如果你害怕自己會控制不住，我和千里姊都能幫你。」

所以——

「會長的事……就請你再多考慮一下吧。」

「…………………」

刃更沉默了很長一段時間後，萬理亞道歉說：

「……不好意思，現在不該談這個吧。晚上還有要緊事呢。」

這時，柚希的強烈高潮終於退卻。

「刃更………」

並淚光閃閃地注視刃更。

那雙眼正貪婪地——央求著刃更給她更多感官刺激。

刃更也尚未滿足，仍插在柚希體內的陰莖在那樣的爆射後，尺寸與硬度也絲毫未減。

於是——

「好，馬上來……柚希。」

刃更這麼說之後，右手伸向柚希的屁股。

準備在深入蜜穴的陰莖重新上下抽插，同時以肛珠搔弄她直腸深處，然而——

「——對了，刃更哥，先等一下。」

萬理亞忽然喊停。

「我會徹底玩弄柚希姊的小菊花，所以就別用肛珠了，改用這個。」

她遞來的是剛才那台數位單眼相機。

「我拍的照片影片，都是大家醉心於你或你所給予的快樂中的樣子。我最愛的就是女人沉溺在肉慾和本能之中那種騷樣，實在是怎麼也看不膩呀。」

萬理亞說到這裡，用鹹濕視線打量柚希。

「模特兒的表情會隨攝影師改變。換刃更哥來拍的話……柚希姊肯定會特別注意鏡頭。能把我們拍得最有魅力且最淫蕩的人非你莫屬。」

畢竟——

第2章
# 相信這樣的日常就是幸福

「這個放學後夕陽斜照的空教室，本來就是一種超棒的攝影情境。請你一定要把淫蕩的柚希姊拍得美美的喲。」

「………………」

刃更一接過相機就把鏡頭對準柚希。

緊接著——

「……啊、啊啊……刃更……嗯……♥」

柚希在刃更面前欲拒還迎地扭動起來。

萬理亞說得沒錯——那模樣是那麼地騷又那麼地美。

「————」

於是刃更對柚希按下了快門。剎那間，機械聲喀擦一響——

「呀、啊啊啊啊……♥」

同時含住刃更陰莖的膣壁猛一緊縮，擠出滿滿的淫水。

「！——柚希。」

這突來的反應使刃更吞吞口水，重新檢視柚希。

沒有錯——柚希對刃更的性愛自拍很有感覺。

「啊……哈啊……嗯、不……不是啦……人家才沒有這麼……哈啊啊啊♥」

而柚希也不敢相信自己反應似的，羞得全身發抖。

「不是什麼，妳就是這樣的人……來吧，柚希姊，儘管享受就對了。」

萬理亞滿眼淫慾地看著柚希這麼說，並將柚希肛門裡頭連接拉環的那一顆肛珠向橫一轉。

「喀」地一聲，柚希的淫叫頓時嗲度大增。

「嗯嗚……有東西跑出來……哈啊……這什麼、啊啊……啊哈啊啊啊啊啊♥」

「這串肛珠裡面，裝了用我……用夢魔愛液調配的頂級春藥。配合你們主從誓約的催淫效果，可以把妳一把推進愛慾的谷底裡。開始嘍～」

話一說完，萬理亞就立刻用肛珠暴力抽插柚希的肛門。

尺寸不是珠子——已經是蛋了。

被腸液抹得濕濕滑滑的淫卵飛快進出——

「呀……哈啊啊！啊啊♥嗯……呼啊啊啊！哈啊♥啊哈、呀啊啊！要被插成白痴了～～～人家的屁股要被插壞了啦～～～哈啊啊啊啊啊♥」

柚希雙手捧著臉，表現出前所未有淫相。

「刃更哥，請準備好……最棒的快門時機要來了。」

萬理亞跟著轉動下一顆肛珠。

同時，所有肛珠在柚希的直腸中震動起來。

「呀啊？呀啊啊啊啊啊啊啊啊啊啊啊啊啊────♥」

突如其來的劇烈快感使錯愕壓過感官上的刺激，柚希驚喜地狂叫。

而這時，刃更已將相機切換成連拍模式，對準柚希。

「──這樣很美喔，柚希。」

並在這麼說的同時，毫不憐憫地按住快門。

快門聲連續激響，閃光燈燒個不停。

「啊啊啊啊啊啊啊啊啊啊啊啊啊啊啊啊啊啊啊啊啊啊啊啊啊～～～～～～♥」

柚希就此在刃更腿上化為最淫褻的模特兒，滅頂於異度高潮之中。

## 14

有個人，正在窗外觀賞發生於空教室內的活春宮。

是替學生會送文件到廣播社的野中胡桃。

離開廣播社室以後，胡桃在返回學生會室的途中感到刃更幾個人在附近，一路尾隨到這間較為隱蔽的空教室。

透過窗口，可以偷窺刃更他們的戰況——教室裡的聲音也都聽得一清二楚。

『呀……哈啊……啊啊，刃更……♥啊、哈啊……！啊啊啊！萬理亞～♥啊嗯、哈啊啊……呀啊啊啊啊♥』

柚希前穴塞著刃更的陽具，後門被萬理亞用手環型的肛珠按摩棒猛插，模樣比平時還要狂亂。

「天啊……姊姊快爽死的樣子耶……」

胡桃既興奮又羨慕地喃喃自語。

——其實，雙穴抽插對她們而言已經不是什麼特別的事。

柚希的弱點在臀部，肛門的開發自然是比別人深入，不過胡桃幾個的肛門也沒少玩過。她們和刃更結了淫穢的主從誓約，別說是前方的處女，後面的處女也當然要獻給刃更，兩穴都玩是極其自然的結果。

如今所有人的肛門都能將刃更的大肉棒吞吐自如，還會使用萬理亞和雪菈以夢魔能力製造的各式器具。此刻柚希肛門中的肛珠按摩棒，每個人手上都有一根，且顏色各自不同。

不過敢戴來學校的也只有柚希一個。

……瘋成這樣好像還滿難得的耶。

最近不僅是刃更會找胡桃幾個發洩，她們也常常慾滿為患，出門時和刃更做愛的頻率愈來愈高。

柚希亢奮成這樣，不會只是因為在空教室遭到前後交攻。

做愛時拍照攝影的事，萬理亞也不知幹過多少次。

所以原因出在哪裡呢？

「啊，對了……這是她第一次被刃更哥哥拍呢。」

胡桃對自己的答案滿意地淫笑。

自己任刃更抽插的模樣被他拍攝下來的情境，帶給柚希空前的悖德感，所以連帶產生了特別強烈的亢奮吧。

在門外欣賞柚希淫蕩神情的胡桃也拿出手機啟動相機功能，拉近鏡頭拍起特寫。

螢幕上柚希眼神渙散，極為陶醉地沉溺於肉慾之中——嘴還鬆垮垮地傻笑。

「呵呵……姊姊也真是的，竟然爽成這樣。」

胡桃興奮地舔舔嘴唇，將手機收進懷裡。

——若在平時，胡桃已經跑進去共襄盛舉了。

不過她並不想打擾柚希。

因為她從昨晚到今晨，已經和刃更通宵縱慾過了。

這當中，柚希都在和潔絲特一起做早餐和午餐便當。

所以現在輪到柚希享受了。無論是刃更對柚希發情，還是刃更幫柚希排解按捺不住的性慾，胡桃都不會攪局。

——現在刃更的性愛自拍讓柚希極為羞恥而使得快感激增。

若告訴她妹妹胡桃正在看，柚希肯定會更加迷亂。

這模樣又會加強刃更和萬理亞的亢奮——當然胡桃也是。等到柚希昏過去以後，就會和萬理亞一起玩３Ｐ。

但胡桃明知如此也沒有進教室。

這是因為她還有別的事得做。

於是，她的視線從教室裡的柚希幾個移向身旁。

「…………」「…………」

那裡有兩個目睹相同畫面的少女，被過於強烈的刺激震懾而發愣。

她們是和胡桃一起到廣播社的賽莉絲和七緒。

兩人臉上紅潮氾濫，雙眼也因感官刺激而濕濡。

以賽莉絲和七緒的個性而言，原本是應該會勸胡桃別偷窺，帶她離開。

可是她們現在卻都在胡桃身邊，目不轉睛地看刃更他們的性交現場。

……也難怪啦。

他們的現場做愛震撼力極高，性愛自拍也是少見的淫行。

所以兩者合而為一而造成的衝擊性畫面，奪走了賽莉絲和七緒正常思考的能力吧。

野中胡桃淫笑著注視兩人的側臉——

……只差一點了。

並如此判斷賽莉絲和七緒的狀況。

然後，她開始「行動」。

那是今早到校後，萬理亞在教室裡拜託她的事。

她悄悄移到賽莉絲背後，雙手環抱她似的向前繞，輕輕抓住她的胸搓揉起來。即使隔著水手服——再加上一層胸罩，胡桃的掌心仍滿是溫熱與柔軟。

「呀！胡桃？妳、妳做什麼……嗯嗚♥」

賽莉絲驚訝地轉頭抗議，但聲音立刻軟了下來。這是因為刃更他們淫褻的性交方式激起了她的性慾，身體變得十分敏感所致。

「那、那個……胡桃，妳怎麼了？」

另一邊的七緒見到她襲胸而疑惑地問。

她也同樣不懂胡桃為何突然有此舉動。

第②章
# 相信這樣的日常就是幸福

於是——

「抱歉喔，七緒學姊……為了今晚順利，有些事非得先告訴賽莉絲姊姊不可。」

「…………這、這樣啊？」

「嗯。學姊妳繼續看刃更他們吧，有很多地方可以預習喔。」

「好、好吧……既然這樣的話……」

聽了胡桃的回答，七緒迷糊地點點頭，乖乖照辦。

用淫慾高漲的眼，注視刃更和柚希做愛。

——今晚要和刃更結主從契約的不只是賽莉絲一個。

半吸血鬼橘七緒也要和刃更結主從契約。

不然胡桃也不會帶七緒來到這裡。

……再說。

在今晚和刃更結主從契約，本來就是七緒提的議。

考慮到今後各勢力可能帶來的危險，刃更和七緒商量過後，對胡桃她們說出了她的身分和兩人的祕密關係。

說不驚訝是騙人的，不過她們已經有過同樣的前例，沒有影響。

這前例就是長谷川。

……而且。

七緒也非常渴望刃更的愛——甚至到了沒有他就活不下去的地步。得知自己在他們前往魔界與對戰斯波時一點忙也沒幫上，讓她十分扼腕。

於是在知道自己此後恐將成為刃更的弱點後，她便請求刃更與她結主從契約。不是為了自己，是為了不成為刃更的累贅。

……另外。

據長谷川所言，刃更使七緒的性別固定於女性，還咬了她的脖子，已經在不知情的狀況下以吸血鬼的方式與她建立了主從關係。

得知七緒與刃更的關係和她的身分背景——最主要的是她的心意以後，胡桃幾個也贊成刃更與她結下主從契約。

當然，用的是夢魔的魔力。

所以七緒這邊沒有問題。

有問題的是——依然執意使用自身魔力的頑固丫頭。

「胡、胡桃……？」

賽莉絲見到胡桃的表情因近似氣憤的情緒而扭曲，不安地看來。

——野中胡桃稱呼賽莉絲·雷多哈特為「賽莉絲姊姊」。

道理和「刃更哥哥」一樣。

儘管只相處過短短幾天，胡桃也將賽莉絲當親姊姊一樣親。

賽莉絲同樣是女性，在同年紀的勇者一族中也有出類拔萃的堅強實力。

而她毫不恃才傲物，對胡桃十分親切，很疼這個小妹妹。對胡桃來說，這樣的她是個特別的人。當時年紀小，無法正確理解心中的感情，而現在已經可以清楚分辨。

——那，就是憧憬。

在「村落」再會後，見到賽莉絲沒有主從契約，憑一己之力也能達到那種水準，讓胡桃更是欽佩不已。正因如此，當賽莉絲要求以自身魔力與刃更結主從契約時，胡桃反對得最大聲。

這是當然的。

……好不容易才全都結束，可以笑著過日子了……

賽莉絲無法饒恕自己在斯波事件中的失誤，在自己與他人之間築起一道牆，想破壞彼此的關係，拉開距離，而胡桃無論如何都不許她這麼做。

雖然刃更有條件地勉強接受了賽莉絲的要求，但胡桃可嚥不下去。所以在潔絲特提議讓賽莉絲承認自己真正的想法時，胡桃和萬理亞都當場答應，也獲得了澪和長谷川的贊成。

……然後。

柚希當然也同意了。

在空教室和刃更做愛，也是計畫的一部分，為的是讓賽莉絲看見。

而胡桃的工作，就是刺激賽莉絲的真心，動搖她的想法。

——萬理亞和潔絲特也對胡桃做過同樣的事。

如今風水輪流轉，換胡桃來指引賽莉絲了。

於是胡桃以猥褻動作揉捏賽莉絲乳房的同時，對試圖掙脫的她說出了可以奪去她抵抗力的魔法咒語。

「賽莉絲姊姊安靜一點……要是太大聲，會打擾刃更哥哥他們喔？」

「妳這是……嗯……啊……啊啊……！」

咒語一試見效，賽莉絲的抵抗立刻減弱。

——主從誓約的副作用，使得胡桃幾個陷入了近乎性愛成癮症的狀態。

但能夠打倒勇者一族誰也束手無策，好比潘朵拉之盒的斯波，也得歸功於主從誓約。所以無論刃更和胡桃她們如何荒淫無度，賽莉絲也不予責怪，當然也不會制止。

因此，胡桃要利用賽莉絲這樣的態度。

「！……啊啊……胡桃，妳為什麼要……嗯嗚……」

……對不起喔，賽莉絲姊姊……可是這都是為了妳好！

胡桃一方面在心中對不懂她這是做什麼，遭滾滾湧上的快感翻攪的年長兒時玩伴道歉，一方面也下定若對方執迷不悟，她也會不擇手段的決心，動作停也不停。

「我也不想打擾他們……可是我已經有點忍不住了，就請賽莉絲姊姊幫我排解吧——可以吧？因為——」

胡桃乘勝追擊似的說：

「今天早上——我讓妳看過我被刃更哥哥上的樣子嘛。」

「那、那是因為……潔絲特找我下來……！」

「潔絲特？她叫妳來看我們愛愛嗎？」

她一邊刻意加重揶揄語氣，一邊解開賽莉絲的水手服領巾，兩手慢慢拉開前方拉鍊露出胸前。

「不、不是啦……她叫我下來找萬理亞……所以……」

「所以妳就把刃更怎麼上我和澪整個看完，連千里老師的鴛鴦浴也看了？」

胡桃笑呵呵地將拉鍊拉到最底，並順手解開她的胸罩前釦，然後一口氣連同水手服往下拉到手肘，束縛她半裸的上半身動作。

裸露的胸部尖端，已經是又圓又脹。

「賽莉絲姊姊妳看……奶頭都變得這麼大嘍。」

胡桃使壞地笑，用指尖輕輕一抹。

「呀！……胡桃拜託，等一下……在這裡會被人看見……！」

劇烈羞恥讓賽莉絲渾身一抖。

「放心啦。妳也知道吧？刃更哥哥要屈服我們的時候，都會自動設下趕走閒雜人等的隱形結界呀。」

那是刃更完成六道主從誓約後得來的副產物。

對正常人而言，聲音能傳得多遠，效果範圍就有多遠。

這樣就不怕被人看見，在戶外也能肆無忌憚地進行性行為。

「可是那個魔族……叫瀧川的那個魔族，說不定看得見……」

「不用怕，刃更哥哥怎麼可能會漏掉這部分呢？」

賽莉絲的擔憂被胡桃一笑置之。

「現在刃更哥哥的結界是用『四族混血』和陰陽五行的力量發動的，只有和刃更結下主從誓約的我們……還有我們邀請的對象才能進來。」

胡桃兩隻手都鑽進賽莉絲裙子底下，直接勾住內褲拉到膝蓋，連下半身自由也一併奪去。

解開腰釦拉下拉鍊，那條裙子便理所當然地落了地。

賽莉絲金色的陰毛淫光閃閃，更添豔色。

見到刃更和柚希做愛，再加上被胡桃揉胸，已經使她胯下布滿淫水。

「呀……不、不是啦，這是……！」

賽莉絲急忙以雙手遮掩私處，不過那裡遠比她想像中更濕，竟因此啾噗一聲。

「賽莉絲姊姊……妳在不是什麼呀？」

「……………啊、啊啊……」

胡桃邪笑地質問，使得賽莉絲叫聲愈來愈小，最後在她懷裡完全放棄抵抗。

因為她知道自己無法抵賴，再躲再抵抗也是白費心機。

於是胡桃輕輕掐了掐賽莉絲的乳房

「賽莉絲姊姊……看清楚喔。」

並要她注視刃更與柚希的性愛方式。

「……………………」

而賽莉絲也乖乖抬起眼，往空教室內的他們倆看去。

雖然一語不發，眼裡卻是情慾橫流。

……我就知道。

見狀，胡桃更加肯定自己的想法。

——賽莉絲如此慌張，卻怎麼也無法抑制心中的亢奮。

原因在於刃更的對手——柚希。

萬理亞和潔絲特是純粹的魔族。

澪是以人類方式養大的魔王血脈繼承者。

賽莉絲對她們三人心中沒有芥蒂，對於她們與刃更結下主從誓約成為性奴，還能用她們屬於魔族來哄騙自己。

神族長谷川雖是她崇敬的對象，但她無法將自己和曾為十神的長谷川相提並論，怎麼樣都會當成另一物種看待。所以即使見到她和刃更交歡的模樣再怎麼淫賤，也不會拿來跟自己類比。

——但胡桃和柚希就不同了。

她們都是人類，出身也同樣是勇者一族。

不過胡桃年紀比她小，又像親妹妹一樣親近。

所以賽莉絲的意識可能會當她是年紀小而誤入歧途等，設法替自己開脫。

……可是姊姊就不一樣了。

賽莉絲和柚希同年，容易交換立場來思考。於是胡桃利用姊姊沉溺於荒淫性愛的模樣，來突破賽莉絲的頑固思想。

「——怎麼樣，很變態吧？那就是誓言把自己的一切全部獻給刃更哥哥，結下永恆主從誓約的姊姊喔？」

在賽莉絲注視柚希被刃更邊拍邊插，萬理亞玩弄後門而連聲浪叫時，胡桃貼著她紅通通的耳朵輕聲說道。

「來，看仔細一點……看姊姊現在是什麼表情。做那麼下流的事還一副陶醉不已的樣子……感覺是不是很幸福啊？」

胡桃說得沒錯，視線另一邊的柚希無疑是樂在其中。

不僅是叫得又嬌又嗲，刃更與萬理亞給予的快感也讓她表情欲仙欲死。

那是無論誰見了都無法否認的事實。

「嗯……沒、沒錯啦……可是在教室做那種事實在……」

即使發直的眼裡滿是羨慕，賽莉絲的言語依然受制於理性。

「嗯，就是說啊……這樣想很正常。可是，其實刃更哥哥和姊姊絕對沒有特別異常喔。會在學校裡做那種事的人，全世界不可能只有他們兩個。」

再說——

「妳在這邊看他們做愛又被我弄得這麼濕——沒有立場說別人吧？」

「！……我這是……………嗯、啊啊啊啊啊♥」

胡桃揪住她乳頭用點力一捏——賽莉絲就猛然一抖，大聲淫叫。

這瞬間——賽莉絲掩著私處的雙手縫隙中，湧出了一團蜜液。

堆成一顆晶珠，順著大腿內側往下滑去。

……啊……

這讓賽莉絲明白自己身上發生了什麼——那一捏讓她輕微高潮了。

不過，這樣的高潮並不足以平息一度燃起的慾火。

「嗯……哈啊……啊、啊啊……♥」

不完全燃燒反而使飄飄然的感覺愈來愈強，賽莉絲已經完全紅了雙眼，難耐地磨蹭內股。

這時，胡桃突然離開了她背後。

「……胡桃……？」

賽莉絲轉過頭，見到胡桃注視著她。

表情惆悵。

「我並不認為……只要妳真的堅持，就應該用自己的魔力結主從契約。不只是我……刃更哥哥和其他人其實也一定都是這樣。」

胡桃說道：

「等等刃更哥哥有事要做，距離主從契約開始應該還有一段時間。所以拜託妳好好地重新考慮一遍……想想自己真正的心意。」

「…………我真正的心意？」

「還有……」胡桃對依言反複的賽莉絲繼續說下去。

語重心長。

「不只是現在的誓約關係……我們之中也有人把原先連結她和刃更哥哥的主從契約視為重要的牽絆，到現在也非常重視。」

這樣的一句話相當有力，讓賽莉絲一時說不出話。

最後，胡桃輕聲說道：

「所以拜託妳——絕對不要欺騙自己。」

## 15

在放學後的空教室，東城刃更貪婪地操翻了柚希。

和萬理亞聯手不斷給予強烈高潮，使得柚希完全是神智不清，和今早的澪和胡桃、午休的潔絲特一樣，需要休息一段時間。

太久不回去，會給立華幾個添麻煩。

於是刃更將柚希交給萬理亞照顧，自己先回學生會室，繼續準備校慶所需的工作，直到離校時間。

當工作結束，大家一起來到校門口時，刃更和先行回家的澪幾個告別，和搭電車通學的立華、加納和瞳子三人一起前往車站。

過了剪票口，刃更和立華幾個分頭，單獨來到通往都心的二號月台。

搭上正好到站的特快車，隨車廂搖晃三十分鐘後，抵達擁有每日平均出入量創下金氏世界紀錄的中央轉運站。

隨人潮漂流似的穿過西口剪票口而踏上地面後，刃更向北前進。

走過斑馬線再向北行，沒多久就來到一個大型路口。

「──沒錯，就是這裡。」

刃更仰望路口角落的大樓某承租商的招牌確認地點，搭上電梯。

出了六樓，隨即與某櫃台後的店員對上了眼。

於是刃更往店員走，店員也將他視為客人，恭敬地微笑招呼：

## 第②章
# 相信這樣的日常就是幸福

「歡迎光臨，請問一位嗎？」

「不是……我是訂八點的東城，另外一個還沒來，可以提早進去等嗎？」

刃更看著手錶說，店員隨即查詢訂位資訊。

「訂八點兩位的東城先生嗎……非常感謝您的光臨。」

店員一鞠躬之後說：

「我馬上替您帶位。另一位已經在前不久先到了。」

接著就帶領刃更進入店內。

刃更來到的不是一般桌位，而是獨立包廂。

在小台階前脫鞋，打開美麗紙門入內，店員說的人果然就在裡頭。

裝潢典雅高級的房間裡，坐在上位的人見到刃更就歪唇一笑。

「──嗨，小刃。」

並以平常那樣的輕佻口吻打招呼。

「嗨……久等啦，瀧川。」

於是刃更也淺淺一笑，在瀧川八尋正前方坐下。

桌上──瀧川面前只擺了冰水和濕巾。

「你也才剛到嘛。也是啦，約的時間還要再一下下才到。」

「不是喔，其實我到很久了。」

「這樣啊，那你怎麼不先點個飲料來喝？」

刃更不解地問。

「拜託喔……今天不是說好你請客嗎？」

瀧川無奈地說。

「我又不像你那樣家財萬貫。雖然平平是燒肉店，我也不曉得這種高級到爆的要怎麼點啦。」

「我也是第一次來這種店啊。可是我不是說過已經預約了吃喝到飽的套餐，叫他們上就好啦？」

「有是有啦，不過要是請他們上菜以後你突然有事不能來，這裡的價位會直接轟殺我的錢包耶。」

「這樣啊……所以才坐在這裡等我。」

刃更如此低語時，女店員替刃更送上濕巾。

交給刃更後，她在榻榻米上跪坐，併手鞠躬說：

「非常感謝二位今日光臨本店。既然二位都到了，可以開始上菜了嗎？」

「好，麻煩了。」

刃更說道。

「好的，馬上為二位準備好。飲料的部分，二位想喝點什麼？」

「呃……我喝烏龍茶。瀧川你呢？」

「一樣就好。」

「好的，烏龍茶兩杯馬上來。」

店員說完就離開包廂，從外輕輕關上紙門。

「對了，這裡吃喝到飽套餐分好幾種，或者說等級，小刃你點哪個啊？」

「當然是最貴的嘍。」

瀧川聽了錯愕地眨眨眼睛。

「……喂喂喂，沒唬爛？」

「騙你幹什麼。」

「沒有啦，那可是松阪牛吃到飽耶？」

「是啊，真是等不及了。」

「再加上喝到飽，一個人超過三萬……是你上次請客的十倍耶？」

「沒關係啦。你幫過我那麼多，十倍算什麼。」

刃更苦笑著說。

——刃更因瀧川的協助而撿回性命的事，不是只有一、兩次而已。瀧川的恩情，不是吃頓飯就還得了的。

但也不能厚著臉皮地說自己無以為報吧，畢竟——

「以後還需要你多多關照呢。」

——今天這頓燒肉，是與斯波決戰之前，在「村落」和瀧川告別時就約好了。直到決戰後近一個半月的時間，刃更才終於兌現承諾。

拖這麼久，是因為開學典禮那天，兩人在學校樓頂所作的密約。

為了擺脫魔族與勇者一族的政治紛擾，穩健派與現任魔王派聯盟曾提議將刃更等人視為聖域。然而戰勝斯波後，刃更對瀧川提出了方向完全相反的主意——那就是他們打算同時和魔族與勇者一族結盟。

換言之，刃更要作勇者一族和魔族的中間人，替他們簽訂新的停戰協議。這個想法乍看之下荒誕無稽，但若能順利進行，能將衝突壓到最低。這會產生新的協調，以致消弭各勢力之間的紛爭，甚至為人界與魔界這兩個世界帶來和平。

而瀧川答應協助刃更推行這個遠大的計畫，到處打點斡旋，好提升穩健派和現任魔王派

接受的機會。

……所以。

至今的一切，讓東城刃更真的非常感謝瀧川八尋。

由於瀧川幫了刃更這麼多次，刃更也做好了只要他求助，無論什麼都會義無反顧地伸出援手的準備。

刃更推行的結盟計畫，也是為了當瀧川的生命遭受威脅，或是發生他無力處理的事態時，刃更等人能夠立刻提供協助。不過就算同盟成真，也只是多了一個可以向瀧川報恩的保險，沒有還到任何人情。

因此，刃更雖然盡可能要求自己和澪等家人避免不必要的奢侈浪費，對瀧川一個卻是花多少錢也在所不惜。

當然，他的恩情不是金錢可以衡量。

但至少在花錢上可以表現誠意，那麼該用的時候自然得用。

即使再昂貴的筵席都不可能收買瀧川，不過刃更仍決定全力做好自己該做的每一件事。

免得出了萬一再來後悔還有哪些事能做。

——人永遠沒有機會挽回真正失去的事物。

刃更對此有深痛的體會。

而現在的他，擁有許多絕不會退讓的至寶。

……我無論如何都不要失去她們。

就算對方是神，也要設法阻止。

所以對刃更而言，瀧川是個十分特別的角色。

他一方面是至關緊要的救命繩，同時也是足以威脅性命的風險。

因為若有他相助，沒人比他更值得信賴；若與他為敵，沒人比他更危險。

但瀧川仍是刃更守護至寶所不可或缺的人。

於是，對瀧川如此展現誠意，同時也是在提醒自己。

提醒瀧川八尋這個人的可靠——還有可怕。

「………………」

「——話說，怎麼選這種包廂啊？」

暗自反思時，瀧川環視房間問道。

「喔。」刃更苦笑回答：

「因為兩個高中生自己來這麼高級的燒肉店已經很稀奇了，又點最貴的套餐實在太引人注意，而且在包廂說話也比較放得開嘛。」

「這我是懂啦……不過我們只有兩個人，這裡有點太大間了吧？沒有比較小一點的包廂嗎？」

「呃……有是有啦。」

如瀧川所言，兩個人用八人包廂實在太大。

店裡還有四人包廂，或是隱蔽性較高的雙人桌位。

但與店家商量過之後，還是訂了這間八人包廂。

原因——幾分鐘之後就自動揭曉了。「抱歉上菜。」隨著店員的招呼聲，包廂紙門滑了開來，店員端著菜餚進入包廂。

「咦…………？」

這畫面讓瀧川都看傻了——因為店員來了不只一個。

首先是送飲料的店員，然後是燒烤用的肉。

若僅是如此，他還不至於這麼驚訝。

不過下一個送來兩個卡式瓦斯爐，再來是兩個不同的火鍋。

最後分別送上這兩種鍋所用的肉。

「喂喂喂……這是什麼狀況啊，小刃？」

意想不到的事，讓瀧川捧著烏龍茶杯傻眼地問。

「這是吃到飽特餐啦。我不是跟你約好不只請吃燒肉，連涮涮鍋和壽喜燒都要嗎？所以我也請他們準備了那些的吃到飽，用的當然全部都是松阪牛。」

如此說明的刃更面前，六名店員手腳俐落地擺放鍋爐與鮮肉。

這間店不只提供燒肉，也有涮涮鍋和壽喜燒，且都和燒肉一樣有以肉質分級的吃到飽套餐，最高級的即是松阪牛涮涮鍋和松阪牛壽喜燒。

基本上，可以用幾乎沒有折扣的價格三選二。

不過這一次，刃更請店家準備的是網站和菜單上都找不到的特別套餐。

也就是松阪牛的燒肉、涮涮鍋和壽喜燒一次吃到飽。

所以四人包廂桌子不夠放，非選八人包廂不可。

沒多久，一切都準備就緒。

頂級品牌牛肉的松阪牛大閱兵，填滿了整張桌子。

牛舌、牛五花、菲力、沙朗、火鍋肉片、壽喜燒肉片。

四個字，嘆為觀止。

「由於肉質很好，請不要烤過頭，稍微烤一下就可以吃了。」

店員送完菜而紛紛離開，只有看似負責這包廂的女店員留下，並對烤肉給予建議，但刃更和瀧川無法回答。

——你可曾見過「華美的肉」？

第②章
# 相信這樣的日常就是幸福

不是好吃的肉、也不是看起來很好吃的肉——而是華美的肉。

那是肉與脂肪——誘人的紅與白所交織而成，美食的終極藝術品。

這松阪牛的超級滿漢全席，正是男性食肉浪漫的極致。

噴發著見者無不震懾的存在感。

就連刃更和瀧川都說不出話了。

「————」

「————」

即使這兩人能戰勝進入神族領域的斯波和黃龍，也為眼前的壯麗景象看得直吞口水，頭皮發麻。

——不過東城刃更和瀧川八尋很快就知道，更值得驚訝的還在後頭。

第七名店員登場了。

其手上的盤子，裝的是堪稱海鮮之王的——螃蟹。

「那、那什麼……我們沒點螃蟹耶。」

店員面帶最極致的微笑，對錯愕的瀧川解釋：

「有的，這包含在吃到飽套餐裡面。右邊這盤是燒烤用，左邊這盤是涮涮鍋用的，敬請享用。」

堆積如山的螃蟹就這麼擺放在桌子邊緣。

松阪牛夢幻隊就已經夠誇張的了，再加上螃蟹根本是鞭屍。

「……我說小刃啊。」

「怎樣……」

「這會不會……太誇張了點？」

「……抱歉，我也沒想到會變成這樣。」

「……………………」

「……………………」

「……先、先拍個照吧。」

「也、也對……」

瀧川好不容易擠出聲音，刃更跟著點頭，一起掏出手機拍照。

刃更和瀧川都不玩社群網站，不過在這一刻，他們也稍微能體會熱衷拍照上傳的人是什麼心情了。可能是他們樣子太滑稽，店員不禁問：

「需要我幫兩位跟這些菜合照嗎？」

「啊，那……麻煩妳了。」

兩人將手機遞給店員，擺出笑容給店員拍照。但拿回來的手機螢幕上，卻是兩張想笑又笑不太出來的僵硬臉孔。

「…………謝謝。」

刃更認為重拍也不會好到哪裡去，便將手機收進制服外套口袋了。

「兩位請慢用。需要加肉的時候，請按這個呼叫鈴。」

女店員這麼說之後就離開包廂。

兩人也隨之橫起了心——

「上吧，瀧川……可以先從牛舌開始吧？」

「好，我們上……！」

在戰戰兢兢的狀態下鼓起全部勇氣，開始烤肉。

女店員離開包廂後，仍在門口待命。

有人訂最貴的吃到飽特餐，而且還是三樣通吃的事，她事先就聽說了。正常只提供三選二，沒有全部供應。

而且兩個人用八人包廂，原本是不可能的事。

不過店家還是以加了一筆不小的費用為條件接受了。

因為考慮到對方可能是政界或藝界要員。

然而出現的卻是兩個穿制服的高中生。過去曾有疑似富豪子弟的人也做過類似的事，而且態度惡劣，搞得烏煙瘴氣。

「………不過他們很不一樣呢。」

女店員笑呵呵地低語。

他們在上菜時的反應很可愛，令人頗有好感。

吃到飽有限時，為上好肉海驚訝太久會造成他們的損失。難得有這樣的客人，而他們也有高級餐廳的自負。

自然希望他們滿載美好回憶而歸。

「是不是應該先烤幾片給他們看啊。」

考慮到他們不曉得會盯著肉片看到什麼時候，女店員開始考慮採取一點行動時——

『————！』

『～～～～～～～～～～～～～～！』

紙門後傳來近乎慘叫的兩道歡呼。

那是令餐飲業者最開心的反應。

「………太好了，應該沒問題了。」

女店員淺淺一笑，返回廚房替其他客人上菜。

## 第②章 相信這樣的日常就是幸福

16

刃更和瀧川過去也曾為美食感動。

但吃到渾然忘我還是有生以來頭一遭。

兩人痴迷地一口接一口享用松阪牛。

吃完燒肉就用壽喜燒換換口味，放下筷子又換吃涮牛肉，爽了以後再回去吃燒肉，根本是松阪牛的華爾滋——而且可以吃到飽。

兩人當然毫不考慮步調問題，順從本能狂吃頂級牛肉。

在連續不斷的加點和「好吃」「天啊」「哇塞」等讚嘆聲中吃了超過一個小時，第一次的飽脹終於來臨。

兩人暫時停戰，稍作休息。

喝口飲料，對空中吐出摻雜滿足與幸福的嘆息。

「我不行了……讓我休息一下。」

「是啊。再看想吃什麼，點最後一次嘍。」

刃更對瀧川點點頭瞇起眼，以沉穩語調問出關於拜託瀧川的事。

「那麼……在那之前，可以說說目前狀況怎麼樣嗎？」

為與魔族方的穩健派與現任魔王派同盟結盟，他們已經展開行動。

「你已經說過跟他們接觸了好幾次，不過我還是想盡可能把握正確狀況，看有沒有漏掉什麼。抱歉讓你多花一次力氣，可以從頭再說一遍嗎？」

「無所謂啊，我就從頭開始吧。」

瀧川聳聳肩，恢復魔族——拉斯的表情。

「你找我談結盟的事以後，我馬上就開始行動。不過這件事是你暗中向我打探，事情本身又很棘手。所以我打算先照你的要求，透露給雷歐哈特和拉姆薩斯知道……結果比我想像中困難很多。」

「你都覺得難啊？」

瀧川備受雷歐哈特和拉姆薩斯信賴。

從過去進行的任務，又給人神出鬼沒，任何地方都能潛入的印象。

連這樣的瀧川都難以接近他們，表示——

「要湊合兩大勢力果然沒那麼容易嗎……」

「是啊。雖然已經結盟了，不過那是趁樞機院毀滅之後趁亂匆匆決定的事……等時間久了風頭過去，自然會有人感到不滿。」

因此——

「在這個仍會互相警戒的狀態下，雙方首領幾乎不可能獨處，況且有些人還不太希望他們關起門談事情呢。就算有這種時候，周圍也滿滿都是兩派的高手，戒備森嚴到不行，我怎麼可能潛入那種地方呢。」

「嗯？那你是怎麼告訴他們的？」

「那還用說嗎……與其等待他們獨處的奇蹟發生，不如早點死了這條心，主動約他們出來啊。」

瀧川不當一回事地對不解的刃更說出非常不得了的事。

現在的立場，使瀧川已經知道拉姆薩斯就是威爾貝特。

換言之，瀧川是一次約見前任魔王和現任魔王。

「這……也太亂來了吧。」

「你還有臉說啊？話說，雖然雷歐哈特和拉姆薩斯身邊的人都反對他們獨處，但他們說『讓我靜一靜』的時候，倒是沒什麼問題。屬下非得尊重主子的隱私不可嘍。」

再來——

「我只要一個個通知他們，弄一個場地出來就好了。我的能力不只能用來攻擊，也能拿來當結界。進到裡面以後，就不用怕別人知道裡面在做什麼了。」

所以他們三人才有機會進行機密會談。

「原來如此……那他們怎麼說？」

「他們原本都支持把你們幾個都當成聖域，所以你那個完全相反的提案讓他們都很錯愕……知道你的考量以後，至少是可以理解。在我看來，反應還不壞。不過──」

瀧川說到這裡大嘆一聲。

「我費盡千辛萬苦想談成這件事……結果你偏偏在這種時候說出成瀨她們懷孕的事。」

「…………拉姆薩斯嗎。」刃更問。

「是啊。他平常就整天繃著一張臉了，你們報告成瀨她們懷孕的消息以後，還明顯跟平常很不一樣。如果那樣叫高興，他的顏面神經一定壞光光了。話說，你們報告的時候是什麼反應？」

澪她們懷孕是件大事，不能讓拉姆薩斯從別的管道得知。

所以刃更透過萬理亞和露綺亞這對夢魔姊妹牽熱線，向拉姆薩斯報告澪她們都已懷孕，而且全會和刃更結婚的事。

結果──

「他只有說『這樣啊……』而已。」

魔法視訊電話中拉姆薩斯的表情，與平時無異。

與刃更離開魔界之際當面說出他真實身分時一樣，仍是那張不帶一絲感情的臉，說的話也是極度簡略。

可是——

「他心裡還是很複雜吧……」

「那是當然的啊。寶貝女兒的貞操被人奪走，還跟其他女人一起懷孕耶。作父親的心情不複雜才怪。」

瀧川說道：

「不過不只是我，雷歐哈特也替你保證斯波是多麼可怕的對手……你老爸好像也聯絡上拉姆薩斯替你說情。話說，你聯絡得上他啊？」

「嗯……不只是我會聯絡他，他也會傳簡訊或打電話過來。」

這麼大的事總不會瞞著迅，只通知拉姆薩斯，或說威爾貝特。

畢竟刃更是要和澪她們結婚。

和澪她們達成主從誓約的事之前就報告過了，後來則是她們懷孕和以後會和她們結婚的事。

『既然這是你的決定，我就只有祝福嘍。』

這就是迅的回答。聲音是如此溫柔親切，令人感動萬分。

「——那你老爸在做什麼？你之前說他去神界了嘛。」

瀧川問。

「話說回來……神界是說去就能去的啊？」

「我爸就那樣嘛……」

可能有很多刃更他們不會知道的知識或手段。

「所以他是找到你失蹤老媽的線索了嗎？」

「是啊，好像還是跟我那個被封印的神族媽媽有關。」

「……也就是說，他要去找十神算帳啊？不會吧……」

瀧川快昏倒似的說。

「聽說長谷川老師離開神界以後，十神的成員都沒變動，而且對於封印我媽的事，也不是所有人都同意。」

「這部分，你爸也知道吧？」

「是啊——老師帶我來人界的時候就告訴他了。」

「所以會先去找當初反對封印的十神幫忙吧。」

第②章
# 相信這樣的日常就是幸福

「──你也這樣想？」

「嗯？不是嗎？」

刃更對訝異的瀧川苦笑道：

「我爸覺得不能給站在媽媽這邊的十神添麻煩……所以完全沒跟他們接觸，要一個個跟支持封印的十神打招呼。」

「一個個咧……他真的要這樣搞喔。」

「我也很擔心啊，可是他傳簡訊說沒問題。」

後來──

「原本有一陣子都沒他的消息……可是最近又傳簡訊來說『別擔心……總之已經先幹掉兩個了』。」

「…………唬爛的吧？」

「他還說會盡快收拾乾淨，帶媽媽一起回來參加我們的婚禮。」

「…………怎麼怪物都這樣子啊，跟雷歐哈特他姊一樣。」

瀧川一副不敢恭維地說。

「對了小刃，你們婚禮要怎麼辦？先不說重婚，依這個國家的法律，你這年紀還不能結婚吧？如果等到十八歲──」

「對……澪她們會先生。」

不過——

「我們不需要透過行政手續讓政府認同我們。再說我們的特殊關係本來就不是能在這個社會公開的事。」

他們自己怎麼想，才是真正重要的事。

因此——

「總之是訂在下個月……要是拖太久，澪她們的肚子就開始遮不住了。」

「很好啊，可是地點怎麼辦？這邊沒有在辦一個新郎和好幾個新娘的吧？」

瀧川說道：

「不過在魔界就沒問題了，穩健派那邊的侍女應該可以把這件事辦得萬無一失吧。」

「我也是這麼想……不過和大家討論過後，還是決定在人界辦。」

因為——

「要是我們的婚禮在魔界引燃新的政治問題就糟了。」

當然，刃更幾個的婚禮很難不讓人聯想到政治意味或策略。

刃更是勇者一族中人稱史上最強的戰神東城迅之子。

澪也是有最強之稱的前任魔王威爾貝特之女。

第2章

# 相信這樣的日常就是幸福

萬理亞是名震魔界的稀世夢魔的女兒。

這三個人如今要結婚了。

而且刃更不只是空有頭銜，過去在穩健派與現任魔王派的決戰中也有實績。

他不僅擊退魔神凱歐斯，還為穩健派與現任魔王派的長年紛爭製造打下休止符的契機，使兩大勢力結為具有歷史性意義的同盟而為魔界帶來和平。

這樣的婚禮免不了在魔界颳起一陣旋風。

……這麼一來。

先不論兩派首領拉姆薩斯與雷歐哈特個人的考量和感受——穩健派勢必會試圖大肆慶祝這場婚禮，以掌握他們在同盟中的主導權。而現任魔王派則會強烈反彈，拿勇者一族出身的柚希和胡桃當箭靶，將澪她們抹黑成叛徒。連潔絲特曾是樞機院大老佐基爾屬下的這段過去都會被挖出來，煽動人們對刃更等人的危機意識。

如此一來，仍不穩固的穩健派與現任魔王派同盟可能會就此崩潰。

……畢竟。

刃更等人身上背負著幾個最高機密。

刃更的母親是威爾貝特的妹妹瑟菲雅，另外還有一個神族的母親——拉法艾琳，她還是神族最高階的十神。

萬理亞的父親是威爾貝特。

而且，長谷川還曾為十神。

這些事如果在魔界曝了光，事情肯定會惡化到完全無法收拾的狀況。

……另外。

對於勇者一族亦是如此。別說刃更的身世本來就是祕密，人們對他這群一隻手也數不完的妻子又會感到生理和倫理上的排斥。要是再知道澪和萬理亞都是魔王的女兒，勇者一族的危機意識會因而提升，可能對同盟計畫造成阻礙。那麼揭露長谷川前十神的身分會不會抑止反彈呢，事情恐怕沒有這麼單純。若在反彈強烈的狀況下輕易說出長谷川的祕密，反而會被人視為刃更將長谷川逼為性奴，演化成致命的問題。

「再說……在魔界辦婚禮的話，會給人我們偏向魔族的印象，這樣會讓我們很難和勇者一族結盟，必須避免才行。」

無論新人再怎麼相愛，也不盡然會受到祝福。

力量無與倫比的人。階級高高在上的人。

這類人的聯姻，總會附帶怨妒或畏懼等負面情緒。

刃更他們的這場婚姻，沒有表面上那麼簡單。

但他們也絲毫沒有放棄幸福的意思。

第②章
# 相信這樣的日常就是幸福

所以決定早點舉辦婚禮。

……假如。

今後若凡事皆以利於推動同盟為優先考量。

應該等到魔族與勇者一族雙方順利締結同盟關係以後，列請雙方首領或高層與會，作為人魔休戰協議的新象徵才對。

若刃更等人在同盟締結後結婚——一旦同盟破裂，人們肯定會遷怒於這場婚姻。

當然，結婚這種事說穿了是自己高興就好，不該過於要求圓滿。同盟難以推行的可能與應變方法，都已在考量之中。

但恐將留下的隱憂，依然是避也避不了。

……不過。

如果強行完成如此困難的婚禮，又能促成勇者一族和魔族締結同盟——這場婚禮將會是意義非凡。

說不定會因此終結人類與魔族連綿千百年的戰爭。

迅、瑟菲雅、拉法艾琳。

威爾貝特、雪菈、修哉與薰。

刃更等人的父母親這一輩，都為此投注了自己的一切心力。

而且將刃更這些孩子的幸福放在第一優先。

那麼，他們該做的就是全心全意去報答父母的心願。

所以選在六月舉行婚禮。

在這個世界，六月的婚禮有特殊意義。

就算得不到任何祝福，他們也不會放棄幸福。

這婚非結不可。

從相遇、相愛到結合，是需要多少奇蹟的事。

這並不限於刃更幾個的婚姻。

彼此相愛的人結婚，都是這麼一回事。

不是兒戲，不是玩笑。

也不是徒具形式，做個紀念就了事。

而是相誓永遠堅貞，將現在的幸福永遠延續下去。

「所以我覺得，在無法獲得社會認同的這個世界——尤其是這個國家舉行婚禮，才是最好。」

瀧川說：

「嗯，的確是最好啦……」

第②章
# 相信這樣的日常就是幸福

「那這樣——地點要怎麼辦？」

「畢竟不是普通婚禮，我們也不想辦得太盛大。考慮到必須邀請的賓客身分背景，也不能用普通的場地。」

所以——

「要設一個空間複製型的結界，在裡面辦。長谷川老師的話，不管多遠都能複製過來吧。」

想要什麼樣的地點，就交給澪她們來挑了。

刃更只在乎一件事——那就是她們的幸福。

無論辦在哪裡，只要她們開心就好。

她們似乎已經篩選出最後幾處，就快敲定了。

「不錯啊。拉姆薩斯閣下好像也已經釋懷了，最近感覺比較鎮定，帖子發了就應該會出席吧。只要接受了那麼一次，以後不管怎麼樣，抱到孫子就會高興了啦。」

「這樣啊……那就好。」

刃更也有感到拉姆薩斯的態度開始軟化。

因為他透過露綺亞，詢問是否有必要派遣侍女來照顧她們。

而刃更等人在答覆中表達感激之情，並表示若有需要必定會請他協助。

……真的太感謝他了。

雖是迫於無奈，刃更還是與澪她們結下主從契約，最後推升至主從誓約，將她們納為性奴。

要這些女孩的父親平心看待，實在是強人所難。

若能給予祝福，絕對是最棒的賀禮。

「——那雷歐哈特那邊對同盟的事怎麼說？」

「就是……比拉姆薩斯閣下謹慎很多。」

瀧川說道：

「如果把你們幾個當作不可侵犯的聖域，就等於是跟你們不再往來，風險就不見了。可是結為同盟，就變成要建立緊密關係，是有其利益沒錯，但也免不了隨之而來的風險。」

然而——

「把你們當聖域的想法，沒設想到中途會殺出斯波那樣的怪物。這次還能拿巴爾弗雷亞反叛當插手的藉口，下一次就不一定有這麼便宜的事了。」

「就是說啊……」

斯波造反雖是惡夢一場，但結果仍算是不幸中的大幸。

「假如你們又陷入那麼危險的狀況——我看拉姆薩斯閣下那些穩健派就坐不住了。到時

第②章
## 相信這樣的日常就是幸福

候聯盟裡不管怎樣都一定會有雜音，導致瓦解也不奇怪。弄不好，又回到戰爭狀態也不是不可能。」

不過——

「雷歐哈特也不想見到事情變成這樣，所以對於和你們結盟的事好像沒有異議——但有一個懸念。」

「懸念……？」

刃更皺眉複問。

「就是賽莉絲．雷多哈特。」

瀧川提起生活在東城家的少女。

「長谷川老師那邊沒問題。她有前十神這個響叮噹的頭銜，雖然有必要想辦法跟別人解釋……可是她和現在已經脫離勇者一族的野中姊妹一樣，不再是神族那邊的人了。」

而且——

「再怎麼說，她都和小刃你結了主從誓約。因為你能控制她，所以雷歐哈特認為沒問題吧。」

可是——

「提到賽莉絲．雷多哈特那邊，他的臉色就不太好看了。」

「……因為『梵諦岡』嗎。」

「是啊。」瀧川對低語的刃更表示同意。

「那個叫斯波的傢伙，牽扯到『梵諦岡』過去的骯髒事……雷歐哈特的前任副手巴爾弗雷亞也是受害者。雖然樞機院那些老賊也都在幹類似的事……不過他們已經不在了。」

問題是——

「縱使聖王阿爾巴流斯目前下落不明，『梵諦岡』依然是好端端的。光這點就足以對同盟造成阻礙了，雷多哈特還跟在你身邊。就目前看來，她的存在恐怕會在日後造成問題，這讓人不太放心啊。」

恐怕瀧川只是用詞委婉，實際上雷歐哈特是認為按照現況無法締結同盟吧。被樞機院拱為魔王的雷歐哈特最了解背後有那樣的組織是多麼棘手的事。

「關於這部分……」

刃更對瀧川說：

「其實回家以後——我還要跟七緒和賽莉絲兩個結主從契約。」

「喂喂喂……你還嫌後宮不夠大啊。節制點吧，小刃？」

瀧川見鬼似的看過來。

「我不是那個意思啦……」

刃更苦笑。

然而至少七緒和澪她們一樣，要和刃更共度一生。

七緒自己也明白後果，並且希望這麼做。

……可是。

和賽莉絲的主從契約要怎麼結，至今仍無定論。

澪她們都認為應該也用夢魔的魔力來結。

而刃更則是希望讓賽莉絲自己決定。

……所以。

今早在地下寢室和澪跟胡桃3P，在大型浴室和長谷川激愛，放學後在空教室和柚希性愛自拍時，刃更都知道賽莉絲在旁邊看。澪她們似乎是故意做給她看，好讓賽莉絲能夠坦然面對自己的真心，可說是她們對賽莉絲的體貼吧。

但刃更讓賽莉絲看他們的荒淫性行為，其實有不同理由。

那便是為了讓她知道，用夢魔魔力和刃更結主從契約會有什麼後果。只要是賽莉絲在了解事實的情況下做的決定，刃更也想盡可能地尊重。

總之，無論如何都是要結主從契約。

因此，刃更問：

「在賽莉絲也和長谷川老師一樣成為我的屬下以後，雷歐哈特會同意嗎？」

「很難說……如果雷多哈特和野中她們一樣脫離勇者一族，應該就沒問題了。但就算經過了那件事，她現在還是『梵諦岡』的人啊。這麼一來，結主從契約說不定會讓情況變得更難搞。」

「……怎麼說？」

「因為雷歐哈特對你的為人已經有一定程度的了解了嘛。」

瀧川說道：

「你會不擇手段保護不願退讓的事物，而這不只是包括你重視的東西，還有她們重視的東西。」

所以──

「可能有些人，會認為你和雷多哈特結主從契約將對『梵諦岡』造成間接利益。」

「…………」

瀧川的話使刃更無言以對。這是無法否定對方的沉默。

賽莉絲是自願搬來和刃更他們一起住，但無論其中有何原委，最後都是要取得「梵諦岡」的認可。即使阿爾巴流斯失蹤，「梵諦岡」仍是長期受阿爾巴流斯指揮的組織。

城府深的阿爾巴流斯沒有設置副手，不滿他的人也多，但相對地，崇拜他、效仿其思想的人也不少。如今阿爾巴流斯失蹤，他所犯下的數項禁忌也已經曝光，不會有人再明著支持他，不過暗地裡會怎麼做就不得而知。

……而且。

大致上，刃更已經猜到「梵諦岡」同意派遣賽莉絲背後的用意。

因此，刃更這邊打算與勇者一族同盟，也是為了防止這種惡意再度指向他們。

然而在這裡要求雷歐哈特的體諒，恐怕是無理的要求。

不該做那種迂迴的事，而是將心力放在斷絕未來的禍根與風險上。

站在雷歐哈特的立場，刃更也無疑會這麼想。

樞機院首腦貝爾費格，是刃更所暗殺。這意味著除非賽莉絲脫離勇者一族或「梵諦岡」垮台，不然雷歐哈特這邊談也談不成。

……在這種情況下和賽莉絲結主從契約的話。

東城刃更很明白。

最壞的狀況——可能會失去與魔族結盟的可能。

17

到頭來，刃更和瀧川沒有加點。

因為對未來還有懸念，得先談妥才能放心。

儘管如此，他們對這一餐也已經滿意過頭了。

瀧川和刃更不同，不需要搭電車，在門口就和刃更告別。

「…………………………」

看著那消失在夜晚雜沓中的背影，刃更重新評量瀧川這個人。

——瀧川是魔族，可以輕易避開普通人的耳目。

只要有心，要做多少壞事都可以。

像今天這家店，不花錢也能大搖大擺走出去。

但即使在人界逗留了這麼久，他也沒做過那種事。

原因或許有二。

其一是若對人界造成危害，可能會引來勇者一族。監視澪是機密任務，必須避免輕舉妄

第②章 相信這樣的日常就是幸福

動而招致勇者一族的注意。

……其二。

多半是現任魔王雷歐哈特禁止他做出殃及無辜或不榮譽的事吧。

即使對方是人類也一樣。

被各種政治考量擁立為新魔王的雷歐哈特，施政方向是盡可能回報底下這些接受、跟隨他的屬下與士兵。

而在貝爾費格所組成的樞機院囂張跋扈的時候，總是向一般居民等弱小群眾徵稅來填補他們的奢侈。聽說為了盡量讓人民好過，他們也始終避免不必要的浪費。

……不過。

瀧川是雷歐哈特的直屬部下——而且位居心腹。

除了監視澪的任務以外，現在還是穩健派與現任魔王派聯盟的駐外代表。

應該有不至於造成生活不便的報酬。

……但是。

刃更卻從來沒見過瀧川花大錢。

這部分就純粹是想像了——他可能只給自己留下最低限度的生活費，剩餘的全捐給了養育他長大的孤兒院或其他戰爭孤兒院了。

應該八九不離十。

穩健派和現任魔王派的首領就是因為了解他的本質，才會無論他平時表現如何輕佻也不影響對他的信任吧。

刃更也是如此。

然而，也不能盲目地全盤皆信。

「——你怎麼看？」

前往車站的途中，刃更自囈似的問，背後隨之出現另一個人。

只有刃更能夠辨識，周圍任何人都無法察覺。

不是因為魔法——因為他完全斷絕了自己的「氣」。

而那人說：

「這個嘛……他說的那些魔族的要求，都是合情合理。」

這挾帶笑意的答覆，是來自刃更最強大的死鬥對手。

同時也是戰後與他祕密結下主從契約的屬下——斯波恭一。

目前擔任刃更的密探，進行必要任務。

斯波思慮之深是有目共睹，現在形同是刃更的祕密參謀。

和瀧川討論同盟狀況時，刃更便暗中將他安置在鄰房。

## 第②章 相信這樣的日常就是幸福

隨人潮速度走在通往車站的步道上，他說：

「賽莉絲這邊有兩個必須妥善處理的問題……一個他也說了。對魔族而言，賽莉絲繼續待在『梵諦岡』會很棘手。」

然後——

「第二個你應該也知道……就是她自己的感情。」

「…………………」

刃更以沉默回答斯波。

「我也懂你想盡可能顧及賽莉絲的想法，予以尊重啦，不過你一方面想和魔族結盟，回過頭又想和勇者一族結盟……未免也太貪心了點吧？」

可不是嗎？

「現在的你和勇者一族的接點，就只有賽莉絲而已。不過就算她真的脫離勇者一族，你也能夠和雙方都結盟吧。只要賽莉絲不再是勇者一族，魔界那邊的問題就解決了。和他們同盟以後，你們的威脅性就會三級跳，勇者一族也不會隨便和你們作對。」

只是——

「這樣的同盟關係究竟有什麼意義呢。恐懼只是暫時的抑制力，要是過度膨脹就會變成惡意而導致反叛，最後就會開始想辦法清除你們。現任魔王雷歐哈特和他姊姊聯手收拾樞機院，跟阿爾巴流斯對我下的保險，都是這個道理。」

斯波說道：

「潛伏的惡意難以辨識，是很棘手的風險，必須未雨綢繆。可以的話——還真想下一步盡可能不會造成這種問題的棋呢。」

「也就是……放棄其中一邊嗎？」

刃更了解斯波的意思。有所割捨，的確能讓事情容易很多。

放棄是很簡單的事。

但刃更他們能夠跨越至今種種苦難，正是因為死命掙扎，不肯輕言放棄。

絕望的悲劇曾幾乎壓垮他們。

絕對的力量曾幾乎屈折他們。

儘管如此，他們依然毫不放棄地拚命抵抗——所以才能有今天。

這次刃更也不願放棄。

「我不是要你放棄……只是要你想想先後順序。」

斯波對更堅定意志的刃更聳聳肩。

「我覺得你不想退讓的事情變得有點太多了，或許是反映了你的愛和體貼吧。憑你現在的立場，是有資格要求得比別人多，也有那樣的力量。以現在這件事來說，可以兩全其美的辦法也不會是絕對沒有。」

不過呢——

「你畢竟不是全知全能的神。要求太多的人，幾乎都會走上同一條路——那就是自滅。當然，努力奮鬥是件好事，可是貪心到什麼都想要，反而可能落得一無所有。如果不注意這件事，到時候就恐怖嘍？」

「…………的確是這樣沒錯。」

刃更喃喃地認同斯波的話。

——儘管不甘，但的確有道理。

刃更不願退讓的人——家人，變多了。

而且她們都懷有身孕，未來家人會變得更多。

為了她們，刃更願意竭盡一切所能。

可是，想要每件事都稱心如意，是不可能的。

就連婚禮這種人生大事，也只能躲在結界裡辦。

這就是刃更現在的全力。

因此能夠明白斯波所言並沒有錯。

然而感情這種事，無法說變就變。刃更決定背負的事，每個都真的非常重要，不願退讓也不能退讓。

但這種強烈的執著反而危險。

「……斯波，你覺得怎麼做比較好？」

於是刃更向擔任其密探的青年尋求建言。過去長谷川給過他許多建議，但在達成主從誓約後，她也對刃更有強烈執著。

所以現在最能冷靜判斷的就屬斯波了。

向過去有段死鬥的人求教，讓刃更覺得十分諷刺。

「這個嘛……不要太執著於讓賽莉絲繼續待在『梵諦岡』會比較好吧？」

畢竟——

「『梵諦岡』願意送她過來，說穿了就是獻上貢品。也就是讓她也變成你的性奴，好跟你牽一條線。」

「…………………………」

斯波的話使刃更不得不沉默。

因為斯波的話的確是事實。

「梵諦岡」失去他們至高無上的聖王阿爾巴流斯，又爆發了斯波這般禁忌研究醜聞，試圖攀附並討好刃更勢力以稍微改善狀況，走出困境。

第②章 相信這樣的日常就是幸福

而且——賽莉絲本人似乎也明白他們的用意。

……可是。

儘管如此，賽莉絲將自己的存在意義建立在對她有養育之恩的「梵諦岡」——勇者一族上。況且「梵諦岡」應該還有曾與她甘苦與共的朋友，她也會認為作惡的就只是阿爾巴流斯等部分高層吧。「梵諦岡」就是想利用這樣的想法。

所以刃更才打算以賽莉絲的意願為優先。

不過——

「刃更你應該注意到了吧……對賽莉絲最好的做法，其實和她真正想要的別無二致。而這也是對你們最好的結果。」

「這……」

斯波對苦起了臉的刃更繼續說：

「現在用萬理亞的魔力結主從契約，的確說不定有機會一口氣升到主從誓約。這樣她就會永遠在你控制之下，也免不了變成性奴，再也不是正常關係。」

但話說回來——

「主從契約就已經很不正常了，用賽莉絲的魔力而可能引發石化這種事也十分異常。催淫詛咒和石化詛咒之間，並沒有貴賤之分。因此，我認為現在最該考慮的就是怎麼讓賽莉絲脫離勇者一族的束縛。」

再說——

「要是我們繼續推行和魔族跟勇者一族結盟的計畫，賽莉絲勢必會受到雙方關注。因為她現在就像是『梵諦岡』的駐外代表一樣。」

而且——

「你、柚希和胡桃現在都不是勇者一族，所以『梵諦岡』一定是打算把賽莉絲送給你並與她維持聯繫，在同盟成立後聲稱自己有一份功勞。」

「我想也是……」

所以賽莉絲才說要用自己的魔力結主從契約。

若僅止於主從契約，假如未來「梵諦岡」想找碴，還有解除的選擇，可是達成誓約之後就沒得回頭了。要是「梵諦岡」主張賽莉絲的貢獻也是他們的功勞，他人也無法否定。

另一方面——

「假如我們的同盟推行失敗……」

「『梵諦岡』就會當場切割賽莉絲，否定彼此有任何關連，要她背下全部責任。沒有後路的人都是那樣的啦。」

不過——

「能和勇者一族談同盟，是因為『梵諦岡』和『村落』欠了你們很大的人情。但『梵諦岡』有關於我的醜聞，『村落』和你們距離又太近，想和整個勇者一族結盟的話，最好避免拿這兩個地方當窗口，不然會招來其他地區的反感。」

我想——

「單以理想論，應該從最排斥我們的地區開始著手。不是用力量脅迫，而是讓他們知道結盟真的有意義，就應該不會被架空了。」

「所以就是中國或美國……」

「不如就同時探探他們的反應怎麼樣？他們從以前就是死對頭，在這個『梵諦岡』和『村落』勢力低落的時候，應該都在盤算怎麼搶奪全族的主導權。」

「而且知道我們兩邊都詢問過之後，能激起他們的競爭心理……對於爭輸的那一邊，也比較不會產生遺恨或禍根吧。了解了。」

刃更喃喃地贊同。

「要是和勇者一族順利結盟，除了能減少紛爭以外還有其他好處喔？柚希和胡桃現在形式上是拋棄了『村落』，必須和最有聲望成為下任長老的修哉和薰保持距離，以免落人口實。在阿芙蕾亞的高階結界辦婚禮，一部分也是因為這點吧。」

「對……」

在長谷川的結界裡，就不必擔心其他勇者一族看見了。

對於拉姆薩斯——威爾貝特也是如此。

「刃更……假如同盟是在你的主導下成立，就算柚希她們的親子關係不至於回到以前那樣，也會比現在好一點，至少想見面還見得到。澪她們和穩健派也是一樣吧。」

斯波說道：

「所以賽莉絲這裡怎麼做，你還是再好好考慮考慮吧。說不定，全部都繫在這個環節上。」

一口氣後。

「能不能結成有意義的同盟——能不能抓住你們想要的未來，都包含在內。」

穿過剪票口，刃更在月台等電車時。

「……啊，對了對了。」

斯波忽然想起一件事。

「你應該有發現吧……最近白天有人在你們家附近賊頭賊腦，今天早上我替你處理掉了。」

他說的是這幾天跟著刃更幾個打轉的氣息。
刃更當然有察覺他的存在，但在無從推知對方企圖與身分的狀況下，沒有公然與其接觸。
但也不能擱置不理。
於是今早對斯波下了指示。
「謝謝你……結果對方是什麼人？」
刃更對斯波行事迅速道謝並問。
「原以為是勇者一族，還是神族終於出動了……結果是魔族。目前暫且關在我的公寓。」
斯波目前住在過去長谷川所用的公寓。
長谷川遷居東城家時沒有退租，直接給斯波住，刃更需要討論不能讓澪幾個知道的事時也會到那裡去。
「魔族啊……哪個組織的？」
刃更疑惑地問。
穩健派和現任魔王派已經派瀧川來監視了。
考慮到刃更等人與各方的關連和瀧川的存在，兩勢力首領拉姆薩斯和雷歐哈特不太可能沒打任何招呼就增派監視員。

雙方之間應該已有相當程度的信賴。

斯波的回答是：

「我試著逼供過了，不過他嘴硬得很……從氣來看，感覺不像穩健派或現任魔王派。」

兩派所使用的魔力有些微的差異。

魔力氣場顏色不同的原因即是在此。

斯波能任意操縱氣，也擅長辨識他人的氣。

所以對方的氣場，和兩派都不一樣吧。

——穩健派和現任魔王派是魔界兩大勢力。

兩者同盟後，勢力範圍高達魔界全土之七成，但魔界仍有其他勢力與零星的獨立社群。

就暗中覬覦魔界霸權的第三勢力角度來看，總不能眼睜睜讓穩健派與現任魔王派合而為一。既然刃更這邊是聯盟成立的關鍵之一，動他們的主意倒是不難理解。

「先透過瀧川通知穩健派和現任魔王派有這個狀況好了。」

「好是好……但是方式要多小心一點比較好。最好是像談結盟的時候那樣，只找兩派首領出來。」

「……為什麼？」

「因為他——好像已經知道澪她們懷孕的事。」

「…………………」

斯波這話使刃更皺起了眉。

——澪幾個懷孕的事，是只有極少數人知道的最高機密。

刃更等人所知的，在穩健派有拉姆薩斯、露綺亞和雪菈三人。

現任魔王派則只有雷歐哈特和莉雅菈兩人。

當然，既然要推動同盟，澪等人懷孕和將與刃更結婚的事，是必須與各勢力政治首腦共享的資訊。

若只是反覆檢討同盟風險，事後才讓人發現瞞有重大要事或情資，狀況恐將輕易歸零，徒留怨懟。

然而，這只限於穩健派和現任魔王派。

既然有其他勢力知道澪她們已經懷孕，不能置之不理。

消息走漏，目前想得到的就只有兩種可能。

「可能是有間諜潛入了穩健派或現任魔王派，或是知情的人洩漏出去了。」

「不過……地位足以知道這件事的人很少，狀況不太樂觀呢。我抓到的人也不一定是眼線，而是殺手呢。」

恐怕——

「是聯盟中反對與我們結盟的反抗勢力看澪她們懷孕是個好機會而動身了吧。一旦手上有人質，穩健派和現任魔王派在如何處置上的意見必然會有分歧……若善加利用，還有機會趁亂瓦解聯盟。」

那麼現在怎麼辦？

「就乾脆把屍體送回去吧，簡單易懂。這樣可以讓對方知道他們的行動已經曝光，會是很好的牽制。」

「…………不。」

刃更輕輕搖頭否定斯波的建議。

「就留他一條命……交給瀧川引渡給雷歐哈特處理吧。要是做得太挑釁，使得結盟進度停滯就不好了。」

而且——

「假如聯盟裡有叛徒……事跡敗露就是過失。我們就利用這點，把人送回去替他收拾一點殘局，可以賣個大人情。」

「了解……不過引渡對象不是聯盟，而是現任魔王派啊。這樣可以當作請他們多接納賽莉絲一點的交涉材料。」

斯波立刻明白刃更的意圖，莞爾一笑。

「不錯喔，刃更……你愈來愈會動歪腦筋了呢。」

細如絲線的眼忽一睜開。

「你就把這份殘酷分一點給賽莉絲現在這個處境嘛。」

「…………………………」

「哎呀，是我失言了。抱歉喔。」

斯波哈哈笑道：

「那麼……既然事情定得差不多了，我就先回去嘍，難得有利用價值這麼高的俘虜呢。雖然關得很牢，人也要再躺半天才會醒。不過為了不讓他自殺或逃跑，得先斷絕氣流，完全阻隔他全身的感覺才行。」

說到這裡，電車駛入月台。

是刃更要搭的下行特快車。

接著——

「那我告辭了。啊，差點忘了一件事。」

斯波又忽然想起些什麼，交出一個紙袋。

「——這什麼東西？」

刃更打開一看，裡頭有牙刷牙膏、口香錠、小瓶礦泉水和迷你衣物除臭噴霧。

「今晚回家以後有正事要忙吧？不嫌棄的話，進門前用一下吧。」

因這話抬起頭時，斯波的身影已從月台上消失了。

即使苦笑，刃更仍立刻扔幾個口香錠到嘴裡。

將盒子放回紙袋以後，踏入電車門。

## 18

晚間十一點將至之際。

東城家已大致做好今晚主從契約的準備。

當刃更回家，命運的時刻也將隨之到來。

這當中──今晚的主角之一，賽莉絲・雷多哈特在二樓自己的房間裡等待著那一刻。

當刃更回來，澪她們就會向他報告一切準備就緒。

她們之中會有一個上來叫人，賽莉絲會跟她到客廳去──在那裡與刃更見面，緊接著進行主從契約。

第②章
# 相信這樣的日常就是幸福

房門敲響之時，就是賽莉絲命運底定之時。

然而——

「…………」

賽莉絲坐在床上，緊握置於大腿上的手。

在已經做好的決定，與心底深處的真感情。

她的心仍在兩者的夾縫間擺盪。

「……雷多哈特同學，還好嗎？」

這時，身旁傳來關切的聲音。賽莉絲轉動視線到身邊……見到的是同樣坐在床邊的可愛少女。

要在今晚和賽莉絲一起和刃更締結主從契約的少女。

半吸血鬼橘七緒。

可是——七緒的裝扮和穿著居家服的賽莉絲完全不同。

煽情的馬甲和吊襪帶，妝點著她的女性胴體。

纖細緻密的半透明蕾絲遍布各處，隱隱透出七緒的胸臀——甚至下體等重要部位。

七緒已接受了如此比裸體更撩人的模樣。

因為她會用夢魔萬理亞的魔力與刃更結主從契約——而且和柚希時一樣，刻意不親吻契約圖紋。

不過——

「妳真的……覺得這樣好嗎？」

仍拿不定心意的賽莉絲對七緒問。

萬理亞與刃更達成至主從誓約後，現在的力量甚至不遜於譽為傳說夢魔的母親雪菈全盛時期。

因此，以其魔力施放的主從契約，詛咒威力肯定不是過去能及。

就在今夜，七緒勢必要墮為刃更的性奴。

這時，七緒似乎從賽莉絲的視線中看出了她這麼問的意圖。

「…………嗯。」

她紅著臉，帶著鎮靜的微笑頷首。

「我……過去一直在逃避。害怕被人獵殺，努力隱藏自己半吸血鬼的身分，也瞞著性別會忽男忽女的事。我想我長久以來不只是在欺騙周遭的人，也在欺騙我自己。但是——」

七緒望向半空中。

視線另一頭，浮現著她最重視的人。

「東城同學他……完全接受了這樣的我，說那樣也沒關係，繼續作我的朋友。我想，我

第2章
# 相信這樣的日常就是幸福

就是從那時候開始特別注意他。」

「可是刃更……」

賽莉絲不禁插話。

「嗯……東城同學有成瀨同學她們了，還有跟長谷川老師的祕密關係。這些他都有告訴我一點，所以之前就知道了。不過，我一點都不在意。」

因為──

「我和成瀨同學她們跟長谷川老師一樣──沒有東城同學就活不下去了。」

橘七緒從頭述說她心境改變的經過。

「開始注意東城同學一段時間以後，我們學生會辦了一場運動會的慶功宴，邀請他和長谷川老師一起來。那時候我的身體是女性，不過性別還沒完全固定。」

後來──

「吃完以後，我們開始玩聖坂學園學生會傳統的遊戲。我跟東城同學一起到廁所裡，他幫我把男生的衣服全部脫掉，換穿女生的。」

「全部脫掉……」

「嗯……雖然只需要女裝，可是我還是連內衣褲都換了。」

七緒羞答答地對驚訝地看著她的賽莉絲坦白。

「回到座位繼續玩遊戲以後，抽到東城同學要親我一下。」

「等一下……這個遊戲還要接吻？」

「大人玩的好像真的會這樣，不過我們沒有玩那麼凶，沒有指定位置。所以不需要親嘴，一般是手臂，想鬧的話最多就臉頰。」

可是——

「東城同學是親我的脖子。」

「我想東城同學當時也沒有多想，我自己也不認為那會有什麼重大的意義。」

橘七緒右手輕撫側頸回想。

然而——

「吸血鬼在製造同類——應該說屬下的時候，會把獠牙刺進對方的脖子裡吸血，同時把自己的血液……把魔力傳過去。換句話說，就是吸血鬼的主從契約。然後——雖然只有一半血統，但我畢竟還是吸血鬼。」

七緒解釋：

「對於沒吸過血的我來說，東城同學親我脖子的感覺非常強烈……於是從那一晚開始，他在我心中就有了至高無上的地位。」

不過——

「東城同學已經有成瀨同學她們和長谷川老師了。她們都那麼有魅力，我根本比不上……又覺得被我這種軟弱的人喜歡，只會造成他的困擾。所以我決定隱藏這份感情，對自己使用魔眼，讓我不再繼續喜歡他。」

「……………………」

七緒稍微苦笑地這麼說之後，見到賽莉絲沉下了臉。

——橘七緒知道那是什麼表情。

對自己使用魔眼前——鏡中的她就是這個表情。

……成瀨同學說的都是真的呢……

偷窺刃更和柚希在放學後的空教室做愛時。

胡桃曾說，有些事非得先告訴賽莉絲不可。

當時那淫褻的畫面深深麻痺了七緒的頭腦，無法深入思考，後來問澪那究竟是什麼意思以後才知道答案。

原來賽莉絲掩藏著真正的心意，想用自己的魔力與刃更結主從契約。

那和過去的七緒是同樣行為——且顯然是個錯誤。

所以，七緒要開導她。

「可是雷多哈特同學……我的魔眼根本壓抑不住我對東城同學的思念。不管成瀨同學她們和長谷川老師多有魅力，我會不會對東城同學造成困擾……我還是喜歡他。」

因此——

「人就算騙得過表層意識，也騙不過深層心理——我對東城同學的愛還堆積在心靈深處，將我的性別固定在女性了。」

後來——

「第三學期結業式結束那天……我不知道自己用魔眼的催眠效果封鎖了記憶，終於向東城同學求助了。他也很願意幫助不曉得出了什麼問題的我……即使差點牽連到梶浦學姊，還是請長谷川老師一起幫我。」

於是——

「長谷川老師看出我對自己做的事，而東城同學也接受了我的感情。所以……」

七緒說道：

「我已經——不能再欺騙自己的感情了。」

七緒就此跟隨刃更與長谷川，往筆墨難以形容的荒淫行為一躍而下。

在自認為性奴的長谷川示範下，七緒以各種方式服侍刃更——刃更也放肆地品嘗她的肉體。

雖然沒跨過最後底線，但刃更的陰莖仍入侵了內褲狂蹭陰戶——使她蛻變為完全的女性。

「等到春假結束，升上二年級……東城同學他們加入學生會以後，我才聽他說他們和叫做斯波恭一的人歷經一場死鬥，和成瀨同學幾個達成主從誓約，還有各種未來的風險。」

其中包含他們的敵人也可能對七緒下手。

不過——

「東城同學跟我說之後，我立刻就求他了。如果他和成瀨她們可以接受的話……我也想和他結主從契約。」

刃更等人前往魔界時，七緒只能默默目送他們離去。

因為當時還沒讓澪她們知道她半吸血鬼的身分。

他們返回人界以後，刃更的感覺不太一樣了。

甚至能當場感受到他遭遇過難以置信的死鬥。

……可是。

隔了一個春假，七緒在開學典禮當天見到的刃更又變得更不同了。

不僅是更剽悍更有魅力——還有種陰冷的氣息。令人不禁猜想，他是不是又為了克服無法想像的死鬥而失去了些什麼。

這想法一發不可收拾——使得七緒一個忍不住，把刃更帶進超市廁所撫慰一番。

因為七緒能為刃更做的，就只有這麼多了。

於是在聽說他們現在的情況和主從契約及誓約後，她立刻請求刃更與她締結契約。

七緒就是這麼不想繼續困在如此無能為力的處境。

結果——不僅是刃更，澪她們也認同了她的心意。

因為具有吸血鬼血統的七緒，很可能會遭到勇者一族中「梵諦岡」或美國狙殺。不然結盟以後，「梵諦岡」和美國知道七緒的存在而動手時，刃更這邊會有礙於政治問題而無法協助的危險。

所以為了保護七緒，刃更等人便同意她與刃更結主從契約。

即使七緒的存在可能對他們與勇者一族結盟造成阻力。

要讓這樣的七緒能成為他們的助力，就非得盡快達成誓約不可。

原本戰力差距就非常大了——刃更和澪她們還因為誓約化而提升到更高層次。光是結主從契約意義不大，就算能達成誓約，差距能拉近多少也是未知數。

……不過。

長谷川說，有吸血鬼血統的七緒可能因達成主從契約，使得某些能力覺醒而昇華至超高

第2章 相信這樣的日常就是幸福

層級。

這部分潛力甚大，甚至可能高到足以與現在的澪她們媲美……這麼一來，不在這潛力上賭一把就說不過去了。

於是就決定和刃更他們達成奇蹟般的主從誓約一樣，用萬理亞——夢魔的魔力結主從契約了。

「………………………」

賽莉絲不知從何時開始，就只是雙眼低垂，默默聽著七緒表白。

側臉上，她的眼神惆悵地閃爍——讓七緒更加肯定。

……賽莉絲同學真的還在猶豫呢。

她和也願意用夢魔魔力與刃更結主從契約的七緒不同，要使用自己的魔力。

——經過這一個半月左右的來往，看得出賽莉絲是循規蹈矩的人。

所以聽說她也要結主從契約時，就能預見這樣的性格會對使用催淫特性產生排斥，對此七緒也沒意見。

……可是。

無論結果好壞，主從契約勢必會改變屬下的一生。

賽莉絲決意與刃更結主從契約，是因為不想成為他們的累贅，這點和七緒相近。

……而且。

過去兩人只有一般學生間的交集，但在賽莉絲開始協助學生會作業後，兩人變得時常碰面——所以七緒注意到了。

賽莉絲注視刃更的眼神，和七緒與澪她們是同一種。

——當然，七緒不會只因為這樣就要她和自己一樣使用催淫特性結主從契約。

若是為了力量而結主從契約，必須層層加深對主人刃更的屈服。

因此，以催淫特性結主從契約，最後只會和澪她們一樣墮為性奴。一般而言，拘謹的賽莉絲必定是難以接受這個狀況。

她是一個真心喜歡刃更的少女，自然會想追求一對一的關係。

感情就是這麼回事。

……然而。

刃更已經有澪她們了，而她們也只有刃更。

由於雙方能彼此體諒，澪她們才會放棄獨占刃更。

……不，不對。

沒有放棄。任何一個都沒有放棄。

堅信能陪伴刃更活下去，與他長相廝守的幸福未來。

第2章
# 相信這樣的日常就是幸福

所以自然而然就選擇了與刃更一起生活的路吧。

——因為有這樣的她們，七緒也曾經想放棄刃更。

但是做不到，根本不可能。

……因為。

橘七緒心裡已經容不下其他人了。

有澪她們陪伴的刃更是那麼地耀眼，使七緒經常覺得他非常遙遠。

每次都讓她心酸得難以自持。

好想乾脆忘了這一切。

……可是。

刃更卻握住了七緒幾乎要放開的手。

這才使她發現，與刃更距離遙遠純粹是她自己沒憑沒據的想像……刃更就在她伸手可及的地方照看著她。

所以現在，橘七緒才會在這裡。

與澪她們一樣，要和刃更一起生活。

這裡就是通往如此未來的入口。

……假如。

假如賽莉絲是真心想放棄將刃更視為戀愛對象——放棄將自己的一切，未來的人生都獻給他，用自己的魔力結主從契約並無所謂。

但是——假如澪她們所言不假，賽莉絲掩藏著她真正的想法。

和過去的七緒一樣，因某些理由而扼殺自己的感情。

這樣和刃更結主從契約，絕對是個錯誤。

無論是對賽莉絲自己，還是刃更和七緒等人都是。

因此——

「能認識東城同學，和他一起生活，讓我體認到自己究竟想怎麼活下去。現在我是打從心底想用催淫特性和東城同學結主從契約。」

橘七緒對眼前的少女這麼說。

並且以省視過去的眼神問：

「賽莉絲同學……妳真正要的是什麼？」

# 第②章 相信這樣的日常就是幸福

「——我……」

真心遭到質疑，使賽莉絲浮上心頭的想法差點脫口而出，但臨時吞了回去。

因為她也不確定自己究竟怎麼想。

她能肯定自己喜歡刃更，這是毋庸置疑。

賽莉絲能為刃更獻上一切，只要他一句話，成為性奴也無妨。

能和刃更在一起，就算是地獄也能笑著跳下去。

這是千真萬確。

……可是。

這麼做就中了「梵諦岡」的圈套。

明明是為了不想當累贅而與刃更結主從契約，卻可能因為契約而妨害了他們。

這種事說什麼也不能發生。

所以賽莉絲優先為刃更設想，將自己往後放。

……結果。

刃更說只要賽莉絲願意，用她希望的方式結契約也無妨。

彷彿看穿了她的心思。

而澪她們，是主張賽莉絲應和她們一樣，用夢魔萬理亞的魔力和刃更結主從契約，因為這才是她真正想要的。

如今——七緒也在質問這一點。

問她真正要的是什麼。

然而……

「…………對不起。」

儘管反覆思索了這麼多次、對自己的心問了這麼多次。

儘管如此煎熬，想到都快發瘋了。

賽莉絲依然答不出真正該優先的究竟是刃更還是自己。

「————啊。」

擠出一聲無力的道歉後，一個突然的擁抱嚇了她一跳。

「不用道歉沒關係……我不是說了嗎，光靠我自己也找不出答案。」

七緒從旁擁抱賽莉絲，輕聲細語地說：

「人有時候就是會不曉得自己究竟怎麼想。同時面對兩件以上重要的事……又不想放棄任何一邊的時候，那種痛徹心扉的感覺真的很可怕。」

不過——

「不需要自己悶在心裡難過，妳還有我們啊。賽莉絲同學，把妳心裡的話全部說出來吧。這樣一來——」

七緒說道：

「妳一定可以和大家一起找出最好的答案。」

因為——

「我們和東城同學……都在妳身邊。」

「橘同學……」

接觸到七緒的想法後，賽莉絲在她緊抱的懷裡顫抖地說。

「叫我七緒就好……我也是叫妳的名字呀。」

就在七緒輕撫著賽莉絲的背這麼說時。

一樓傳來某個聲音。

客廳開門的聲音。

幾個腳步聲前往玄關，然後是玄門的門開啟的聲音。

『——刃更主人，歡迎回家。』

『回來啦，刃更哥哥。』

是潔絲特和胡桃前去迎接這個家——不，她們的主人。

『——喔，我回來了。』

「！…………」

接著，樓下微微傳來刃更的聲音，使賽莉絲不禁身子一僵，屏住氣息。

這一刻終於到了。

聽著刃更等人的腳步聲消失在客廳深處，賽莉絲的緊張全湧了上來。

「沒事……賽莉絲同學，不要緊張。」

七緒為安撫賽莉絲而抱得更緊。

她的胸也隨之貼上賽莉絲耳際。

……啊……七緒同學……

賽莉絲發現，七緒的心也跳得和她一樣快。

即使有無怨無悔的決心，七緒還是會緊張。

但她卻仍認真面對賽莉絲，想安撫她的情緒。

「————————」

賽莉絲淚水湧上眼眶。現在她能做的，只有抱回去而已。

兩個即將與刃更結下主從契約的人，就此相擁片刻。

——彷彿永遠的十分鐘過去。

有一群腳步聲離開客廳，登上階梯。

第②章

# 相信這樣的日常就是幸福

兩人的命運正慢慢接近——這個事實，使賽莉絲和七緒屏著氣息注視房門。

腳步聲在門前停下，隨後是兩次敲門聲。

「…………請、請進。」

於是賽莉絲和七緒一起下床，以顫抖的聲音應門，門也喀一聲打開了。

接著，有三個人進房裡來。

其中兩個是澪和長谷川，表情柔和。

而最後一個——

「——東城同學？」

原本預定是兩人下樓到客廳時才會和刃更見面，所以賽莉絲身旁的七緒驚訝地問。

「怎麼了……出問題了嗎？」

一個人來叫就行了，現在卻一次來三個——其中一個還是刃更，讓七緒以為出狀況了。

「沒有，只是覺得先跟賽莉絲聊聊比較好。」

「…………………」

刃更的話，對賽莉絲造成必然的沉默。

——賽莉絲與刃更的主從契約有個條件。

那就是使用她真正希望的方法。

而賽莉絲還沒給出她的答案。

這是當然，因為賽莉絲心中也沒有答案。

「賽莉絲同學……」

見賽莉絲沉默不語，七緒擔心地問。

「七緒……妳跟澪先走吧。」

刃更則是平靜地對她這麼說。

「嗯……知道了。」

面對主人刃更的要求，七緒沒有說不的份。

但在跟隨澪踏出腳步的瞬間——

「——放心，相信自己。」

七緒以只有賽莉絲能聽見的音量這麼說。

那一定是為她之前的勸說再加最後一把勁。

彷彿說出她全部心情後，七緒來到澪的身邊。

「賽莉絲，我們先下去等妳嘍。」

而在澪這麼說的這一刻——賽莉絲與她對上了眼。

澪的笑容是那麼地溫柔——

……澪……？

澪沒有多逗留，在賽莉絲來得及想通之前就帶著七緒離開房間，關門下一樓去了。

「——賽莉絲。」

在完全聽不見兩人腳步聲之後，刃更喚著她的名字，轉過來看著她。

「！…………」

賽莉絲下意識地挺直了身。

因為緊張。接著——

「我和妳的主從契約……是以妳真正想要的方式為條件。在我說出這個條件前，妳主張用自己的魔力。」

刃更稍停片刻，不偏不倚地注視她說：

「所以我再問妳最後一次——妳的想法有改變嗎？」

「——我……」

賽莉絲很想回答這個問題，但是說不下去。

——對賽莉絲．雷多哈特而言，最重要的究竟是什麼？

是自己對刃更的愛意，還是足以成為刃更的助力？

……為什麼會這樣？

主動要求主從契約時，她一點也不迷惘。

當大家口口聲聲要她坦率，她反而漸漸不曉得該如何是好了。

因此──

「我現在不曉得怎麼做才好……不曉得怎樣才對了。」

賽莉絲低著頭，終於擠出這麼一句話。

那或許沒有回答到刃更的問題。

不過這句話無疑是她的真心。

「…………很難吧，我懂。」

「咦…………？」

賽莉絲又沉默不語後，忽然聽見刃更苦笑著這麼說而猛然抬頭。

見到刃更就在她眼前。

臉上是溫柔無比的笑容。

東城刃更對目光驚訝的賽莉絲說：

「我也是啊……不管怎麼想，都不曉得怎麼做才是真正對我們好。」

因此——

「我決定先想自己絕對不願退讓的事物有哪些。」

「不願退讓的事物……」

「對。」刃更對依言反複的賽莉絲點點頭，側眼看向背倚房間牆壁的長谷川。

——過去，是長谷川在刃更苦惱時給他這樣的建議。

如此面對自己的心，不僅讓刃更明白自己真正的想法，也有助於決定如何應對眼前狀況，幫助他克服重重苦難。

「所以現在，我才能和大家一起住在這個家，未來也都會在一起。我要做的，就是守護這樣的日常。」

然後——

「這只是我的想像……妳不願退讓的事物，會不會就是妳心目中的正義呢？」

由於這個緣故，她才會一方面無法饒恕阿爾巴流斯的惡行，一方面又不想失去栽培她、有許多好友存在的「梵諦岡」。

雖然非常重視刃更他們，但即使明知主從誓約所造成的關係是逼不得已，建立在她價值觀上的理性與道德觀都無法視為正當行為。

……所以賽莉絲……

她一定是跟從心中的正義，才會想用自己的魔力結主從契約。

想法本身是不難理解。

而刃更也說出了他的想法。

「對於一路爬上聖騎士的妳來說，遵守戒律就是勇者一族的正義吧。我不打算否定這點。」

不過——

「主從契約很容易讓妳的性命直接暴露在危險之中——其實我也不想這麼做。」

「刃更……」

聽了刃更的真心話，賽莉絲是不知如何回答的表情。

「從妳的出身背景和個性來看……想做正確的事，盡可能減少犯錯的想法，我也可以體會。」

沉默至今的長谷川輕聲開口了。

「但主從契約原本的對象是已有主從關係的人，以利於在絕對的主從關係下加強雙方的力量。雖然有時候也會與俘虜強行結下主從契約，但那純粹是因為對方死不足惜。」

第②章 相信這樣的日常就是幸福

而現在——

「賽莉絲……妳和刃更是從小認識，這關係不會因為用魔法締結契約就消失不見，而且還伴隨因為一點小事就突然引發詛咒的風險。」

而最大的問題——

「還是在於妳的個性……妳的本質太正直了，這有好也有壞。因此，即使妳認同刃更和我們的關係是現實所逼，但不會認為是正當行為。」

「這……」

長谷川對表情歉疚的賽莉絲苦笑。

「沒關係，這樣想並沒有錯。在一般人眼中，刃更和我們的關係怎麼看都是異常吧。」

然而——

「只要認為主人有錯，就會立刻引發詛咒。想和刃更結主從契約，妳就必須打從心底認為我們的關係並沒有錯，妳覺得自己做得到嗎？」

「…………短期之內或許是有困難。」

賽莉絲誠實回答長谷川的問題。

「可是……我想我會隨時間慢慢接受。」

「有這個心是很好……但以妳的魔力結契約的話，詛咒是石化啊。」

長谷川說道：

「對主人的罪惡感或愧疚，與詛咒威力成正比。經過這將近一個半月的同居生活……妳的抵抗力應該是提升很多了……但出身背景與個性所培養的價值觀與道德觀仍是非常穩固。」

因此——

「詛咒不會等妳心境改變才發動。憑現在的妳，結了主從契約以後根本就無法在這個家住下去。」

「我、我……可是……」

賽莉絲試圖抗辯。

「那麼阿芙蕾亞大人您可以幫我度過這段時間，直到我習慣為止嗎？既然您已經取回十神的力量……主從契約的詛咒威力再強也能解除吧。」

「妳果然是這麼想……」

聽了這請求，長谷川無奈地說：

「賽莉絲……很抱歉，我無能為力。」

「為、為什麼？」

賽莉絲錯愕地走近長谷川。

第2章
## 相信這樣的日常就是幸福

「還不懂嗎？我和刃更可是有主從誓約啊。」

長谷川解釋：

「一旦妳引發主從契約的詛咒，就表示妳在某種程度上背叛了刃更。身為屬下的我怎麼可能會去解除替主人教訓屬下的詛咒呢？」

「不會吧……」

刃更看著賽莉絲茫然呆立。

——也難怪賽莉絲從沒想過長谷川指出的問題。

主從契約畢竟是魔族階級社會發展出的魔法。

儘管勇者一族也會和精靈或聖獸結訂契約，但人與人之間沒有這種事，自然難以察覺這方面的細節。

……而且。

對勇者一族而言，十神是至高無上。

是這樣的崇敬成為對長谷川的絕對信賴，僵化了賽莉絲的思考吧。畢竟對她而言，刃更仍是兒時的玩伴。

天真想法遭到點破，使賽莉絲說不出話來。

「所以怎麼辦？就算風險大到隨時可能喪命，妳也要和刃更結主從契約嗎？」

「當、當然啊，我無論如何都一定要和刃更結主從契約，這點我絕不退讓。不然我會變成大家的累贅——」

面對長谷川的質疑，賽莉絲下意識地說出肯定之詞。

「——這樣的話，不用萬理亞的魔力也未免太危險了。」

長谷川卻以斷定語氣打斷了她。

這讓賽莉絲難以接受了。

「為什麼呢，阿芙蕾亞大人……您認為我怕死嗎。」

「我當然不是懷疑妳的正義與勇氣。但是——」

長谷川的語氣忽然變得冰冷。

「要是妳會死於主從契約的詛咒，就已經不是累贅可以形容，根本就是個麻煩，也是天大的過錯和悲劇。刃更已經為了無法控制力量而背負加重悲劇的十字架了，妳還要給他更多後悔嗎？」

「——！」

賽莉絲錯愕地往刃更看。

因為她發現了自己出於正義感的行為，將帶給刃更怎樣的傷害。

——不過刃更刻意不看她。

無論好說歹說，用平淡的苦笑說還是面無表情地說。

對於現在的賽莉絲，任何反應對都一樣殘酷。

「……老師。」

所以刃更刻意不看賽莉絲，先輕聲要長谷川別再繼續責備她。

好告訴賽莉絲她並沒有錯。

長谷川也聽從吩咐，不再多說。

「賽莉絲……」

接著，刃更走到賽莉絲眼前，手輕輕按在她肩膀上。

「………………………」

賽莉絲沒有急著說話。

她垂著腦袋，表情泫然欲泣。

「……刃更，你應該有想到吧。」

賽莉絲哀傷地說。

「『梵諦岡』准我來你這裡是什麼居心。」

「……我知道。」

刃更低聲頷首。

「那你還要往『梵諦岡』的陷阱裡跳嗎？」

賽莉絲抬眼問道，而刃更搖頭回答：

「不是這樣。就只是因為我們沒必要為了阻止『梵諦岡』的企圖，就放棄自己最好的選擇。我們只要貫徹我們最好的路線——並且破壞『梵諦岡』的陰謀就行了。」

「……這是說，和我用夢魔的催淫特性結契約是最好的選擇嗎？」

「如果無論如何都要結契約——就是這樣沒錯。」

東城刃更對賽莉絲直言。

「————————」

賽莉絲沒料想到刃更會這麼回答，不禁睜大了眼。

「不過這是我單方面的決定。妳是被我強迫，無法反抗而屈從，所以無論結果如何都不是妳的錯，責任全都在我。」

不管未來「梵諦岡」怎麼說，都不是賽莉絲的責任。

全都得怪明知後果而逼迫賽莉絲以催淫特性結主從契約的刃更。

這樣的想法不會改善現況，但多少能讓賽莉絲心裡好過一些。

……而且。

也可以預防其他地區的勇者一族對「梵諦岡」過度追究。



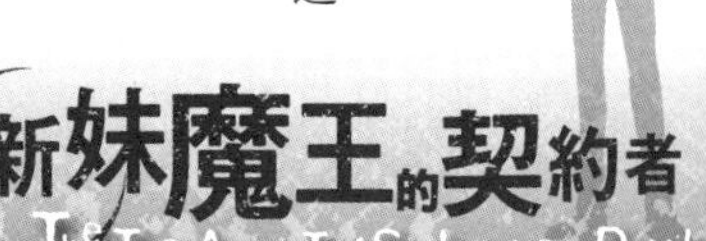

當然，若聲稱那是刃更單方面的要求，免不了會加強他們與「梵諦岡」的關連。目前賽莉絲是代表「梵諦岡」而來，若刃更與她結下主從契約，等於是奉送解釋為刃更想與他們加強關係的藉口。

賽莉絲也知道事情會這樣演變，問：

「……………我是不是該放棄繼續作勇者一族呢。」

「我不否認那也是一種選擇。」

刃更這麼說之後，告訴賽莉絲一件事。

——那就是刃更想與魔族結盟，但魔族難以接受的事實。

而瓶頸正是在於隸屬於「梵諦岡」的賽莉絲。

「怎麼這樣……我已經拖累你們了嗎？」

「不用放在心上，問題不在妳——是『梵諦岡』。」

東城刃更對慌亂的賽莉絲解釋：

「而且——不是沒有方法解決。這個作法可以讓妳留在勇者一族，又解決與魔族同盟的問題，更從此破壞『梵諦岡』的企圖。」

這會是什麼呢？

「只要妳和我結主從契約以後——站上『梵諦岡』的頂點就行了。」

## 20

保護世界免於魔族或魔獸一類的侵襲。

這是勇者一族原來肩負的使命。

但只懂拿劍戰鬥，無論花再多時間也無法達成這個使命。

歷史即可證明。

然而，刃更同時與魔族最大勢力和勇者一族結盟，有可能為雙方延綿數千年的戰爭畫上休止符。

所以必須聚集和賽莉絲一樣願意相信刃更，重視勇者一族原來使命的人，組織新的「梵諦岡」。

——魔族方無法接受的，是當下的「梵諦岡」。

這個做法能解決這個問題。

而且刃更以主從契約成為掌控她的主人，可以牽制其他地區。

經過阿爾巴流斯一事，聖王這個位置很可能以防止權力失控為由而遭廢止。「梵諦岡」

第②章
# 相信這樣的日常就是幸福

不僅是歐洲總部，也有統領各地勇者一族的中樞地位，權力極大。美國和中國等地區八成會為了分解「梵諦岡」並將其吸收而開始動作。

但那些滿是利欲的廢棄物，大可扔給他們爭。

因為真正重要的東西還多得是。

「這些東西，就是我們的夥伴。妳要負責率領他們。」

「這未免太……」

刃更對一時難以置信的賽莉絲點點頭說：

「我知道這很不容易，但十分有一試的價值，絕對不該輕言放棄。」

將他們的動向視為威脅的人，也許會試圖阻撓或懷柔籠絡。

不過，只要有刃更幾個作賽莉絲的後盾，其他地區就不敢輕舉妄動。

他們也不會讓「梵諦岡」那些利欲薰心的老賊利用賽莉絲的正義感。

要使刃更與賽莉絲的主從契約成為扭轉一切劣勢的關鍵。

「或許只會有寥寥可數的人願意跟隨我們，只能聚集到微小的力量，但這也無所謂。因為妳想保護的，不是『梵諦岡』這個容器。」

心中擁有同樣正義的人們——以及他們和刃更等人會共同維護的世界和平。

這才是賽莉絲想守護的。

那麼，只要能招募到志同道合的人就夠了。

「當然，我們也會幫助妳。」

不必拘泥於勇者一族這頭銜。

也不必非要守護所有一切。

只要守護最為重要，絕對不能退讓的事物即可。

不屬於勇者一族，也能守護這世界。

這種事，東城刃更再明白不過。

因此——

「放心吧，賽莉絲。請妳一定要相信自己。就算沒有勇者之稱，妳的意志力仍是無可限量。」

這麼說時，賽莉絲的眼角已經湧出淚水。

「…………刃更……！」

刃更輕摟撲進他懷裡的女孩，並撫摸她的背。

「正直的妳，這幾天一定都在想怎麼才不會成為刃更的包袱吧。」

這時，長谷川也來到他們身邊溫暖地說：

「但是，其實妳真正該思考的是擺脫『梵諦岡』這個枷鎖和勇者一族的立場以後，該怎麼繼續為刃更效力，該怎麼做才是刃更最樂見的。」

不是嗎？

「那一定——和妳說不出口的真心話是同一個方向。」

「阿芙蕾亞大人……」

美麗的前十神對流淚看著她的賽莉絲說：

「別讓出身和職稱侷限住了，要多重視自己真正的想法。勇者一族、魔王的女兒、魔導生命體、半吸血鬼、前十神——在這裡的，都是不受限於出身和價值觀的人。」

不過——

「我們的所作所為並非絕對的正義。千萬別忘了，我們的關係非比尋常，對人類社會而言是種罪惡。」

長谷川說道：

「犯罪是愈少愈好，人生中也有不能犯的罪。但我們的罪惡……我們可以自己解決。而我們與刃更的關係、彼此的感情能愈來愈深——就是因為享有同樣的罪惡和祕密。」

而且——

「這帶給我們強大的力量，所以才會有今天。因為我們觸犯了罪惡，才能夠生存下來。」

長谷川這番話是他們的現實，也是最後的勸說。

她該說的，都已經說完了。

最後只剩問題。

「賽莉絲——妳到底想怎麼做？」

刃更輕聲詢問。

他懷中的少女慢慢說出她的想法。

「…………我……想和你們走同一條路。」

織出的言語，是她掩藏至今的真心。

接著——東城刃更終於聽見她真正的感情。

賽莉絲緊抱著刃更，語氣堅決地說。

有如懇求。

「拜託，刃更……讓我和大家一樣，變成你的人吧。」

## 21

第②章

# 相信這樣的日常就是幸福

就這樣，賽莉絲在刃更與長谷川的陪伴下離開房間。

刃更帶頭，再來是賽莉絲和長谷川。

走過二樓走廊和下樓梯這段時間，沒有一個人開口說話。

因為他們之間再也不需要多餘言語。

賽莉絲即將和刃更結主從契約。

過程肯定是淫褻至極。

所以三人什麼也沒說，只是默默醞釀心情。

然而到了一樓時，賽莉絲忽然問：

「……不是要在客廳做嗎？」

刃更帶領的方向與預定不同，使她感到不解，而背後長谷川含笑地說：

「對……妳和七緒的主從契約要在地下室做。考慮到萬理亞現在的力量，主從契約詛咒的催淫效果會非常強，在地下室比較方便刃更屈服妳們。畢竟——」

長谷川雙手搭上賽莉絲的肩，湊到耳邊說：

「這樣叫床再大聲也不怕別人聽見嘛。」

「……………！」

長谷川似乎略帶期待的語氣，讓賽莉絲嚥了嚥口水。

——賽莉絲知道刃更他們每天都在地下室做些什麼。

今早下樓找萬理亞時，也曾目睹那激烈的實況。

但即使涉入得這麼深，賽莉絲也純粹是個旁觀者。

……不過。

現在不同了。她就要成為當事人。

來到通往地下的階梯時，長谷川忽然抓著雙肩拉住了她。

並對領頭的刃更說：

「刃更……我們馬上就來，你先下去吧。」

「……阿芙蕾亞大人？」

賽莉絲錯愕回頭，和不怎麼驚訝的刃更兩相對比。

「——這樣啊，知道了。」

說完，刃更就獨自下樓。

等到他的背影消失在地下室的門另一邊之後——

「妳穿這樣和七緒差太多，太不公平了……」

長谷川微笑著一個彈指，她和賽莉絲的衣服就化為光點，轉瞬間變成另一種面貌。

那是與七緒同款的馬甲和吊襪帶，只有顏色不同。

第2章
# 相信這樣的日常就是幸福

「阿、阿芙蕾亞大人……這是……」

胸臀胯下隱約可見，使賽莉絲羞紅了臉。

「妳今晚要參加的宴會，可是有嚴格的服裝規定喔。是吧？」

同樣裝扮的長谷川嫣嫣一笑。

「沒有別的服裝更適合現在的妳了。」

「…………是。」

在長谷川如此斷言後，賽莉絲點點頭，接受了她的話。

——羞是當然會羞。

心跳加快，骨髓發熱。

但她畢竟是要和七緒用催淫特性與刃更結主從契約。

所以長谷川說得沒錯，現在賽莉絲不該有別種打扮。

這般比裸體更撩人的內衣，才是她的正式服裝。

「——好，我們走吧。」

長谷川與賽莉絲錯身來到前方，帶領她走下階梯。

打開門，就此進入地下室。

地下室的燈光調得比今早暗一些。

視線依然清晰，賽莉絲緊跟著長谷川走。

不久便來到與刃更結主從契約的地點。

不是有巨床的寢室。

而是東城家傲人的大型浴室。

——這個家所有成員，都聚集在如此蒸汽瀰漫的空間裡。

如同長谷川所說的「服裝規定」，澪等人每個都身穿造型猥褻的內衣等候其中。而刃更仍穿著平時的服裝，坐在休息用的浴椅上，主從地位差距表露無遺。

『…………………』

先一步來到地下室的七緒在一身猥褻內衣的澪幾個包圍下，雖仍害羞地稍微縮著身體，臉上確有淺淺的笑。

看來澪她們是在安撫她的情緒。

最先注意到賽莉絲正看著她們的，是澪。

她離開包圍七緒的小圈圈，走向賽莉絲。

所有人的視線也隨之聚集過來。

第2章
# 相信這樣的日常就是幸福

「──────」

被大家見到自己一身性奴般的內衣，讓賽莉絲羞得不得了。

「賽莉絲，妳來啦……等妳好久了。」

澪來到她面前，用不同方式稱呼她，對她微笑。

表示她已經從客人成為她們的一分子。

「是啊……抱歉讓妳們久等了。」

為眾人注視而臉紅的賽莉絲，也微笑著對澪點頭。

「我終於來了呢。為了追上妳們，變得和妳們一樣。」

賽莉絲說出她的決心後，七緒也高興地跑過來。

「賽莉絲同學……太好了。」

「抱歉讓妳擔心……我已經不要緊了。」

「呵呵，看來賽莉絲姊也能誠實面對自己的心意了，這樣我就放心啦。」

賽莉絲對鬆了一口氣的七緒表示感謝時，萬理亞也媚笑著上前。

「那麼──趁妳心意還沒改變之前趕快開始吧。」

話一出口，浴室裡就出現以複雜符文構築的巨大魔法陣。

散發微光的魔法陣大過地面，甚至延伸到牆與天花板，符文在其邊緣蠢動繞行。

「這就是主從契約的——」

「…………好大的魔法陣喔。」

賽莉絲和七緒都被這場面震懾而看傻了眼。

「主從契約魔法的大小和構造會隨主人與屬下的強度而改變喔。」

胡桃笑嘻嘻地說，長谷川也點頭補充：

「對。刃更和澪第一次用的魔法陣，跟這個完全不能比了吧。這也顯示出刃更現在的力量是多麼強大。」

接著，胡桃和長谷川轉頭望向坐在靠牆椅子上的刃更。

賽莉絲和七緒也隨之望去。

「……………………！」「！……………………」

與刃更對上雙眼，想像到與刃更結主從契約的過程中自己會變成什麼樣，讓她們不禁倒抽一口氣。

而柚希沒有多給她們時間做準備，來到刃更身邊說：

「刃更……請喝。」

「…………好。」

刃更點點頭，接過柚希手上的白色小瓶。

——賽莉絲知道瓶裡是什麼。

那是萬理亞和長谷川共同開發的特製強精劑。

刃更超人的精力原本就足以連續屈服澪等六人了，喝了它以後更是能達到近乎無限射精的境界。

「————」

刃更拔開軟木塞，頭一仰就整瓶喝光。

喉結上下挪動，將頂級的強精劑送入刃更體內。

將小瓶交還柚希以後，刃更慢慢站起。

「刃更主人……請容我替您更衣。」

潔絲特隨即以熟練動作脫去他的衣物。

過程沒有一絲猶豫或延誤——清空上半身之後，就直接取下腰帶，脫去長褲。

接著——

……啊……

賽莉絲注意到一件事而稍感驚訝。

那似乎是即效性的強精劑，刃更四角褲的胯下部位已經鼓脹得難以置信。

待潔絲特連內褲也脫去，那部位也隨之裸露在她們眼前。

刃更的巨物粗得好比能量飲料罐，尖端甚至比強健腹肌中央的肚臍還高。

「————」「————」

刃更的陰莖將賽莉絲和七緒震撼得完全停止思考，眼睛離也離不開。

而刃更則是緩緩走向呆立的兩人，在面前停下。

然後萬理亞進入她們之間，牽起兩人的手說：

「那麼——開始嘍。」

剎那間，賽莉絲與七緒的主從契約開始了。

首先兩人全身開始發光，刃更的身體也發出同樣的光，且兩邊手背各浮現一個魔法陣。

只要她們親吻契約圖紋，主從契約便當場結束。

然而——

「————！」

「…………！」

賽莉絲和七緒都沒有動作。

這是事先決定好的事，她們也知道這麼做的後果。

儘管如此，她們仍然堅持以澪和柚希等人相同的方式結主從契約。

為了和她們一樣，成為她們的夥伴。

「——差不多了，都準備好了吧？」

沒多久，萬理亞對她們這麼說之後，刃更手背上的魔法陣都消失了。

同時，賽莉絲和七緒感到體溫暴升。

「——————！」

錯愕之餘，體內有種沸騰的感覺滾滾而上。

下腹深處——從子宮到陰道口都彷彿變成了心臟，有所期待般陣陣抽搐。

那感覺遠比萬理亞在賽莉絲來到東城家第一天所給予的夢魔洗禮還要強烈得多。

「呀……哈……嗯、啊啊……呼……啊♥」

「嗯……啊……哈、呀……啊……嗯嗚♥」

節節膨脹的情慾波動使她們站也站不住，兩人都扭動掙扎著跪下，視線在浴室地面飄搖。

「刃更哥……麻煩你嘍。」

萬理亞滿含笑意地這麼說……接著賽莉絲聽見某種聲音。

「七緒……」

那是刃更的低語。下一刻——

「呀、嗯嗚嗚嗚嗚嗚嗚嗚～～～～～～～～～～♥」

身旁的七緒忽然閉著嘴悶聲呻吟。

賽莉絲全然不了解發生了什麼事。

因為這時候，放棄以正規方式結主從契約所引發的強烈詛咒，已經使她陷於神智不清的深度催淫狀態。

因此——

「…………哈、啊……七、緒同學……？」

賽莉絲想以迷離的眼往七緒應該在的左側看，但辦不到。因為有人抓著她的下巴轉回前方，並高高抬起。

「嗯……哈啊啊♥」

光是這樣就讓賽莉絲感到強烈快感，全身猛一顫抖而甜聲嬌喘。

——現在的她，已經敏感到輕輕一摸就會高潮。

儘管遭感官刺激融化的眼變得渙散，仍能清楚辨識就在眼前的刃更。

在那裡的，是賽莉絲·雷多哈特今後要宣示絕對忠誠的少年——

「！……啊、哈啊……刃更……」

在熊熊慾火的焚燒下，賽莉絲吐出他的名字。

「賽莉絲……我來了。」

第2章
# 相信這樣的日常就是幸福

並在聽見刃更這麼說的下一刻——被他奪去了唇。

在東城家的地下大型浴室，和今早的夢境一樣。

這就是賽莉絲．雷多哈特真正的初吻。

「————————」

她的意識就在這裡暫時斷絕了。

——等到她清醒過來。

「哈啊……嗯啾、噗……咧嚕……嗯嗚……啾♥」

賽莉絲．雷多哈特已經和萬理亞和七緒一起圍在刃更的陰莖旁，一口一口如痴如醉地舔。迷濛的眼見到萬理亞和七緒臉上滿滿都是白濁黏液，表示刃更已經射精幾次。舌頭每一抹，都讓賽莉絲感到滿嘴都是幸福的滋味而無法自拔，和萬理亞跟七緒爭先恐後地舔舐刃更的陰莖。

……奇、怪……我……？

模糊的意識，在思考自己為何會怎這麼做。

還記得——自己正在和刃更結主從契約。

按照預定，沒有用正規方式結束，發動催淫詛咒。

然後刃更強吻過來——

……啊……

賽莉絲追溯記憶到這裡，想起了接下來的事。

——人在深度催淫狀態下的她，光是接吻就激烈高潮了。

而且強到僅僅一次就打從心底宣示服從刃更。

沒錯——賽莉絲的催淫詛咒已經在那個當下解除了。

但強烈過頭的高潮直接徹底奪走她全身的力量……完全虛脫的她無法阻止自己的生理現象。

而七緒前不久也有過同樣的經歷——從激烈高潮恢復意識後，兩人發現自己失禁而引起巨大的羞恥與罪惡感，再度引發主從契約而重返催淫狀態。

後來，澪等人替她們簡單沖洗，脫下馬甲裸露全身，接著——

『妳們兩個……不可以讓刃更哥忍太久喔。』

萬理亞指出她們的不是。

『——來，和我一起服侍刃更哥。』

『…………………』

『…………………』

催促她們倆之後，幼小夢魔率先伸出舌頭，舔舐刃更依然高舉的陰莖。

萬理亞舔得心花怒放的模樣是那麼地淫褻，使賽莉絲和七緒都看得出神，不約而同地爬向刃更，和萬理亞一起以三人口交服侍刃更。

除萬理亞外，七緒的口交經驗也相當豐富，而且還有吸血鬼血統，巧妙地運用尖牙的刺激，讓刃更一射再射。

每一次，刃更都會摸摸七緒的頭……讓賽莉絲愈看愈不甘，請求萬理亞也教她口交的訣竅，用唇與舌拚命取悅刃更。

不久，賽莉絲終於成功誘使刃更射精，並將暴射在她口中的精液全部吞下，連留在尿道裡的也一滴不剩地吸乾，刃更這才摸了她的頭。

『…………謝啦。』

一聽見刃更道謝，心中就湧出令人顫抖的幸福——讓賽莉絲感到心中有種東西炸開了。

賽莉絲完全沒發現萬理亞已經悄悄退開，和七緒沉醉地對刃更提供性服務。刃更每次射精，催淫狀態的賽莉絲和七緒就樂得輕微高潮，汩汩流出肉縫的蜜液淋得內股到處都是。

「————」

完全想起至今的經過後——

「……啊啊……嗯、呼……刃更……嗯、哈啊……啾噗♥」

賽莉絲為自己的淫蕩模樣甚為亢奮，更加專注地沉浸在服侍刃更上。

因為她認為，這就是以夢魔催淫特性與刃更結下主從契約，選擇向他屈服之後應盡的本分。

見狀——

「千里姊妳看……賽莉絲姊的那把火好像完全燒起來了耶。」

「是啊，根本看不出是今天才學會口交的樣子呢。」

「呵呵……她吹得好高興喔，澪大人。」

「嗯，妳也是吧，潔絲特。賽莉絲她發現自己其實也跟我們一樣呢。」

「萬理亞……要拍好喔。」

「包在我身上，柚希姊。保證錄得很清楚。」

浴池裡、沖洗區邊、靠牆的椅子都傳來愉悅的言語。

同時——

「哈啊……賽莉絲同學，妳好棒喔……」

七緒表情陶然，滿眼淫慾地稱讚，讓賽莉絲開心極了。

舌唇因此蠕動得更厲害，而刃更也從賽莉絲的口交獲得更多快感，陰莖在她口中徐徐膨脹。

那是刃更即將射精的前兆。

「！…………我又要射嘍！」

話剛說完——賽莉絲刻意放開嘴裡的肉棒。

並和七緒一起讓刃更用精液射滿她們整張臉。

「啊……哈啊……啊……♥」

「嗯嗚……好熱……啊哈♥」

接受白濁淫液的澆灌後，兩人的腰臀都不由自主地抽搐起來。

為刃更的顏射而高潮。

「哈啊……啊……♥」

當賽莉絲因刃更的精液玷污她的臉而表情恍惚地神遊時。

「嗯……東城同學，求求你……我已經……！」

七緒似乎再也忍不住，嬌媚地乞求刃更。

是主從契約詛咒的強烈催淫使她瀕臨極限了吧。

轉頭一看，七緒左手還搓揉著乳房，右手在胯下蠢動。

不用說也知道她想要什麼。

「知道了……」

刃更輕聲答覆，往賽莉絲瞥一眼。

那是要賽莉絲忍忍的眼色。於是——

「我還沒問題……讓七緒同學先吧。」

即使的詛咒仍在持續，賽莉絲仍笑著答覆刃更。

因為先決定和刃更結主從契約的人是七緒，不該搶先。

## 22

若只是結主從契約，不必跨越最後底線。

儘管如此，橘七緒仍期盼刃更占有她的貞操。

因為她再也受不了了。

不只是因為主從契約詛咒的催淫太強。

——上學期的結業式當天。

刃更和長谷川，在保健室使七緒的性別完全固定於女性。

她的全身被他們一塊肉也不漏地愛撫——尤其是胸臀，飽嘗了女性的快樂。並在長谷川示範如何替刃更口交後實地演練——以半吸血鬼獨有的尖牙技巧性地輕咬，讓刃更在極致的口交中射精。

隨後，刃更也以指尖徹底猛攻她的蜜縫回敬，給予七緒無數的高潮——最後用插入內褲的陰莖直接摩擦蜜縫，還咬住她最敏感的脖子，當場造成劇烈高潮。

很快地春假到來，兩人暫時無法見面。但開學典禮那天在超市偶遇後，兩人發展成祕密的男女關係。

刃更過了一個春假雄風大增，判若兩人——同時有種陰冷的壓迫感，讓七緒想多少撫慰他的心。

當然，澪幾個早就擔任了這樣的角色，不過刃更和她們做愛已是理所當然，所以七緒是將自己當作一點額外的刺激，幫助刃更換換口味。

不然對刃更而言，七緒就像是普通朋友一樣。

因刃更而蛻變為女性的七緒，說什麼也不願意接受這樣的結果。

而刃更也確實負起了將她固定為女性的責任。

澪她們不知情，而一開始就涉入的長谷川似乎有察覺到，但沒說什麼。

七緒能和刃更獨處的機會非常有限。

都是利用體育課前後或一起外出替學生會辦事時。刃更要上廁所時就會跟著去，在體育器材室或男廁隔間替他進行各種性服務。像今天放學後刃更在空教室對柚希做的事，七緒也

第2章
# 相信這樣的日常就是幸福

已經玩過幾次了。

可是——其間有著望塵莫及的差距。

因為七緒和刃更仍未跨越最後底線。

七緒自己是覺得無所謂，還很希望將處女獻給刃更。

所以曾經鼓起勇氣，求刃更做到最後。

可是刃更仍未越線，還說出他和同樣在春假期間發生改變的澪幾個現在是什麼關係。

那是主從誓約所導致的完全性奴化。那樣難以置信的關係，是為了克服發生於春假中的死鬥而情非得已的手段。

所以為了七緒好，不該輕易獻身。

但七緒知道他們的處境仍存有諸多風險後，反而更要求主從契約。

她想脫離這個需要隱瞞其半吸血鬼身分，對刃更而言是種風險的現況，成為他們的戰力——一個真正的伙伴。

這份心意沒有半點虛假。

由於七緒基本戰力與他人有所差距，必須達成主從誓約才算得上戰力，所以讓萬理亞用夢魔的催淫特性締結契約。

但若說提出結契約的要求完全不是為了對刃更獻身，那便是說謊。

橘七緒亟欲成為東城刃更的力量。

想與他結合的慾望也同樣強大。

而今，兩個願望就要一次滿足。

「七緒……」

在締結主從契約的浴室中央，刃更讓七緒平躺下來。

表示想用正常位。

「嗯……東城同學，等一下……」

七緒頸部浮現著表示主從契約的詛咒——催淫效果正在發動的斑紋，說：

「之前你不是在保健室讓我完全固定在女生嗎……可以的話，我想和那時候一樣。」

「……和長谷川老師一起嗎？」

刃更問。

「我是無所謂……不過七緒，妳不是那個意思吧？」

爬出浴池納涼的長谷川含笑地說。

「啊……我、我是……」

七緒感受著催淫的熱火，支吾其詞。

「七緒……妳不是要把主從契約升到誓約嗎，那就不可以因為怕羞而說謊，什麼都要實話實說。」

在柚希的指正下，七緒說出了她的願望。

「…………！東城同學，我……希望你從後面來。」

「……因為面對面做會害羞嗎？」

「唔、嗯……當然會害羞沒錯，但原因不在這裡。那個……」

七緒說道：

「如果看得到你……我說不定會不小心對你用魔眼。」

七緒的魔眼有操縱意識的能力。

但七緒希望獻身的對象是真正的刃更，不是一個傀儡。

這時萬理亞說：

「刃更哥和我們結下了誓約，七緒姊的魔眼應該是起不了作用才對。」

「萬理亞……七緒就是連一點可能都不想要呀。」

而澪替七緒說話。

「再說——她根本就不希望自己有可能對哥哥用魔眼吧。她要徹底向哥哥屈服才行。」

「呵呵……七緒學姊真是有心。好可愛喔。」

胡桃笑呵呵地說。

「那麼刃更主人……用背面坐位怎麼樣？」

潔絲特望著他們倆問。

「除背後位之外還有很多從背後來的體位……七緒小姐的弱點在頸部，背後坐位很可能是最適合使她屈服的體位。」

「………也對。」

刃更對潔絲特的話點點頭。

「那就到那裡去吧……」

然後帶七緒來到置於牆邊的單人座防水沙發。

「———七緒。」

刃更先坐下以後，將巨物挺立在七緒面前，要她過來。

「！…………嗯。」

七緒看得眼神迷離，直吞口水，保持站姿將屁股朝向刃更，慢慢張開雙腿。刃更也用手調整陰莖位置，等七緒跨坐下來。

「……啊……啊啊……」

插都還沒插，就只是蜜縫對準刃更的龜頭而已，七緒的胯下就已經熱得無法自持，腰臀陣陣顫動。

第②章
# 相信這樣的日常就是幸福

「現在怎麼樣，七緒……要自己坐下來，還是我動手？」

刃更從背後問道。

這問題只會有一個答案。

想都不用想。於是橘七緒回過頭，坦白說出想法。

「儘管告訴我你想怎麼做吧……這就是我想要的。」

表示自己已經是刃更的屬下，悉聽尊便後——

「…………知道了。」

就在刃更這麼說之後。

刃更給出了不是七緒自己坐下，也不是刃更抓住她的腰往下按的答案——是自己站起來。

張開雙腿等待答案的七緒，是在聽見胯下傳出「啾噗♥」一聲才發覺這件事。

接著——

……咦……？

當她的思緒因措手不及而混亂時，刃更的陰莖尖端已撐開肉縫填滿陰道，直達處女膜。

「——我來了。」

七緒發覺刃更對她耳語時想說點話，但來不及了。

她能做的就只有預備動作——吸氣。

「！——」

七緒永遠也不會知道她在這一刻本來想說什麼了。

因為在那之前，刃更的腰已經向上暴挺。

面對將澪等六人墮為性奴、快感俘虜的凶惡陰莖，七緒的處女膜是那麼地無力——比理性更脆弱地當場撕裂。

或許是處於催淫狀態已久，七緒體內軟嫩得不像是第一次遭到男性入侵，每一吋都濕熱得一塌糊塗。

「啊……啊啊……啊啊啊啊！」

噗嘰噗嘰，七緒的蜜縫節節納入刃更的陰莖，吞到最底。

但那巨物塞滿七緒的陰道還有餘，一個角落也不放過地摩擦膣壁。

——此刻，七緒主從契約的詛咒仍在發作。

而且那是以萬理亞現在的魔力，與現在的刃更所結的主從契約造成的催淫。

於是——

## 第②章
# 相信這樣的日常就是幸福

「呀啊！……啊啊啊！哈啊啊啊啊啊啊啊啊啊啊啊啊啊啊啊啊啊啊啊啊啊啊啊啊♥」

快感的滔天駭浪使七緒劇烈高潮，愉悅的淫叫在浴室中迴盪。

七緒眼前發白，全身舒爽抽搐不已，意識幾乎就此潰決。

不過，七緒沒能暈過去。

「還沒呢……再多感受我一點。」

深深貫穿七緒後，刃更從背後抱住她——在維持插入的狀態下坐回沙發。

即使是站姿，刃更的陰莖也能到達七緒的最深處。

而坐下使陰莖更加深入，使七緒感到子宮被整個頂了起來。

「————♥」

女性器官遭受震撼，讓七緒再度嘗到極致的高潮。

——過去，刃更也曾讓她高潮無數次。

每次都帶給她意識恍惚的體驗。

但經過極致催淫的慾火長時間烘烤身心再被巨大陰莖深深插入，那快感又是完全不同的境界。

十二分地足以完全摀毀七緒的理性、神智一類的意識。

因此，接下來的全是必然。

「呀啊！哈啊♥嗯呼！呼啊啊啊♥哈啊啊，好棒……東城同學，這好棒啊啊啊……哈啊啊啊啊啊啊啊啊♥」

當刃更開始由下而上的活塞運動，浸淫愉快感中的七緒便放聲淫叫，蛇一般地猥褻扭腰。

來自陰道內深刻的高潮後，刃更每一次衝撞花心都讓她高潮連連，輕易得連自己都不敢相信。陷於肉慾的眼眸渙散失焦，七緒只知道用全身來感受刃更使她成為女人的喜悅。

當陰莖向前挺進，便在七緒的蜜縫插出「咕啾♥咕啾♥」的鹹濕水聲，而後退時刮出的大量愛液，更在轉瞬間將那聲音變成「啾噗♥啾噗♥」洪水氾濫聲。

刃更抽插的同時，左手從腋下往前繞，大肆擠捏她的乳房，右手則快速撥弄陰蒂。

「哈啊啊啊啊♥哈啊啊、東城同……哈啊、刃更……刃更——♥」

七緒遭受更上一層的感官之喜悅洗禮，叫喚著刃更的名字猛一挺腰，在無數高潮中大灑女性淫泉。

——儘管如此，刃更的陰莖仍深深刺在她下體之中。

因為刃更緊抓著她兩側腰際不放。

且腰部仍持續上下擺動。然而——

「！……唔……啊啊啊……呃！」

七緒背後傳來刃更的呻吟。

她這一次可謂空前的高潮，使得陰道極度收縮。在這樣的狀態下持續抽插，射精衝動想不升高也難。

高潮中的陰道，感覺到刃更的鐵杵逐漸膨脹，帶給七緒下腹鼓起的錯覺。

接著——

「七緒……我差不多、要射了！」

「啊啊……呼啊啊、好、好的……快點射——♥」

七緒勉強聽見刃更窘迫地預告，回頭這麼說。

「拜託……直接把我裡面全部灌滿……哈啊啊啊啊啊♥」

緊接在七緒淫褻地央求之後，那一刻終於到來。

「！……七緒！……啊啊啊啊！」

刃更呼喚著她的名字，一口氣推到最深處。

——這就是橘七緒初嘗內射的瞬間。

「啊啊！——啊、啊、啊啊啊啊啊啊啊啊啊啊啊啊啊啊啊啊啊～～～♥」

猛烈射精的陰莖在七緒體內瘋狂脈動，往子宮入口噴灑大量白濁液，使橘七緒高潮得神魂顛倒。

隨後，霎時灌滿陰道和子宮而溢流的大量精液，從深入七緒蜜縫的陰莖根部轟然四射。

一般而言，這樣就可以結束了。

七緒已經完全屈服於刃更，主從契約的詛咒也完全解除。

不過她的主人刃更，仍要求進一步的服從。

「————！」

刃更在射精當中咬住七緒的頸子，用力地吸。

那是吸血鬼標記屬下的行為。

在吸血的同時將自己的力量——血液，送入對方體內。兩者幾乎相同。

——只有兩處不同。

刃更用的不是嘴，而是陰莖。

且注入的不是血液，是大量的精液。

然而……不，正因如此，七緒一次成為刃更兩方面的奴僕。

女人、半吸血鬼。

身與心——甚至種族的根源都向刃更屈服。

因此——

「啊啊！……刃更～♥呀……啊、嗯嗚♥呼、啊啊……刃更～～～～啊啊啊啊啊啊啊啊啊啊

「啊啊啊啊啊啊啊————！」

橘七緒全身都為激烈快感不停顫抖，叫出充斥肉慾與悖德的產聲。

同時，她頸部的主從契約詛咒斑紋爆散而逝。

這代表一個不容質疑的事實。

繼澪等六人之後——又有一個誓約性奴誕生了。

## 23

賽莉絲·雷多哈特見到了七緒與刃更達成誓約的瞬間。

七緒遭到刃更大量內射，顯然是獲得此生最美妙高潮——

……她竟然那麼……天啊……

現場目睹刃更與七緒的激烈性愛，使賽莉絲猛吞口水。

——刃更與澪幾個翻雲覆雨的場面，她也看過好幾次。

但她是第一次離得這麼近。眼前淫猥至極的光景，看得她嘴裡堆起濃濃唾液。一口吞下，背脊頓時竄過酥麻的寒氣讓癱座在浴室地上的賽莉絲——

「嗯……哈啊……啊……♥」

嬌喘著抖動屁股。

失禁的羞恥與罪惡感所產生的催淫，似乎因為與萬理亞和七緒一起用嘴服務刃更而屈服，逐漸緩和。

……直到前不久。

但是七緒被刃更的粗大陰莖深深抽插而欲仙欲死的模樣是那麼地妖豔且刺激，釘死了賽莉絲的眼睛和思緒，看到完全恍神。

隨著七緒與刃更性交而快感飆升，賽莉絲體內也有團舒爽的溫暖逐漸湧上——當她回神時，人已經和之前的七緒差不多了。

也就是迫不及待想被刃更蹂躪一番，不然就會發瘋的狀態。

——那不只是因為主從契約的催淫，一部分是來自賽莉絲自己的淫慾。

在遭到兩者交攻的賽莉絲眼前，刃更的肉柱慢慢滑出七緒的蜜縫。同時，原本被粗人陰莖塞住的陰道流出大量白濁液。它們濃得不像精液，簡直是準備上煎台的生麵糊，在浴室地上流成圓圓地一大灘。

刃更的精液與七緒的愛液被肉棒攪成的性愛雞尾酒中，摻有一絲莓果醬般的紅色。

那是明示七緒的處女遭刃更奪去的證據。

第2章

# 相信這樣的日常就是幸福

刃更將跨坐他腿上的七緒輕輕放在地上，讓她趴下。

「……………！……哈啊、嗯……呼……哈啊……啊……♥」

她以飄飄然的表情輕洩嬌喘。高潮的餘韻仍未退去，屁股不時抽搐的模樣猥褻無比。

「呵呵……恭喜喔，七緒姊。順利跟刃更哥結成主從誓約了呢。這樣妳也和我們一樣嘍。」

萬理亞看著這樣的七緒，獻上祝福之詞。

「話說被刃更哥內射一次就升到誓約……說不定七緒姊跟澪大人一樣好打發喔？」

「有什麼關係。那表示她對哥哥屈服得很徹底呀。」

即使受到調侃，澪也表情悠然地媚笑著這麼說。

「而且，還有人比我跟七緒更厲害呢……潔絲特她啊，可是哥哥一插就直接誓約化了喔，妳忘啦？」

「……澪大人，別欺負人家嘛。」

「啊，潔絲特臉紅了……好可愛喔。」

胡桃從旁摟抱害羞的潔絲特。

「……………………」

賽莉絲愣愣地望著在浴池內外鶯聲燕語的澪幾個。

即使那場性交如此淫褻。

充滿那麼強烈的感官刺激。

七緒都奉獻自己的一切，宣誓永遠服從，墮為性奴了。

澪她們卻當作理所當然。

這當中，長谷川走向七緒，並說：

「好啦，別再笑七緒了。七緒和我們結主從誓約的狀況不一樣——刃更變了很多。」

畢竟——

「刃更是先以妳們的誓約達成五行相生，然後再加上我而升為陰陽五行，獲得最極致的主從誓約加持。以先前的七緒來說，就算本能性地向刃更宣誓服從也不奇怪呢。」

長谷川苦笑著這麼說，從地上將七緒輕輕抱起。

這時柚希走了過來，以溫柔眼神注視長谷川懷裡的七緒，妖妖笑著說：

「七緒，妳就盡量嘗個夠吧……品嘗與刃更結下誓約的幸福，還有成為性奴的喜悅。」

並在長谷川將七緒抱到蓮蓬頭邊的墊子上時，往坐在牆邊防水沙發的刃更走。

然後在他面前跪下，雙手拄地。

「刃更……我來清乾淨。」

柚希就這麼在賽莉絲注視下，理所當然地用嘴清理刃更的下體。



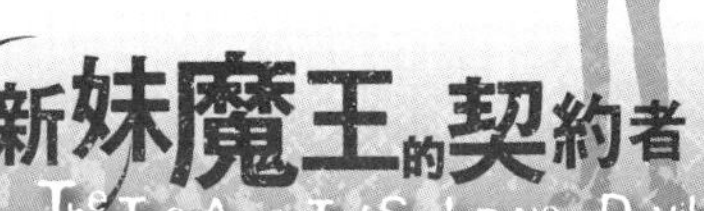

第②章 相信這樣的日常就是幸福

舌頭沾纏蠕動，將刃更與七緒沾滿龜頭、玉莖、睪丸的性愛雞尾酒一滴不剩地舔乾淨，臉上滿是痴醉。

「嗯……啾噗……哈啊、啾嚕……嗯嗚……咧啾……嗯呼♥」

柚希似乎是被那滋味挑起了慾火，白晃晃的大屁股左搖右擺起來。

馬甲的胯下部分……襠口處，女性蜜液順內股直流而下的痕跡清晰可見。

無論誰怎麼看，那都是不折不扣的性奴。

「嗯呼……哈唔、啾……刃更，舒服嗎……？」

「——舒服。妳繼續。」

柚希進行淫褻服務而樂得直搖屁股。刃更憐惜地摸摸她的頭。

「……哈……啊啊……刃更……柚希……嗯、啊……哈啊……！」

看著兩人這樣的互動，賽莉絲不禁焦躁難耐地喘息，腰枝也為膨脹的舒爽酸楚而扭動。

這時，柚希嘴放開刃更的陰莖轉過頭，動作猥褻地套弄著那巨物說：

「賽莉絲……妳再不說想要怎麼樣，我就要先讓刃更射嘍。」

「…………我、啊啊……！」

見到柚希如此表示，賽莉絲不知如何是好地顫抖著呻吟，望向刃更。

刃更也不偏不倚地注視她的眼，以堅決語氣再度催促賽莉絲真情告白。

「賽莉絲……把妳真正的願望說出來。」

……啊、啊啊……

理性與忍耐都瀕臨極限的賽莉絲無法抗拒這樣的要求。

滾滾而上的催淫熱浪彷彿要攪爛她的大腦。

於是賽莉絲決定完全順從與她結了主從契約的主人刃更——以及自己的淫慾，在浴室地面躺下。

然後慢慢張開雙腿，好讓刃更看清楚。

「……刃更，拜託你……快來狠狠摧殘我……」

賽莉絲．雷多哈特說出了支配其心靈的淫褻願望。

表情一點也沒有「梵諦岡」聖騎士的樣子。

有的只是渴望成為刃更性奴的雌性淫慾。

柚希見到賽莉絲暴露淫相，手便放開刃更的陰莖說：

「刃更……賽莉絲乖乖說出來了，給她獎品吧？」

「——好，我這就給。」

刃更點點頭，離開防水沙發來到賽莉絲身邊。

然後壓在張腿仰躺的賽莉絲身上。

第2章
## 相信這樣的日常就是幸福

「賽莉絲──」

並架語著親吻她。

舌頭自然而然滑進她嘴裡──

「嗯嗚……啾、哈啊……刃更……嗯呼……啾嚕、咧啾……♥」

賽莉絲雙手環抱刃更的脖子，賣力地勾纏刃更的舌頭，享受與刃更的激吻。

途中，刃更的槍頭抵住了她的下體。

「啊啊……嗯、刃更……呵呵，討厭……不是那裡啦。」

賽莉絲不禁媚笑著扭腰。

──因為刃更錯敲了她的後門。

都把澪等六人──不，包含七緒總共七名少女弄成性奴了，竟然還會犯這種錯……讓賽莉絲覺得刃更可愛極了而春心蕩漾。

「…………刃更？」

但下一刻，她愣住了。

因為眼前刃更的表情，訴說他並沒有弄錯位置。

於是賽莉絲．雷多哈特立刻明白他的意圖。

「啊、啊啊……不會吧……刃更，為什麼……？」

初體驗竟然是從肛交開始，讓賽莉絲感到不解。

「——如果只是要解除主從契約的詛咒，當然是用前面就夠了。」

不過——

「既然妳想要升上誓約——後面比較適合妳。」

「為、為什麼……？」

「因為賽莉絲姊看過我們和刃更哥做愛很多次了吧……」

遠遠旁觀的萬理亞回答了賽莉絲的疑惑。

「而且妳剛才……還近距離看見刃更哥和七緒姊做，精神上會不知不覺地產生免疫和抵抗力。」

「另外……妳也是我們之中最拘謹的一個。」

長谷川接著補充。

「要使妳向刃更屈服，需要完全破壞妳的常識和價值觀。所以刃更想得沒錯，比起普通方式，用肛交做初體驗的悖德感會強得多，可以更有效地徹底屈服妳。」

「可、可是……沒有準備就從後面來，不會……」

「賽莉絲小姐請放心……什麼也不用怕。」

潔絲特笑著對慌張的賽莉絲說：

第2章
# 相信這樣的日常就是幸福

「您已經和我們同吃一桌飯一個多月了，體質已經變成讓刃更主人玩屁股也不會有任何危險。」

「再說……不管刃更哥哥想做什麼，賽莉絲姊姊都無權拒絕吧。要知道——」

胡桃說道：

「如果只要徒具形式的主從契約，那倒是無所謂，既然想和我們一樣……達到主從誓約的境界，對刃更哥哥的絕對服從只是最低條件喔。」

「這……可是只有我用後面結主從誓約的話……」

「這妳別擔心。我跟刃更也是肛交以後才達成誓約的。」

柚希理所當然地說。

「現在的妳，屁股也一樣很有感覺才對。」

「而且……賽莉絲，真的不用想太多啦。哥哥不會只要妳的後面……前面的處女也一定會奪走的，絕對會。所以儘管放心，完全交給哥哥就好。因為——」

澪說道：

「哥哥一樣很疼妳，怎麼會不了解妳真正的願望呢。」

「————」

澪的安撫之詞使賽莉絲赫然望向刃更。

——刃更表情平和。

但注視她的眼神強而有力，透露出明確的意志——無論如何都會將她推上主從誓約的頂點。

……沒、錯……

即使意識因催淫而朦朧，賽莉絲仍回想起來。

關於這場主從契約，刃更最重視的始終是賽莉絲真正的願望。

不只考慮到她的真心，也為她無法想像的未來設想。正因刃更是這樣的人——賽莉絲·雷多哈特才會衷心想達成主從誓約，不只僅止於契約。

刃更沒想過占她便宜。

而是比賽莉絲自己更關愛她，導出對她最好的結論。

因此——

「賽莉絲……妳可以相信我，把自己完全交給我嗎？」

「…………可以。」

面對刃更的問題，賽莉絲點點頭並爬起來，走向某個地方——先前刃更和七緒做愛時用的單人座防水沙發。

賽莉絲在沙發前蹲下並上身前傾，置於椅面上。

第②章
# 相信這樣的日常就是幸福

如此跪起兩膝後，把屁股高高抬起。

「…………！」

且雙手向後伸，抓住左右臀丘慢慢掰開。

不僅展露蜜縫，連後庭的窄穴也暴露出來。

「…………來吧，刃更。」

擺出方便肛交的姿勢後，賽莉絲回頭對刃更這麼說。

「————」

於是刃更雙眼一瞇……慢慢走到她的正後方。

然後左手抓住髖部下緣，右手握起陰莖調整角度。

「……嗯、啊啊……！」

賽莉絲感到刃更的槍頭頂住她的後庭花，為即將到來的無底悖德猛一打顫。

不過，她再也沒有任何抵抗。

因為她相信接下來發生的事，對她自己……以及對刃更等人而言，都是最好的選擇。

於是——

「——賽莉絲，我來了。」

賽莉絲．雷多哈特對這呼喚媚笑著點頭。

「好的，刃更……占有我的第一次吧。」

刃更立刻實現了賽莉絲的願望。

緩緩向前——向賽莉絲挺腰。

刃更的陰莖因柚希的清掃口交而沾滿滑溜唾液，讓賽莉絲窄小的菊穴即使是第一次也輕易吞沒那攻城槌。

而這般淫褻的畫面，賽莉絲無法看到最後。

因為柚希之前說的事發生了。

強烈的催淫詛咒使得賽莉絲全身敏感帶都敏感到極點——沒嘗過男性滋味的純潔肛門也無法例外。

「呀……啊啊！啊啊啊啊啊啊啊啊啊啊啊啊啊啊啊～～～～♥」

後庭遭刃更的粗大陰莖入侵，在直腸深處造成悖德的感官刺激，使賽莉絲近似哀嚎地淫叫，快感飆至極限。同時陰道與子宮也起了反應，蜜縫湧出洪水般的愛液。

「啊啊、騙、騙人……我怎麼、被插屁股就……呀、啊啊啊啊……♥」

刃更無視於她內股那一大片濕痕，持續向前挺腰，攻城槌不斷往直腸深處前進。

「嗯嗚……刃更，等……啊哈啊啊啊啊啊啊啊……♥」

強上加強的快感襲擊仍在高潮的賽莉絲，強迫她升上更高境界。

# 第②章 相信這樣的日常就是幸福

不久，賽莉絲的屁股終於完全納入刃更的陰莖。

「啊、呀啊啊……為什麼……明明是第一次……我的屁股，就把……刃更的那裡全部吞下去了……嗯、哈啊啊啊啊啊啊啊啊啊啊啊啊啊♥」

刃更的陰莖可是粗到一手握不滿，口交起來幾乎要卸了她下巴……但她的肛門卻能容納那樣的巨物，且獲得難以置信的快感，帶給賽莉絲更甚於肛交的悖德，嘗到禁忌的高潮。

但這不過只是開始。

「……要動嘍，賽莉絲。」

背後傳來刃更的預告——表示接下來才是真正的肛交。

刃更雙手抓住她的腰，抽插深入肛門的陰莖。

「呀……呼啊啊、啊啊啊♥啊啊……不、刃更~~♥哈啊啊！……呀啊、刃更……啊啊啊♥嗯、哈啊……啊啊！啊啊啊啊啊~~~~~~~~~~~~♥」

明明是第一次性交。

而且是肛交。

賽莉絲無法相信自己竟愉悅成這副德性，但也盡可能要自己向刃更屈服。她開始配合刃更推送的動作，要把屁股往他身上擠似的扭腰，好讓刃更插得更深。而插得愈深，快感也愈發膨脹——

「啊、呼啊啊！刃更……啊啊、刃更……啊哈啊啊啊啊啊啊啊啊啊啊啊啊♥」

賽莉絲置於沙發的上半身胡亂抽搐，一而再地遭到禁忌高潮的衝擊。每次快感衝上頂點，直腸裡的火熱黏膜也會吸含般用力陣陣縮放，使刃更的陰莖逐漸膨脹。

很快地——

「！………賽莉絲，要射了。」

刃更在她背後呻吟似的說。

不過賽莉絲聽不見刃更的預告。

「啊啊！……哈啊、呀啊啊♥呼啊啊啊、刃更……呀、哈啊啊♥嗯……插屁股就……讓我這麼、啊哈啊啊啊啊啊啊♥」

催淫肛交的異度歡愉已完全竊占賽莉絲的意識。

因此——

「賽莉絲……唔……啊……啊啊啊！」

直到背後傳來忍到極限的叫喊，她也完全沒對在同一刻衝擊直腸深處的熱浪做好心理準備。

「呀、刃更——啊啊啊啊啊啊啊啊啊啊啊啊啊啊啊啊啊♥」

肛內的大量內射，將賽莉絲一擊打進罪惡的肉慾深淵。

而喝下夢魔強精劑的刃更精力沒有絲毫減退，熾熱的肉塊在滿布糊爛黏液的直腸中陣陣脈動。

「啊……哈啊……！刃更……啊……嗯、哈啊……♥」

當賽莉絲恍惚地喘息，沉浸於愉悅的悖德餘韻時——

「…………………」

刃更將他深入賽莉絲肛門的陰莖慢慢抽出來。

「哈啊……嗯……啊……呀……♥」

刷過熱呼呼的直腸黏膜，造成甜美的快感，賽莉絲的腰臀不由得抽動起來。

「——久等了，賽莉絲。」

「…………啊……嗯嗚，刃更……？」

背後的細語，讓眼神迷濛的賽莉絲轉過頭去。

這時，退出肛門的陰莖尖端沿著會陰稍微下降。在其前方的，就是經過催淫肛交造成的無數高潮而軟爛得一塌糊塗的淫穴。

刃更將才剛肛內射精而沾滿白濁液的肉棒底上賽莉絲的陰道口，蹭出「咕啾♥」濕聲。

隨後，其尖端逐漸埋沒於賽莉絲體內——

「啊……呀、嗯……哈啊啊……啊♥」

不知男性滋味的蜜縫入口，被刃更的肉棒推擠成他的形狀，難以置信地吞沒那特粗陰莖。下體迸發的火熱快感，讓賽莉絲顫抖著淫聲喘息。

……啊……

突然間，刃更停止推送陰莖。

因為陰道中有個東西抵擋了異物的入侵。

那是堅守至今的純潔象徵。

賽莉絲・雷多哈特仍是處女的證明——處女膜。

然而，她已經沒有任何純潔可言。

她不僅以肛交將後方的處女獻給刃更，還接受了無數悖德的高潮，也用嘴和手充分服侍了刃更。

賽莉絲已經不能聲稱自己是處女。

儘管如此，將處女獻給刃更依然有確切的意義。

為了從主從誓約更進一步，達成奇蹟般的誓約。

接著——

「賽莉絲——我現在就吃了妳。」

刃更的聲音有力地響起。那是絕不容反抗的宣言。

# 第②章 相信這樣的日常就是幸福

賽莉絲無法拒絕——不，她現在根本沒有喜悅以外的情緒。

「哈啊……嗯、拜託……刃更……趕快把它插破……嗯嗚♥」

賽莉絲・雷多哈特轉頭向後，淫聲央求自己的主人。

「就這樣……讓我徹底墮落，完完全全變成你的人……！」

刃更旋即以行動答覆她的懇願。

——賽莉絲是個正直又固執的人。

所以她曾以為自己的處女膜和個性一樣倔，沒那麼簡單破裂，但根本沒有這種事。

她的處女膜，在肛交的歡愉與高潮所刺激出簡直氾濫的大量愛液浸泡下受到慾火的燉煮，早已是軟爛通透。

因此，她體內沒有物體破裂的聲音。

也沒有胯下撕裂般的疼痛。

隨著刃更挺腰推送，賽莉絲的處女膜就彷彿被陰莖的熱度融化了一樣，輕而易舉地破了。

她的陰道就這麼吞噬了刃更的粗大肉柱。

直到那份量十足的陰莖徹底塞滿陰道，熾熱尖端要烙傷子宮口的推擠感傳來，賽莉絲才真正覺得自己失去了處女之身。

「啊……啊啊……！哈啊啊啊啊啊啊啊啊啊啊啊啊啊啊啊啊啊♥」

將前後兩側的處女都獻給刃更的成就感，與可以在性行為上追上澪等人的喜悅瞬時膨脹，讓賽莉絲．雷多哈特狂亂地高潮。肛交前不久才帶給她異度的高潮，陰道遭徹底侵犯所帶來的更是另一種境界的狂潮。而如此劇烈過頭的快感，會使她的陰道收縮到極限。

——然而辦不到。

帶給她極致高潮的陰莖硬如鋼鐵，不是賽莉絲的陰道可以壓縮了不起是一陣又一陣地推擠，整個肉縫只能以黏膜擁抱那肉柱，愛撫似的包纏蠕動。

「嗯……啊啊、啊哈啊啊啊啊啊……嗯嗚♥」

賽莉絲感到奪走她全部靈肉的刃更是多麼地雄壯威武，癱在沙發椅面的上半身滑到了浴室地面。

不過賽莉絲沒能平趴。

因為刃更的陰莖仍插在她的蜜縫裡。

像頭母豹——不，像條母狗般翹臀趴地的賽莉絲，已經成為性快感的新俘虜。

刃更繼續從背後抽插，且右手沿著腰滑到她的胯下——以食指、中指、無名指尖疊出的三角空間咕啾咕啾地撥弄賽莉絲沾滿愛液的陰蒂。

「呀啊啊啊……嗯啊！……啊哈♥哈、刃更……好棒、啊啊！好棒……呀啊啊啊啊♥啊哈，刃更……哈啊啊啊！刃更……！啊啊啊啊啊♥」

下體每一次撞擊都將賽莉絲的屁股震得波波蕩漾，而衝擊使身體前後搖晃也讓刃更給予陰蒂的刺激更加複雜，將賽莉絲推進接連不斷的高潮連鎖中。

——就在這時。

主從契約的項圈狀斑紋從賽莉絲頸部迸散了。

賽莉絲．雷多哈特與東城刃更已經達成主從誓約。

但是在拚命抽插賽莉絲的過程中，刃更也放飛了理性——

「還沒完！——賽莉絲，屁股抬起來！」

「啊啊、哈啊……嗯、遵……遵命……刃更♥」

刃更下令的同時加速擺腰，賽莉絲也淫叫著覆命。

這般激烈的抽插，讓刃更自己的亢奮與快感也飛快飆升，用不由分說的強硬口吻大聲預告。

「！……我要直接射進去……聽見了沒！」

然而賽莉絲已完全向刃更屈服，將他任何要求都視為喜悅，酥麻發顫地說：

「是！……射吧，刃更！把我裡面……整個灌滿……哈啊啊啊♥」

身心都沉溺在高潮之海的賽莉絲由衷地央求刃更直射膣底。

隨後，那一刻終於到來。

「唔！……賽莉絲！唔……啊啊啊啊！」

刃更在宣告極限的同時將肉柱推到最深——讓賽莉絲不由得想像接下來精洪爆發的畫面。

但是，賽莉絲所奉獻一切的少年更超乎她的想像。他右手玩弄著賽莉絲的陰蒂，而原本用來抓穩她的左手迅速一挪，拇指毫不憐惜地對準肛門直插到底，給予陰蒂、肉縫與肛門的三重猛攻。

「————————」

悖德快感完全出其不意地交疊，使賽莉絲不禁渾身一抖——

「呃————啊啊啊啊啊！」

刃更也在這一刻在她體內瘋狂暴射。

向體內洩洪的精液化為白濁海嘯淹進賽莉絲的子宮，將那孕育胎兒的神聖空間瞬間灌滿。

「啊啊啊！刃更！……啊哈啊啊啊啊啊啊啊啊啊啊啊啊～～～～♥」

在逆流的大量精液從刃更陰莖所填塞的肉縫向外猛噴當中，賽莉絲為凶殘內射衝擊子宮與陰道的快感而激烈高潮。

「呀……啊……嗯嗚，還在射耶……啊……哈啊……♥」

賽莉絲．雷多哈特感受著刃更的陰莖仍在她下腹深處陣陣吐精而弓背抬臀，為她宣示永遠絕對忠誠的刃更對她內射而感到淫褻的歡愉，一臉痴相地媚笑嬌喘。

24

爾後，東城刃更將他的陰莖慢慢抽出賽莉絲的蜜縫。

「嗯……哈啊……啊……嗯嗚♥」

賽莉絲被刃更頂住而翹得老高的屁股，這才在陶醉的喘息聲中癱下來。

同時，刃更洩了滿腔的白濁精液從她的陰戶汩汩湧出。

——連同肛門也是。

下體雙穴流精，表情為感官刺激而恍惚的模樣，簡直是淫猥至極。

因此，在那裡的已經不是「梵諦岡」的聖騎士。

純粹是對刃更宣示永遠絕對服從的新性奴。

「——刃更哥，辛苦啦。」

刃更注視著和七緒一樣獻上一切的賽莉絲時，萬理亞笑呵呵地緩步走近。

來到刃更身邊後，她用色瞇瞇的眼睛看著依然神遊的賽莉絲說：

「真是不得了啊……七緒姊就算了，賽莉絲除了同居第一天以外連擦邊球的事都沒做過耶，竟然這麼快就達成主從誓約了。真不曉得是她天資過人，還是像千里姊說的那樣，是因為刃更哥和我們達成誓約以後力量和主人威嚴都變得那麼厲害，又或者是──」

萬理亞笑著抬頭看來。

「刃更哥……你該不會是抓到主從誓約的訣竅了吧？」

「別鬧了，我哪會知道那種東西。」

刃更苦笑回答，並以祥和眼神看著賽莉絲說：

「不過──我想我知道應該怎麼對待決定對我奉獻一切的人。而且，妳們的誓約也真的有起到很大的作用。」

即使會永遠束縛她們。

即使會將她們墮為淫蕩性奴。

刃更也要為其所作所為負起全責，將對方完全占為己有。

永遠強占她們的一切，永遠疼愛她們的全部。

刃更認為，這是主從誓約的主人所必要的心態。

而他也有執掌賽莉絲與七緒今後人生的堅定決心。

其中沒有一絲迷惘。

由於這個緣故，刃更才能和她們達成主從誓約吧。

「……原來如此，心態最重要是吧。」

萬理亞表示理解。

「對了刃更哥……抱歉在你連續達成兩個主從誓約以後這麼說，不過這裡有件事要拜託你。」

「？怎麼了？」

刃更不解地對語氣正經起來的萬理亞問。

「沒什麼啦……就是大家在旁邊看你們玩了很久嘛，結果看到一半就有點一發不可收拾了。」

萬理亞向後轉頭，刃更跟著望去。

『…………』

只見澪她們全都用發春的眼神看著他。

——而且隔著這樣的距離，也能看出她們下體氾濫成災。

明顯在強忍著等待刃更來操翻她們。

「————」
見到她們這副德行，又勃然亢奮起來。
儘管接連和七緒與賽莉絲達成主從誓約，他的性慾依然高漲不下。
這是當然。刃更原本就是打算在結束七緒與賽莉絲的主從誓約後，繼續和澪幾個狂歡到時間和體力到達極限。於是他吞吞口水——挺著才剛在賽莉絲陰道體內大量內射的陰莖，注視著她們說：
「…………知道了。誰要先來？」
『————♥』
澪幾個立刻起了變化——來自因刃更性興奮而起的主從誓約詛咒。
其催淫之威力，遠勝於之前賽莉絲和七緒的強度。
「哎呀……這下真的傷腦筋了。要是一個一個來，排後面的可能會有點慘呢。」
「抱歉……我最多一次來四個。」
萬理亞對這狀況反而有點開心的樣子，惹來刃更的苦笑。
陰莖一個嘴一個，左右手各一個……這就是刃更現在的極限。
因此，刃更一如既往地向她求助。
「——萬理亞，有好點子嗎？」

第②章
# 相信這樣的日常就是幸福

「唔呼呼，當然是有哇。包在我身上。」

萬理亞賊笑著取出藏在馬甲胸部的小瓶子。

「請喝了它吧，刃更哥。這是我把媽媽的分身藥改良過的強化版。」

「聽起來……滿厲害的嘛。」

刃更明白萬理亞的打算後，拔開栓蓋一飲而盡。

接著全身散發七彩光芒，炫光充斥整個浴室。

當光輝退去時。

東城刃更變成了八個。一個本體，七個分身。

分身們分別來到陷入催淫狀態的澪幾個身邊，用方便攻擊她們敏感帶的體位開始交媾。

『！————♥』

刃更和剩餘兩個分身一起看著浴室裡淫叫四起的景象。

「分身的經歷和性技巧都設定和你本人一樣……這樣澪大人她們都沒問題才對。」

聽了身旁萬理亞的說明，刃更點了點頭。

但是，刃更自己也要退火。

「——既然這樣，妳要自己來陪我嗎？」

刃更以性慾大發的眼向她問。

「呀……哈啊、嗯嗚……這個提議，其實還滿誘人的……嗯♥」

夢魔萬理亞對誓約的催淫抵抗力較高，仍顯從容地笑。

「不過……我用分身就可以了。澪大人她們也一定很想跟本尊做，提議的我怎麼可以獨占好處呢。」

再說——

「明天是週末……時間還多得很，今晚就先請刃更哥集中疼愛剛和你結下誓約的兩個人吧。」

萬理亞的視線隨這句話指向塑膠軟墊上。

七緒不知已清醒了多久，為浴室裡荒淫至極的亂交場面看呆了眼。

她那雙注視刃更分身與澪等人性交的紅眼睛泛起情潮，完全離不開眼前的光景。

「她才剛結下誓約，還有很多事不曉得呢……就請刃更哥徹底教教她自己現在變成什麼樣了吧。」

然後——

「等到七緒姊昏倒以後，賽莉絲姊也差不多醒了。」

萬理亞這麼說時，一名分身正抬起癱地的賽莉絲玩起六九。與刃更完全相同尺寸的雄偉肉柱，就這麼聳立在趴在刃更分身上的賽莉絲眼前。

第②章
# 相信這樣的日常就是幸福

「啊……哈啊……刃更……嗯、啾……咧嚕……啾噗♥」

即使賽莉絲被激烈高潮的餘韻沖散了意識，她仍神情恍惚地將臉頰往刃更的陰莖上磨蹭，並伸長舌頭賣力地又舔又吸。

表情和澪她們一樣──完全是性奴的痴相。

「………………」

因此，刃更慢慢走向癱坐在軟墊上的七緒。

「……刃更……」

七緒很快就發現他的到來，眼神迷濛地抬頭望。

「七緒──」

刃更站在她正前方，對她展示剛對賽莉絲內射且亢奮鼓脹的陰莖，叫喚她的名字。

「啊……哈啊……嗯、呀……啊啊……♥」

雙腿左右平攤的七緒隨之扭動掙扎，證明她真的已經和澪幾個一樣。

誓約的催淫詛咒發作了。

「──」

刃更抓起七緒的手，要她握住那火燙的陰莖。

在深度的催淫狀態中，七緒的性奴本能仍告訴她自己該做什麼──咕啾咕啾地套弄起刃更的肉柱，唇也貼了上去。

「……哈啊、嗯……啾嚕……嗯呼、啾……咧啾♥」

七緒理所當然地用嘴替刃更服務，將沾在肉莖與龜頭的精液混著唾液咕嚕咕嚕吞下去。催淫效果使得七緒的口腔濕黏發燙，吞吐陰莖的表情是享受到了極點。

……這是那個七緒嗎……

刃更注視著那半吸血鬼的淫蕩表情，懷起近似感慨的感覺。

——剛認識時，七緒給人乖巧內向的印象。

去年運動會上知道雙方身分，又在聖誕夜意識到彼此是異性後，於第三學期的結業式踏入淫行的領域。

到今年四月發展成祕密關係後，他們做到距離性交只差一步的地步。

……這是我的責任。

當七緒的性別固定為女性時，刃更對七緒就有了免不了的責任。為了讓她以女性身分活下去，刃更和長谷川一起給了七緒正常人所絕對得不到的快感。

沒人能逃出那般魔性的快樂。

無論是魔王的女兒澪，原為勇者一族的柚希和胡桃，還是魔導生命體潔絲特。

就連夢魔萬理亞和前十神長谷川，也終究淪為刃更的性奴，七緒和賽莉絲根本不可能抵抗得了。

因此——刃更能做的就是對自己將她們墮為性奴負起責任。做一個稱職的主人，拿她們洩慾到天荒地老。

「——來，各位久等啦～♪」

在刃更加深決心時，背後——浴室門口傳來嘹亮的招呼聲。轉頭一看，萬理亞正推著不銹鋼推車進浴室。

「萬理亞，那不是……」

見到推車上的物體，刃更不禁睜圓了眼。

萬理亞送來的——竟然是個五層大蛋糕。

除了抹滿大量白色鮮奶油，還堆著滿滿的草莓、覆盆子、藍莓等各種水果。立於第三層的巧克力板上，寫著「恭喜七緒&賽莉絲達成主從誓約」幾個大字。

「哎呀～我從決定在這間浴室讓她們從契約直升誓約以後，就開始偷偷準備這個嘍。」

萬理亞伸出食指挖一塊鮮奶油，抹在分給她的分身胸膛上，刻意用猥褻動作舔給刃更看。

「刃更哥，你不是也很喜歡在浴室一邊吃蛋糕一邊吃美眉嗎？」

「少說得那麼難聽，我也只做過一次而已……再說，是妳自己把我買的蛋糕帶進來才會那樣的耶。」

刃更唏噓地對賊笑的萬理亞嘆息。

——萬理亞說的是剛結主從契約那陣子的事。

現在想想，當時也是第一次和澪跟萬理亞共浴。

那和兒時跟柚希與胡桃一起洗澡不一樣——是雙方都曉得對方是異性的共浴。當時的刃更對淫行還沒有免疫力，被澪和萬理亞大膽的行徑弄得失去理智。對當時的他而言，與少女共浴是想都不敢想的事。

但現在完全不同了。

與他共浴的女性多達八人。

刃更還奪去了她們每一個的處女，全都狠狠插成性奴。

而其結果，就是現在浴室中發生的狀況。

刃更與萬理亞對話時，七緒已經替刃更吹了一段時間。

「嗯……啾噗……哈啊、嗯……咧嘍……啾♥」

七緒眼神渙散，意識已經完全被肉慾融化。

而其背後——

『————————♥』

深陷催淫狀態的澪等人被刃更的分身操得死去活來，隨肉柱每次深入下體而妖淫扭腰，浪聲媚叫。

刃更雖覺得這是異常的畫面，但仍坦然接受。

萬理亞看得沾沾自喜。

澪等人也沉醉在這般異常至極的荒淫情境。

享受著這祕密地下大型浴室的肉慾饗宴。

接著——

「刃更哥，請你開動吧。」

萬理亞將蛋糕推到刃更身旁。

帶著春色無邊的淫笑說：

「我可以保證……蛋糕和我們都一定很好吃。」

## 25

爾後，刃更盡其所能地在地下大型浴室與澪等人瘋狂交歡。

忘卻時間，就只是一股腦地沉溺在享樂裡——必然會墜入肉慾的深淵。

澪等人從萬理亞準備的巨大蛋糕刮下鮮奶油，在身上到處塗抹。刃更也餓狼似的品嘗她們的滋味，瘋狂玩弄她們。

萬理亞不只準備了蛋糕，還和潔絲特一起把隔天三餐全都準備齊全，吃喝全都能在浴室裡解決。

不過——他們無法永遠狂歡。如此認真地相互索求，給彼此數不盡的高潮，必定有耗盡體力與精神的一刻。所以刃更盡可能地和澪等人做到極限，最後在柔軟的溫暖中睡去。

「————嗯。」

不久，東城刃更從舒爽的小睡中醒來。

人不是躺在地下浴室地上。

是隔壁寢室的巨床。

沒穿衣服，渾身赤裸。

一個少女從旁走進他平躺的視野。

和刃更一樣一絲不掛。

「————哥哥。」

嬌滴滴地呼喚他的少女——澪眼泛淫光，臉慢慢貼近刃更，吻上他的唇。

# 第②章 相信這樣的日常就是幸福

刃更也用唇舌予以答覆。舌尖理所當然地往澪嘴裡鑽，黏膜緊密交纏。

「嗯唔……啾、哈啊……哥哥……嗯呼……咧啾♥」

澪飄飄欲仙地喘息，體膚相貼。

慾火仍烘烤著澪的身體，擠在刃更身上的巨乳軟得彷彿會融在他身上，乳頭和乳暈腫脹成銷魂的形狀。

這副雕塑成淫娃的肢體，已經不屬於澪自己。

那是刃更的東西。於是刃更順從慾望伸手就揉。

「嗯、呼啊……哈啊、啊啊……哥哥……♥」

澪隨即甜聲嬌喘，愉悅地扭腰擺臀，腳往刃更身上纏。

刃更退開與澪熱吻的唇，問道：

「……我睡了多久？」

「嗯……兩小時左右吧，想睡就在多睡一點沒關係。不只搞定七緒和賽莉絲，還連我們也一起疼愛，一定很累了吧？」

「我這麼幸福，怎麼會累呢。」

舒爽的慵懶中，刃更誠實說出自己的感受。

「……嗯……哥哥……」

澪等不及了似的抱上來，刃更也摟住她的腰。

「其他人怎麼樣？」

刃更這麼問，是因為床上只有他和澪而已。

「她們……都還在浴室。」

澪的視線指向通往浴室的更衣間入口。

「在你休息的時候，萬理亞的藥效也沒退……所以既然有這個機會，分六個給賽莉絲和七緒玩，來慶祝她們達成誓約，把她們弄得都忘了自己是誰了。其他人在旁邊用剩下的一個練習服侍的技巧，順便顧著她們。我是負責陪睡，以免你著涼了。」

澪說道：

「賽莉絲和七緒都好懂事喔……原本還不曉得怎麼了，一知道我們也跟好幾個你做過以後，馬上就接受了，現在兩個人都沉淪了吧。」

「澪啊……賽莉絲跟七緒怎麼樣？」

刃更對一臉淫笑的澪說出放在心裡已久的問題。

「長谷川老師檢查過了……沒問題，她們兩個都真的懷孕了。」

而澪微笑著為刃更的期盼報喜。

「……這樣啊，太好了。」

第②章
# 相信這樣的日常就是幸福

刃更輕聲表示放心。

——他要的不只是主從契約和誓約。

雖然賽莉絲的初衷是想替懷胎中的澪等人彌補戰力，這樣有點對不起她，不過刃更這次非要她和七緒也都懷孕不可。

打從賽莉絲遷居東城家的事談妥，刃更就暗中盤算著這件事。

甚至瞞著她們使用萬理亞做的夢魔規格強制排卵劑。

分娩時刻也能和其他人一致。長谷川可以任意控制她結界內的時間流速。

如此繼澪幾個之後，勇者一族和魔族也不能對賽莉絲和七緒出手了。

因為她們不單純是刃更的部下，更是他心愛的妻子。

若妄加危害，對達成八道主從誓約的刃更即是最不可饒恕的敵對行為。

而且力量獲得提升的不只是刃更。

主人刃更因七緒和賽莉絲的誓約提升力量的同時，澪等屬下的力量也會增強——當然，七緒和賽莉絲也一樣。

不僅是主從契約有此效果。

主從誓約也會隨人數增加而提升主從雙方的力量。

……這麼一來。

魔族與勇者一族結盟之路上的妨礙幾乎都能迎刃而解。

再加把勁，就沒人敢動刃更最重視的人了。

她們是妹妹、兒時玩伴、侍女、教師——也是家人、性奴與妻子，誰也不能傷害她們。

若斯波所逮到的反同盟勢力明知故犯——

「————」

屆時絕不寬貸。

來一個殺一個。

就算是在凱歐斯之上的魔神，或更甚於神族最高階十神的絕對神層級，也都照殺不誤。

只要膽敢侵犯他們的和平生活——這理所當然的幸福，每一個都是敵人。

要用能把這世上任何東西送入零次元的「無次元的執行」，一點渣滓也不剩地完全消滅。

這就是對東城刃更絕不退讓的事物出手的代價。

——而刃更已經為這份決心準備了一項具體的象徵。

於是他打開床頭櫃的抽屜。

那是刃更在賽莉絲與七緒的主從儀式開始前——當長谷川和賽莉絲留在一樓，澪幾個在浴室待命時，悄悄放進去的。

「…………哥哥？」

在澪不解的注視下，刃更取出的是一只經過裝飾的天藍色小盒。

將正面對著澪掀蓋後，裡頭有八枚戒指眾星拱月般圍繞中央的戒指。

澪看著刃更拿起中央的戒指，套在自己左手無名指上。

「哥哥……這是……」

在澪驚訝地睜圓眼睛時，刃更再從八枚戒指中拿起特別為澪打造的一枚，說：

「澪，左手給我好嗎──喔不，左手伸出來。」

並臨時改口成命令語氣。

那是他欲以主人身分活下去決心表徵。

「………………………！」

澪感動萬分地雙手掩嘴，淚珠在眼角打轉。

「──澪。」

儘管如此，刃更仍以堅決語調再次呼喚，澪這才慢慢伸出左手。

刃更牽起她的左手，將戒指輕輕戴在無名指上。

接著──

「我鄭重發誓，我對妳……對妳們的愛，至死不渝。」

所以——

「妳也要重新發誓……不是對神，是對我。」

刃更右手抬起澪的下巴說。

「…………是。」

澪熱淚滿頰，奮力點頭。

「我，成瀨澪，永遠是東城刃更的……哥哥的人。」

說完，澪閉上雙眼。

刃更便默默地占據她的唇，舌直往嘴裡鑽。

「嗯嗚……啾、哈啊……哥哥……嗯呼♥」

澪也忘情纏抱，勾捲刃更的舌。

這時，澪的乳頭尖端湧出一股混濁的白色液體。

「……啊……哥哥，這不是……」

澪對自己身上突然發生的事感到錯愕。

「喔……妳也開始有啦。」

見到澪也發生過去只限長谷川有的現象，刃更淺淺一笑，並理所當然似的說：

「我要喝嘍。」

第2章
# 相信這樣的日常就是幸福

「嗯……請哥哥喝下我第一次的……母乳。」

澪妖妖淫笑著輕展雙手，歡請刃更飲乳。

於是，刃更的唇慢慢逼近澪的左乳頭，連乳暈一起含下去，溫熱液體當場在口中迸散。

澪的母乳和長谷川一樣有種微微的甜，但滋味些許不同。

刃更大口一吸，想多品嘗澪的滋味。

「嗯……啊啊，哥哥……哥哥……哈啊啊啊啊♥」

不只是吸吮乳頭，還暢飲乳汁的狀況讓澪激動若狂，緊緊抱住刃更的頭。

吸了一段時間，乳汁的滋味還逐漸變濃。

那肯定是情慾的悖德與罪孽的甘甜。

隨著刃更的吸飲，澪也「嗯♥嗯♥」地嬌喘著全身顫抖——顯然是每次吸吮都使她輕微高潮。

那淫相必然會挑起刃更的反應。吸著吸著，陰莖也勃然鼓脹。

「嗯……呵呵、哥哥……喝我的母乳讓它長這麼大啦。」

澪也隨即察覺刃更的變化，伸出右手咕啾咕啾地套弄起來。起初柔和的動作愈發淫猥，節節加快，使刃更陰莖的尺寸和硬度都脹到極限。

到這一步，刃更和澪都無法自持了。

「澪——」

刃更放開乳頭，迫不及待地注視著澪。

「嗯……好的哥哥。愛怎麼上我都行。」

澪妖媚微笑著在床上躺平。

然後張開雙腿，雙手粗鄙地掰開她的蜜縫——

「拜託快來吧，哥哥……我也已經想要得受不了了，換哥哥餵飽人家這裡了啦。」

並淫聲浪語地挑逗刃更。

看著這樣的澪，刃更心想。

自己恐怕很難取得和普通人所會認為的幸福。

儘管如此……不，正因如此。

東城刃更要讓他心愛的少女們，永遠感到成為他家人、妻子的幸福。

無論是以多麼悖德淫亂的形式。

無論未來會面對何種眼光。

他也依然相信，與她們長相左右——維持這樣的日常就是幸福。

# 第 2 章 相信這樣的日常就是幸福

所以——

「好，知道了——我馬上讓妳解脫。」

東城刃更點點頭，毫不猶豫地將陰莖插入濘濕熱軟嫩的淫穴。

# 後記



已經讀完本書的讀者，以及從這裡開始翻閱的讀者大家好，感謝各位閱讀本書，我是上栖綴人。

首先是從道歉開始！十一集後記說這本十二集將是本系列最後一集，並收錄特典小說，可是很抱歉……原本預定是短篇的後日談超過中篇，變成長篇了，沒篇幅放特典小說。而且後來我才去查特典小說的總頁數，發現整整有約一本的量。這部分我會再經過部分修改，在下一本一併奉上。

至於本集內容呢，是由十一集主線末尾跳過的刃更和長谷川達成主從誓約的過程開始，然後是後日談。簡單來說，後日談的內容就是「六名女角色都成為刃更的性奴且懷孕以後，在另外兩名即將和刃更結主從契約的女角色面前上演活春宮，也拉她們下海當性奴」的故事。很有病吧。作者自校時，備註「對白中的『膣』請標音為『NAKA』（以下同）」，把「中射し」一個個標上「NAKADASHI」的時候，我也覺得自己很有事。

那麼接下來，我要向為這美妙至極的十二集提供協助的所有人致謝。

Nitroplus的大熊老師，感謝您這次也畫了這麼多銷魂的圖！儘管OVA的特典小說最後請求的插圖量超過原先談的數字，您仍以絕佳品質完成了每一張圖，真的萬分感謝！みやこ老師、木曽老師，感謝二位在忙碌的連載期間抽空繪製賀圖！

各位動畫版工作人員，感謝各位繼續製作新OVA！本集上市時，碟片也應該發售了吧。聽說品質會比劇院公開時更好，無論是否在劇院看過，都敬請買一套回去收藏喔。接下來要感謝的是依然被迫配合我糟糕進度的責任編輯、製作公司、封面設計師、校閱人員、業務人員與其他各所相關人士，真的非常感謝各位。下次一定沒問題……大概吧。

而最大的感謝，當然是獻給所有書店和購買本作的讀者！

——最後，廣告頁的部分收錄了「新系列作預告」。雖然這次出版社不是Sneaker文庫，不過經過我苦苦懇求之後總算是網開一面，讓我替別家出版社打廣告。

希望這個預告會給各位「喔！」的感覺，懇請各位繼續給予支持。

那麼，下一集真的是本系列最後一冊了——陪我走完最後一哩路吧！

上栖綴人

（註：以上為日本方面的情況。）

祝12巻
最後まで読んで頂きまして
ありがとうございました！
※賀 12 集
非常感謝各位讀者
一路支持到最後！

祝！完結!!
上栖先生
大熊先生
おつかれさまでした！
かしみ
※ 恭喜完結!!
上栖老師 大熊老師
兩位辛苦了！

## 發條精靈戰記 天鏡的極北之星 1~13 待續

Kadokawa Fantastic Novels

作者：宇野朴人　插畫：竜徹　角色原案：さんば挿

**馬修與波爾蜜訂婚卻引發陸軍與海軍爭端!?**
**為引導帝國邁向正途，伊庫塔展開行動！**

決定與波爾蜜結婚的馬修，對泰德基利奇家與尤爾古斯家之間發生的糾紛頭疼不已。長期的治療結束後，哈洛以士兵身分回歸。托爾威與父兄一起重振精神。女皇夏米優舉辦帝國國民議會，試圖樹立新政治。伊庫塔為引導卡托瓦納帝國展開行動——

各 **NT$180~300/HK$55~90**

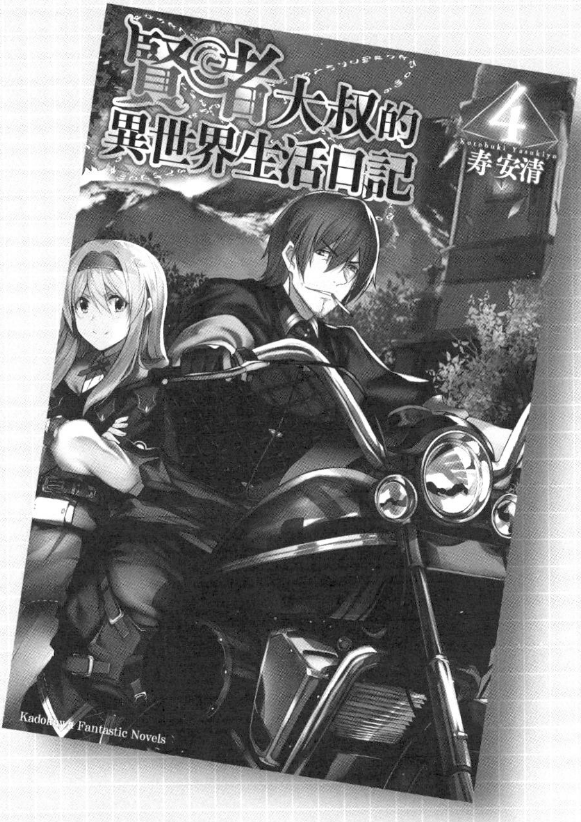

# 賢者大叔的異世界生活日記 1~4 待續

作者：寿 安清　插畫：ジョンディー

**大叔騎著自製的機車在異世界兜風!?**
**悠閒自得的四十歲中年生活真是太爽啦！**

德魯薩西斯公爵委託賢者大叔以傭兵身分參加由伊斯特魯魔法學院主辦，將在「拉瑪夫森林」舉行的實戰訓練，保護茨維特。傑羅斯立刻開始準備護身用的魔導具，甚至製作起了機車……!?把伊莉絲等人也捲入其中的大規模護衛作戰將有什麼發展!?

各 **NT$240/HK$75~80**

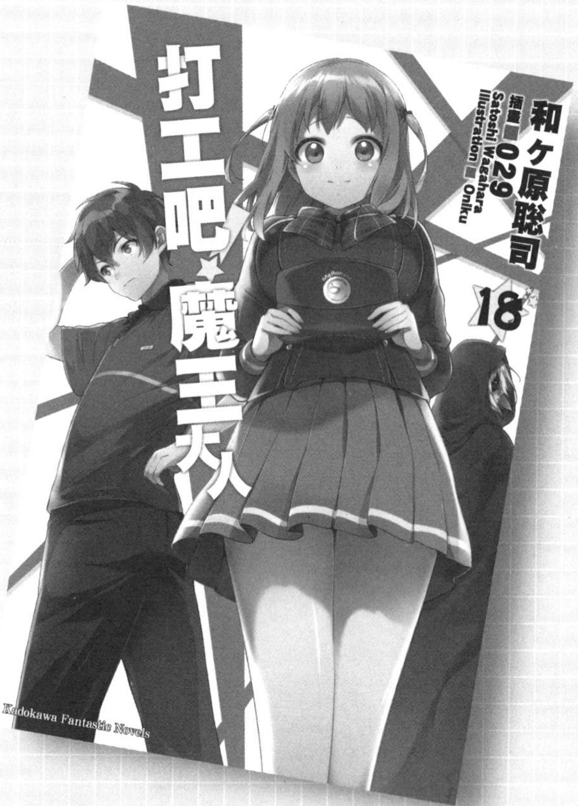


# 打工吧！魔王大人 1~18 待續

Kadokawa Fantastic Novels

作者：和ヶ原聡司　插畫：029

**麥丹勞來了新店長，老員工卻紛紛離職!?**
**惡魔基納納把房間弄壞被房東發現了!!**

麥丹勞幡之谷站前店來了新店長。然而不僅僅是老員工們紛紛離職，就連千穗也為了專心準備大學考試而辭掉打工，人手不足的問題隨即浮上檯面！此外魔王飼養蜥蜴型惡魔基納納，把房間搞得破破爛爛的事被房東發現，結果收到高額的修繕請款單！

各 **NT$200~240／HK$55~75**

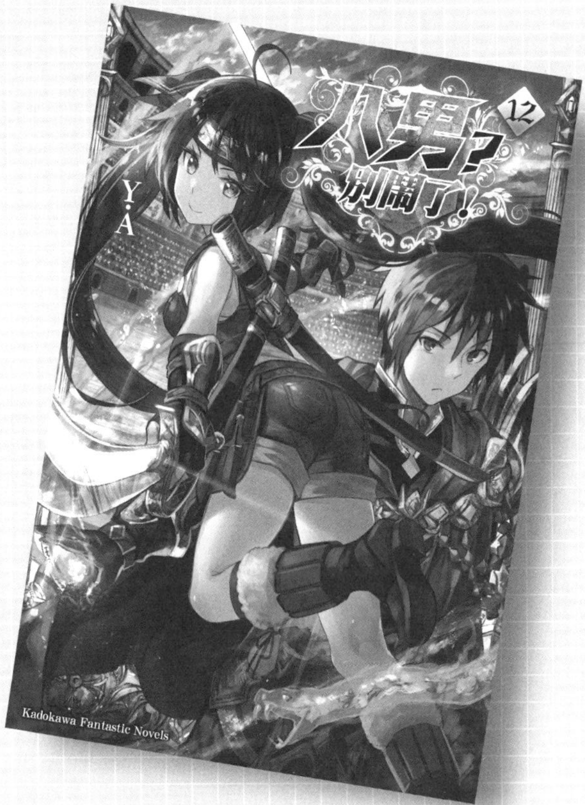

# 八男？別鬧了！ 1~12 待續

作者：Y.A　插畫：藤ちょこ

**隧道開通原是促進繁榮的好事**
**卻因管理問題引來軒然大波!?**

貫穿利庫大山脈的縱貫隧道出口是經濟狀況非常拮据的奧伊倫貝爾格騎士領地，共同管理隧道對領主家來說是個沉重的負擔。威爾、布雷希洛德藩侯家與王國三者打算共同負責管理和營運的方向發展。然而領主的女兒卡琪雅突然現身並打亂了一切……

各 **NT$180~220/HK$55~68**

國家圖書館出版品預行編目(CIP)資料

新妹魔王的契約者 / 上栖綴人作 ; 吳松諺譯. -- 初版. -- 臺北市 : 臺灣角川, 2019.05-
冊 ; 公分
譯自 : 新妹魔王の契約者
ISBN 978-957-564-914-2(第12冊 : 平裝)

861.57 108003829

Kadokawa
Fantastic
Novels

# 新妹魔王的契約者 12

（原著名：新妹魔王の契約者 XII）


2019年5月8日　初版第1刷發行
2023年5月10日　初版第3刷發行

作　者：上栖綴人
插　畫：大熊猫介（Nitroplus）
譯　者：吳松諺

發行人：岩崎剛人
總編輯：蔡佩芬
編　輯：黎夢萍
美術設計：黃永漢
印　務：李明修（主任）、張加恩（主任）、張凱棋

發行所：台灣角川股份有限公司
地　址：104台北市中山區松江路223號3樓
電　話：（02）2515-3000
傳　真：（02）2515-0033
網　址：www.kadokawa.com.tw
劃撥帳戶：台灣角川股份有限公司
劃撥帳號：19487412
法律顧問：有澤法律事務所
製　版：巨茂科技印刷有限公司
ISBN：978-957-564-914-2